ET JE VEUX LE MONDE

Marc Cheb Sun est un auteur français. Créateur de performances théâtrales et musicales, il anime également de nombreux ateliers d'écriture pour les jeunes. Engagé pour la défense et la reconnaissance d'une France multiculturelle, il est fondateur de dailleursetdici.news, média qui met en avant la créativité de la France plurielle face aux tentatives de clivages d'une partie de notre société. Il a dirigé *L'Histoire de l'esclavage et de la traite négrière* (Librio, 2021).

MARC CHEB SUN

Et je veux le monde

ROMAN

JC LATTÈS

ISBN : 978-2-253-24208-6 – 1re publication LGF

Rauque comme un étranglement. L'étouffement d'un cri doublé d'un halètement. Une cadence. Des soupirs, des claquements, une gifle peut-être. C'est loin d'abord, ça vient de la nuit, ça vient de nulle part.

Puis ça se rapproche, c'est juste là.

L'image est trouble, on ne sait pas. Des gémissements percent l'obscurité. Ça se renifle, de la chair, de la sueur, les corps sont indistincts. Pas de visages. Il n'y a que le désir, moite, une sauvagerie de désir.

On devine un mouvement. Rien d'autre.

1

SAMBA OUATTARA

« J'raconte ça, là, tout ce que j'ai vécu, tout ce que je sais, ça défile devant mes yeux comme si c'était hier, et c'est hier.

Tout ce que j'ai vu, ce que j'ai compris, deviné.

Cinq semaines de folie. La folie, oui, sinon quoi d'autre ?

J'suis là sur le perron de la mairie, face au théâtre, arme à la main.

C'est comme une excroissance ce flingue, un prolongement de mon bras. J'le regarde et j'en reviens pas, il est tout chaud comme s'il était vivant, alors qu'il vient d'abattre quelqu'un, vivant d'avoir ôté la vie !

Il est deux, trois heures du mat', quatre peut-être. On est mardi, la ville est un dortoir. Suis tout en haut des marches ; d'ici c'est panorama panoramique. Cinq semaines de folie, cinq semaines qui ont changé ma vie, toute ma vie. Cinq semaines Mowgli, cinq semaines.

Le monde, quoi… »

J-36

Y a cette lumière blanche du matin qui se pointe timidement. Un silence à peine troublé. Cette vue tout en largeur, du 100 % horizontal ; une esplanade, c'est spécial. Surtout à Paname, on n'a pas l'habitude. Surtout dans mon quartier, beaucoup d'immeubles se touchent.

Les rues, on les traverse vite fait, on est dans le vertical. Là, c'est ouvert l'espace. C'est grand, très grand même. Une surface lisse, presque libre, pas perturbée à cette heure-là : juste quelques tables et quelques chaises enchaînées, poussées dans un coin, qui attendent l'ouverture. L'enseigne du N.Y. Spicy Shop, elle sort du lot, elle fait la reine.

Juste à côté, la galerie arty World Citizen n'est pas dans la lumière. Une couleur bien trop fade, beige beigeasse, passe-partout, et pire que tout : une enseigne assortie.

Juste autour de l'esplanade, les ancêtres du quartier, les vieux immeubles et leurs façades délabrées semblent loin, très loin. Des vestiges d'un autre monde. Ils sont posés là mais n'attendent qu'une chose assurément : leur disparition un jour ou l'autre.

L'avenir ne les concerne pas.

Juste derrière eux, plus hautes, plus récentes et déjà abîmées, les tours pointent vers le ciel leur nez de béton armé.

Moi, je connais toutes les dates, toute l'histoire de ces rues, des maisons, de cette place, je cherche toujours le sens des mots – et je fuck Wikipédia. J'ai trouvé ça dans le Larousse : *Esplanade, nom féminin (italien* spianata*, de* spianare*, aplanir, du latin* explanare*, de* planus*,* plane*). Terrain plat, uni et découvert, séparant une citadelle des premières maisons de la ville, pour dégager les vues et les champs de tir de la défense.* Une citadelle, des champs de tir ?

Et le silence, la lumière du petit matin, blanche, transparente, ça en rajoute une couche. Ça fait penser à cette BD et ses artères désertées. *Seuls*[1]. Ma BD préférée. Celle que je lisais et regardais lors de mes fréquents séjours à l'hôpital, absorbé par ces paysages urbains où l'humain avait disparu sans laisser de traces. Là, c'est pas tout à fait désert, quelques personnes, des balayeurs traversent l'esplanade, la *spianata*, l'*explanare*. Et moi aussi, je suis là. Parce que je ne dors pas. Ou mal. Enfin, je dors peu. Je ne dors pas comme tout le monde. Suis assis sur une marche. Car oui, sur l'esplanade il y a des marches, quelques-unes, ça crée des niveaux différents, *c'est moins plat* ont pensé les concepteurs paysagistes, ça fait un relief. Tout est encore fermé. Les troquets ici, c'est pas le genre *petit noir au comptoir* depuis la

1. Fabien Vehlmann et Bruno Gazzotti, *Seuls*, Dupuis, 2006.

rénovation de ce bout d'quartier. Dans ce coin, juste ce coin, c'est plus chic, plus hype, plus… Ça ouvre plus tard surtout. Je suis là, un peu planant comme ça, un peu rien, c'est le matin. Je regarde la lumière, l'esplanade, l'horizontal. J'écoute le silence, si rare.

Et puis ça vient de loin, on ne sait pas d'où, une vibration d'abord, un tremblement d'asphalte. Je me lève, septième sens, tends l'oreille. Ça bourdonne, arrive doucement, et ça se rapproche, une convergence, ça vient ici en crescendo, cette fois c'est sûr. Ça s'amplifie, ça fend l'espace, ça fend la tête. Et puis c'est là…

Tels des animaux échappés d'une ère préhistorique, dressés vers le ciel… Roue avant droite en l'air pour percuter les nuages, verticale en pétarades et tremblements, elle retombe sur ses pattes, les scooters foncent, foncent. Les gars de la mairie, là, ils doivent se projeter sur un côté, puis sur un autre, ils dansent avec leurs balais, ça slalome, ça se poursuit, ça se course.

Ils sont cinq, dix, quinze, tous les scooters quadrillent l'esplanade, un rodéo on appelle ça, comme au Far West. Mais ici c'est Paname, *Panaaaaaaame*, et les cow-boys sont des scoot boys, on ne sait pas le temps que ça dure, le temps de se demander quoi, et c'est fini, ils disparaissent dans un halo de fumée grise, le bruit s'éloigne, les vibrations… On ne sait même plus si on les a vus, entendus ou si on a rêvé. Les mecs de la mairie, les balayeurs, se frottent les yeux… Fini.

Lui, il s'en va.

Samba, dix-sept ans, un mètre quatre-vingt-sept, soixante-seize kilos, il file sur ses dernières sneakers, celles qui lui ont coûté une barre. On a la classe ou on l'a pas. Et lui, il l'a.

Et moi, Samba, je l'ai.

Vingt-neuf ! Je range mes nouvelles sneakers dans leur placard dédié, transformé en temple de la basket, prenant soin qu'aucune ne dépasse de l'ensemble. Alignées par gammes de couleurs, vingt-neuf paires soigneusement entretenues, lustrées, parties de cuir cirées, des bijoux ! Et comme j'ai vu ma mère causer avec ses plantes, je fais pareil avec mes sneakers ; je leur raconte des bouts de vie, sûr que ça les aide à rester au top dans leur écrin. Moi Samba, je parle à mes sneakers et à mon écran. Des fois à ma mère, des fois seulement. C'est pas que je ne l'aime pas, ça non. La preuve : je connais par cœur son numéro de Sécurité sociale, son numéro de carte bancaire, celui de son compte à la banque, son matricule de la Caf, celui de sa mutuelle, les chiffres et lettres de la plaque d'immatriculation de sa voiture, l'ancienne, celle qu'elle a revendue parce que les voitures, chez nous, elles n'ont plus la cote. Plus depuis que mon père est parti un matin, il y a cinq ans déjà, et qu'il n'est jamais rentré. Entre-temps, une voiture lui était passée dessus.

Ma mère est restée avec ses deux enfants : moi Samba, j'avais douze ans, et ma grande sœur Aïssatou, de sept ans mon aînée. L'Incroyable, la Somptueuse… Je dispose de tout un arsenal d'adjectifs dédiés à ma sister. Partout, et dès l'école, elle était un modèle ; pas un modèle étouffant, non, de ceux et celles qui vous stimulent, qui donnent envie. Un rayonnement. Donc je parle à ma mère. Un peu. Des fois depuis le haut de notre tour. Lorsqu'elle est capable de grimper les marches, quand l'ascenseur est encore en panne. Neuf étages à son âge, cent quarante-quatre marches, chacune de treize centimètres, ça use, c'est sûr. Et moi je trouve rien de mieux que commenter son ascension de palier en palier à coups de grands discours philosophiques. Stressant, le gars. Stres-sant !

Et puis de temps en temps j'adresse quelques syllabes à Eros, dix-neuf ans, deux ans de plus que moi, le *p'tit* voisin qui vient squatter ma chambre pour écouter PNL en boucle dans ses écouteurs, *J'suis dans ma bulle, bulle, bulle / Dégage ton boule boule boule*[1]. Il est marrant ce mec-là, presque aussi silencieux que moi, mais il est là, content, et la ramène le moins possible. L'ami idéal, quoi.

C'est vrai, il y a aussi ces moments imprévisibles où d'un coup d'un seul je peux déferler un flot de paroles impressionnant, en boucle, sans que personne ne puisse m'arrêter. Comme si je faisais un concours de vitesse en additions de syllabes. En résumé, si

1. PNL, « Le monde ou rien », *Le Monde Chico*, 2015.

vous demandez à Samba de se présenter, il répondra, je répondrai, placide : « Je suis un cliché. » Point. Je le sais, il y a tout juste un an, j'ai dévoré un long article sur un site psy, une histoire qui m'a totalement subjugué.

« Je vois des choses que d'autres ne verraient pas », explique Corey Weiss, vingt-sept ans, diagnostiqué dans son enfance, employé par la start-up MindSpark qui recrute des autistes comme analystes pour tester des logiciels. « Ma plus grande force, c'est que ça me rend davantage tourné vers le détail ; je suis plus concentré. »

Alors voilà : « suis le prototype de l'autiste qui développe une intelligence informatique hors norme. Bref : je suis un cliché », c'est ça que je répondrais si on me demandait de me présenter. Ce que personne ne fait. Le diagnostic, je l'ai déjà entendu bien sûr, mais sans qu'il me touche. Et puis y a eu ce jour de mai, un jour où le soleil a fait une surprenante apparition après une semaine de pluie ininterrompue. J'aime pas la lumière brutale. Alors j'ai fermé les volets pour me replonger dans mon PC et relire, une fois encore, mon article fétiche.

Sauf qu'en continuant sur le même site, http://www.psychomedia.qc.ca/autisme/test-quotient-du-spectre-autistique-adulte, je suis tombé sur un test, un sacré test, et j'ai répondu aux quarante-deux questions avec frénésie. Là, j'ai enfin perçu quelque chose qui me racontait un peu de moi-même. Quelque chose que je pouvais intégrer sans que ça me paraisse plaqué. Sans que ça me paralyse. Un tableau, des notes. Quelque chose que moi, Samba, je pouvais identifier.

1. Je préfère réaliser des activités avec d'autres personnes plutôt que seul(e). *Tout à fait en désaccord.*

2. Quand j'essaye d'imaginer quelque chose, il est très facile de m'en représenter une image mentalement. *Tout à fait d'accord.*

3. Mon attention est souvent attirée par des bruits discrets que les autres ne remarquent pas. *Tout à fait d'accord et ça m'use le tympan.*

4. Je fais habituellement attention aux numéros de plaques d'immatriculation ou à d'autres types d'informations de ce genre. *Tout à fait d'accord.*

5. Cela ne me dérange pas si mes habitudes quotidiennes sont perturbées. *Tout à fait en désaccord. D'ailleurs, Eros a implicitement capté le truc : il vient squatter ma chambre tous les jours très exactement à la même heure. Pas d'erreur possible. Cinq minutes de retard et moi, Samba, je ne le laisse pas entrer !!!*

6. Je suis souvent le (la) dernier(ère) à comprendre le sens d'une blague. *Tout à fait d'accord. Le der de der.*

Bref, plus de quarante questions, q-u-a-r-a-n-t-e oui, auxquelles j'ai répondu avec ma frénésie à moi : un calme très apparent, toujours au bord d'un précipice. En vrai, les secondes d'attente pour afficher mon score m'avaient semblé interminables. Et au final…

Habiletés sociales. Flexibilité attentionnelle. Attention aux détails. Communication. Imagination… Rien à dire, score sans appel.

Donc, aujourd'hui, si on me demande de me présenter, je réponds placidement : « Je suis un cliché. » Et quant à la question embarrassée de certains (*On la pose ou pas ? Allez, on se lance*), pas automatique car on a tout de même affaire à un garçon *bizarre*, bref : *quel taf aimerais-tu faire plus tard* – en insistant sur le *plus tard* comme si le problème se poserait dans quatre-vingt-dix-huit années –, ben parfois j'hésite avant de me prononcer. J'hésite en mastiquant ma guimauve rose et verte, jamais d'une autre couleur. Alors… Oui, informaticien bien sûr, même si le terme me paraît un peu fade. D'ailleurs je me demande s'il existe un mot qui désigne le fait d'habiter le ventre d'un ordinateur, au cœur de la bête, là où les secrets racontent leurs sales histoires, là où Mr Hyde fait la nique à Dr Jekyll.

Bon, informaticien, OK. Mais quand même avec un petit regret, un secret que je ne livrerai à personne, *never*, jamais.

Car Samba, oui, moi, a un vieux rêve enfoui au fond de ses entrailles, un truc qu'il garde pour sa fine tête coiffée d'une impeccable afro rectangulaire, trônant sur son interminable silhouette. Je les imagine encore et encore, devant moi, parfaitement alignées sur des étagères d'acier, en ordre surtout, attendant d'être régénérées, confiées à mon incroyable savoir-faire. Livrées à mes mains d'or. Mon rêve à moi, le vrai, le seul. Créer l'imprévisible lieu dédié à tous mes frères addicts… Un pressing. Oui, un pressing, mais pas n'importe lequel. Un pressing à sneakers.

Et là, Samba, son regard s'illumine.

Car ça, c'est sûr, ça serait vraiment son truc.

Sa main, là, qui caresse mon visage, mon torse, mes membres. Sister. Notre rituel pour extraire cette raideur de mon corps, les muscles tendus même durs comme du béton. *Ta joue si douce, mon frère. Une peau de baby*. J'suis raide, tout raide quand ça va mal. Raide comme de la pierre. Même comme du marbre. Ma mère, elle ne sait pas trop faire, elle essaie. Elle ne sait pas. Mon père tentait le coup des fois sans trop avoir idée comment. Mon daron et moi, on n'était pas très physiques et en plus il bossait beaucoup beaucoup. Dans le bâtiment, il était chef de chantier et chez nous tout le monde arborait un grand sourire quand on précisait *chef*.

C'est ma sister qui me calme. M'a toujours calmé, Aïssatou.

Ta joue si douce, une peau de baby.

Sa main qui caresse mon visage, ça chasse les vertiges, les claquements dans la tête, dans le thorax, les boum boum boum. Les nœuds dans le ventre. Les crampes dans les membres. La nausée.

Trois heures que ça dure. *Ta joue si douce*. Ma mère elle fait ce qu'elle peut, je sais. Suis pas un cadeau quand même. Maintenant ça va mieux, Mama le dit à ses copines, des femmes de ménage qui, comme elle, arpentent les bureaux des buildings. Des femmes de ménage et des voisines. Je l'ai entendue, et plusieurs fois : *Il a tellement progressé, il est presque autonome. Autonome*, je kiffe ce mot-là.

Ma mère l'a dit, redit, répété, rerépété à ses copines : *C'est que dans un an il sera majeur. Soit il sera autonome (au-to-nome), soit il sera sous tutelle.*

Sous tutelle, ça sonne comme une prison, non ? Un coup j'ai envie de vérifier dans le dico (et je fuck fuck fuck Wikimachin). La demi-seconde d'après, je renonce. Ça fait flipper quand même ce mot-là. Ça tape là-dedans. Ça tape fort. C'est raide.

Aïssatou me regarde, je la vois qui essaie d'entrer dans ma tête.

— Je voudrais tellement imaginer ce que tu ressens, juste une fois.

Sa main qui caresse mon visage.

— Ta joue si douce, mon frère. Une peau de baby…

J'me raidis, encore, j'y peux rien, je voudrais pas mais j'me raidis.

— Ça va Samba ?

— Mowgli. C'est Mowgli là.

— OK. OK. Ça va ?

Oui, oui, maintenant ça vient, je me détends, me dé-tends, suis presque dé-ten-du. Détendu enfin. Respire l'instant.

Aïssatou me laisse alors, le taf l'appelle. C'est une bosseuse ma sister, et dans son boulot – directrice du centre de jeunes – y a de quoi faire. Sa devise, affichée juste au-dessus de son bureau ? *Si quelqu'un a faim, ne lui donne pas à manger ; apprends-lui à pêcher* (proverbe chinois, elle me l'a dit).

Sans elle, y a rien. Pas d'monde, pas d'vie.

C'est ma boussole, mon GPS.

Mon smartphone sonne, c'est mon alerte. Il sonne quatre fois, il est seize heures. *The time to go*, mon exercice d'*autonomie*. D'*antitutelle*. Je monte dans l'ascenseur, les étages défilent. Traverse la cité, concentré comme dans un tube de lait sucré. Rejoins le métro. Les gens, des fois ils sont drôles. Les Blancs tout rouges quand c'est l'été, on les frôle. On les sent aussi, la blonde au parfum sucré comme ma guimauve, rose et verte la guimauve, le mec en débardeur juste devant moi, c'que j'aime pas ça les mecs en short et débardeur comme celui-là qu'est devant moi. Il tient la barre, le bras relevé, du coup j'respire son déo à la menthe chocolatée, son cocktail after-shavé. Il cherche le nom des stations, il tend la tête en avant quand on arrive sur un quai, la tend comme un chameau, cherche à lire le panneau pour déchiffrer où il en est, pourtant c'est pas des hiéroglyphes. Il me tourne le dos, mais ses poils sortent du débardeur, et qu'est-ce qu'il y a de pire que des poils qui sortent d'un débardeur ? Et dans le dos en plus. Y en a un là qui essaye de frisotter, il vire un peu rouquin avec le soleil. Le poil me reluque, et j'ai tellement, tellement envie de tirer dessus, de lui offrir une épilation underground, tellement, tellement envie. *Non, Samba, on ne fait pas ça*, dirait Aïssatou. Concentré, concentré. Mais il me reluque ce poil bullshit. Argggh, je tourne la tête pour détacher mon regard. Pense à autre chose, Mowgli, pense à autre chose. Oui mais à quoi ? J'croise la vieille dame et son sourire. Elle a capté, c'est clair.

Elle l'arracherait bien elle aussi, j'suis sûr, si elle avait soixante-trois ans de moins.

Station Châtelet, c'est programmé, je descends, cherche la correspondance, suis mon radar, m'enfonce dans un couloir, je trace, je trace : suis *au-to-no-me.* J'avance encore, lâche pas l'chemin, concentré, concentré. Des gens à gauche, des gens à droite, derrière aussi, devant surtout, des gens partout mais moi je trace. Et là… Et là arrive ce qui ne devait pas arriver, ce que personne ne pouvait prévoir, l'imprévu, l'imprévisible, surtout pas moi, vu que prévoir c'est pas mon truc.

Ni pré, ni post, je vois c'est tout. J'entends. J'écoute. Une voix d'abord, une voix de femme. Une voix ? Un chant, et beaucoup plus, il envahit l'espace, tout l'espace et se rapproche. Enfin c'est moi qui m'en approche, tout droit vers lui si j'en crois mes oreilles et j'ai de très bonnes oreilles. Les gens défilent, pressés de rentrer, rejoindre une gare, un RER, ils s'entrecroisent, y en a partout, dans tous les sens. Et au milieu, il y a cette voix qui chante un drame, une agonie. Un opéra. Il y a cette femme et sa longue robe de cendres noires qui frôle le sol, comme une sirène en deuil. J'avance vers elle, la sirène ne me voit pas, elle est à fond dans son histoire, se déplace lentement au milieu des passants encombrés de poussettes, de cabas, d'attachés-cases modèle pur cuir, de sacs à dos. Elle se faufile entre les voyageurs, elle glisse, et rien ne la perturbe. Elle chante la mort, l'apogée d'un destin.

Le dernicr instant avant le vide, et toutes les images qui passent devant les yeux, elle chante… le film d'une vie qui se fait la malle. *Madame Butterfly* : le titre est écrit sur un petit écriteau posé contre le mur, avec une sorte de panier où on dépose parfois des pièces.

Sa voix est douce, tellement puissante aussi. Sa voix me trouble et fait surgir une larme qui sillonne ma joue. C'est marrant, elle a un goût amer. Cet instant, je le cueille et te l'offre ma sister que j'aime, j'aime, j'aime. Aïssatou ma Queen, prends-le, juste prends-le là, et laisse-le s'envoler. Fais-en une bulle.

Je vois, je respire, je mange, je rêve. Je parle beaucoup des fois, je vis quoi ! Je prends une aiguille et me pique la peau rien que pour sentir la piqûre, pour voir une goutte de sang bien rouge émerger. Pour comprendre ce *Ça fait mal* dont on parle si souvent.

Ça fait mal d'entendre ça, j'me tire l'oreille pour voir ; *des regards qui font mal*, comme si un regard pouvait me toucher !

« Le regard des autres. » Tu parles, mon gars, si je n'avais que les regards comme problème dans ma life… Je ferais mon chevalier, je mettrais une armure de ferraille étincelante.

— Ta peau si douce, mon frère, une peau de baby. Ça serait dommage quand même.

Le regard, il y a celui de Mama, je le croise le matin lorsqu'elle rassemble son matos pour partir faire ses ménages. Tabliers, chiffons, gants de plastique. Le matin, le soir ; avant que les gens arrivent au bureau ou après leur départ.

Je l'entends murmurer. Elle aussi, elle se raconte des trucs parce que, comme elle le dit si bien : *On n'est jamais mieux servi que par soi-même.*

— Je ne sais pas si je fais bien, mon fils. Je ne sais pas si je fais bien. Mais je fais, tu vois. Je fais ce que je peux.

La question, elle se la pose à elle en vrai, et pas à moi. C'est normal, chacun se cause, moi je fais ça tout le temps. Sauf quand je parle à Mowgli. Le prince, le roi de la jungle.

La jungle, elle est partout, ici. Partout. Là.

Celui qui ne la voit pas, qui ne la sent pas, celui-là n'a rien compris.

Le regard, il y a celui de ma sœur. La femme aux mille vies, celle qui gère tout et plus encore : elle anticipe, organise, conseille. Ordonne aussi. Elle n'oublie r-i-e-n.

— Ta peau si douce, mon frère, une peau de baby.

Le jour où mon père n'est pas rentré de sa dernière balade, Aïssatou a pris les mains de Mama. Elle l'a regardée droit dans les yeux du genre *je ne te lâche pas* et lui a dit : *ça ne le remplacera pas, je sais, mais je suis là, je gère.* Et quand elle dit quelque chose, Aïssatou le fait. Elle le fait !

Aïssatou ouvre souvent la porte à Eros, le voisin d'à côté. Elle tient la porte ouverte, comme ça, pour lui laisser le passage. Histoire de, histoire de quoi ?

Ce gars, Eros, c'est un drôle de loustic. Je lui ai rien demandé, lui demander quoi, d'ailleurs ? Mais il est là. Comme s'il n'avait pas d'endroit où se placer, où se poser, où faire ses jeux sur sa console.

Il est là, simplement là. Enfin je crois : des fois j'me retourne, il a disparu ! Moi, qu'il soit dans la pièce ou pas, c'est du pareil au même. Ça change quoi ? Ne me dérange pas, ne me perturbe pas. Ça fait une ombre qui se déplace pour marcher dans la chambre, aller d'un point A à un point B. Se détourne par le point C des fois.

Un courant d'air.

Ma sœur m'a dit : *C'est bien que tu aies un ami.*

??????????????????????????

Un *ami* ? Je cherche sans attendre dans le Larousse – et j'fuck toujours Wikipédia.

Sentiment d'affection (faut que je cherche *affection !*) *entre deux personnes ; attachement* (euh…), *sympathie* (???) *qu'une personne témoigne à une autre : Être lié d'amitié avec quelqu'un.*

Bienveillance, gentillesse, courtoisie chaleureuse (courtoisie, voilà qui me parle plus) *manifestées dans les relations sociales, privées, mondaines : Dire un mot d'amitié. Fais-nous l'amitié de venir dîner.*

Relations entre collectivités fondées sur le bon voisinage (ça me va), *la bonne entente, la collaboration : Conclure un traité d'amitié.* Ça c'est du concret ! Donc Eros et moi avons conclu un *traité d'amitié* comme le sous-entend Aïssatou.

Article 1 : il est là, il est là.

Article 2 : il n'est pas là, il n'est pas là.

Je soussigné Ouattara Samba-Mowgli (eh oui, il signe aussi) acceptons ce traité en ce jour solennel de 2019.

Des fois, c'est plus fort que moi. Besoin de calmer le jeu, alors j'écoute le piano de Satie Erik, ça me caresse la tête. C'est comme un fer à me repasser les émotions, ça va dans le bon sens.

Là je suis dans ma chambre. Dans un coin y a Eros avec son tee-shirt bleu canard à logo jaune bouton d'or brodé de fil violet, ses BD, écouteurs dans les oreilles, et les frères PNL qui font vibrer les tympans. Leur album *Deux frères* en boucle.

Il ne dérange pas, il rassure même. Il ne parle pas, moi ça me va, y a cette chaleur qui sort de lui, son souffle régulier, c'est comme si je ressentais les battements de son cœur. Suffit que je dise ça pour les entendre taper, et boum boum boum boum. Ça fait du bien. Eros se lève, traverse la pièce, va chercher son PC, le ramène à côté du mien.

Et là… Il cause, le poto articule quelques syllabes. Eros parle, oui.

Un peu.

— Tu connais *Osu* !?

— Connais pas.

— C'est un jeu vidéo.

— J'aime pas trop jouer à deux.

— Attends, ce game-là il est fait pour nous. *Osu*, ça veut dire « salut » en japonais.

— *Osu* !

— *Osu*, ouais. C'est un jeu de rythmes aussi. Regarde, tu fais pareil sur ton PC. J'ai téléchargé les albums de PNL ; leur musique, tu la vois là, elle se transforme en carte graphique. Tiens, y a l'explication qui s'affiche :

Le gameplay est facile à appréhender mais plusieurs niveaux de difficulté sont proposés. Une musique est jouée et des CD apparaissent à l'écran. Il suffit de cliquer sur ces disques en rythme. Plus tu es synchronisé avec la musique, plus ton score est élevé : ça déclenche des multiplicateurs de points. À l'inverse, si tu ne parviens pas à suivre le rythme, tu marques moins de points et la chanson peut même être interrompue : c'est game over *!*

Alors on y va. Moi j'assure grave et tout de suite : la rythmique elle est interne ou quoi ? J'accumule un max de points sur le premier album, *Dans la légende*, et sur tous les titres. Les yeux d'Eros me torpillent.

— Bah, il est fait pour toi ce jeu ou quoi ?

Là il kiffe que le game me plaise. Mais des fois Eros, il est bizarre quand même, a l'air blessé. Blessé beau gosse.

J-34

Je marche, par moments je fonce et puis je prends mon temps, je traîne, moitié Samba moitié Mowgli, perdu dans la saga de la jungle. Un klaxon strident et ça peut me brouiller la tête, je fais un signe qui me conduit ailleurs, sur une autre route et des fois je perds le contrôle. Ça, malgré mon afro rectangulaire à la géométrie impeccable. Entretenue chaque jour, conçue pour ordonner le cerveau.

Perché sur mon mètre quatre-vingt-sept et mes dernières Jordan flambant neuves, je me fabrique ma vision de la rue en triant les détails qui s'imposent à moi, ceux qui échappent à n'importe quel loustic, j'ai compris ça. Un puissant puzzle mental. Là, pour aller retrouver ma sœur, j'étrenne mon short Swingman NBA Chicago Bulls version rouge taille élastique à cordon de serrage, doublure en maille douce pour le confort, logo Chicago Bulls sur chaque jambe, logo NBA brodé à droite sur la hanche, logo Adidas brodé à gauche, 100 % polyester. J'ai emprunté les écouteurs d'Eros, et du coup son PNL. *Entre nous, trop cramé, ils m'aiment pas, font semblant / C'est chelou, j'suis armé, cœur de pierre, abonné / J'suis*

Mowgli, j'suis Simba, animal ça s'entend[1]. Et trace ma route jusqu'à l'esplanade, la *spianata*, l'*explanare*. L'esplanade, donc, je la traverse direct sans me poser de questions, ou plutôt en m'en posant mille autres, bref sans éviter les Blancs attablés à leur terrasse plein soleil, celle du N.Y. Spicy Shop, comme les gamins noirs qui contournent, se détournent, je les vois là, se contorsionnent pour chercher d'autres pistes pour s'inventer un monde où leur place pourrait rester centrale. Je vois tout ça, moi Samba, les gamins blonds qui se courent après en hurlant au centre de l'esplanade, *brrrrrrrrrrrrrrr*, en bavant sur leurs tétines garanties bio, et les gamins noirs qui font le tour jusqu'à ce qu'ils en aient marre mais presque jamais sans tenter d'incursion, je vois tout ça mais ça ne me touche pas. Ça ne me touche pas parce que ce monde-là, c'est pas le mien.

Et juste de l'autre côté, avant le pont, il y a le *centre social* ou le *point jeunesse,* ou le *centre social des jeunes*, je ne sais plus, il y a le bâtiment où ma sœur, l'Impériale, la Splendide, assure son taf de directrice du lieu. Son bureau est au deuxième et dernier étage. Sur la porte, il y a son nom, enfin son prénom, c'est des gamins qui l'ont écrit sur une pancarte rectangulaire de dix-huit centimètres sur douze, avec une lettre de chaque couleur, *Aïssatou*.

Je frappe trois coups. Quand elle ouvre et découvre son *petit* frère planté devant l'entrée, le sourire d'Aïssatou embrase tout l'immeuble. Et plus que ça : la ville entière.

---

1. PNL, « DA », *Dans la légende*, 2016.

— J'arrive : on va sortir un peu, je prends mon sac.

Mais Samba a quand même le temps de venir se poster un coup à sa place préférée devant la grande vitre qui donne plein pot sur la voie ferrée et ses graphes multicolores. Juste en hauteur, dominant tout l'espace : le pont. Le pont est là. Incontournable, central. Puissant.

Comme à chaque fois que je rends visite à ma sœur, ça fait partie de mon rituel, je sors mon smartphone et torpille la vue de photos dans tous les sens.

— Samba, tu dois en avoir des centaines, non ?

Pas grave, je ne m'en lasse pas.

— Allez viens, je t'emmène, on sort un coup.

Une fois dehors, le périple commence. Ici, faire cent mètres aux côtés d'Aïssatou sans s'interrompre tous les trois pas relève de la pure fiction. Un coup ça checke, « Ça va ? Comment ça va ? La famille ? Ton brevet ? Ton goûter ? Madame y a du porc dans la guimauve ? Et dans la gélatine ? Et toi tu penses à ton planning ? Le stage ça avance ou quoi ? Dis à ta mère de passer me voir », variante : « Dites à votre fils de passer me voir ! Idriss quand je dis vendredi c'est vendredi c'est pas jeudi ! Là on est mardi, alors vendredi c'est quand, hein ? J'ai lu ta rédac c'est magnifique tu t'es inscrite au camp d'été ? Dépêche-toi il reste trois places ! Madame y a du porc dans la mayonnaise ? »

Et là, moi, Samba, je me dresse devant le prochain venu, le prochain de la liste, main droite levée. Pas menaçant mais impérial, sans discussion possible.

— Stop !

Surprise, Aïssatou.

— Bon, t'as raison petit frère on y va. Tiens regarde : je mets mes lunettes noires, tu sais mes lunettes de star, et tu verras, personne ne va me reconnaître.

Aïssatou, elle est comme ça, c'est la reine du quartier, une lady qui assure comme personne. Sa longue silhouette parée d'élégantes dreadlocks, ici, tout le monde la connaît. Les gamins, les préados, les ados, les parents, les amis des parents, les grands-parents, les voisins, les profs, les éducs, les flics – enfin certains.

Tout le monde sauf… les proprios du N.Y. Spicy Shop, ceux de l'épicerie At Home, et ceux de la galerie World Citizen. Ils l'ont bien repérée, le contraire serait difficile, mais pas plus que ça.

Comme dit Aïssatou, sobrement, sans commentaire : « Le contact ne s'est jamais fait. »

Ce qui ne l'empêche pas aujourd'hui de saisir mon bras et de m'emmener manger une glace pistache-fraise assortie à mes légendaires guimauves. En terrasse du N.Y. Spicy Shop, sur l'esplanade.

Parce qu'il fait chaud, très chaud, et qu'elle l'a décrété, c'est comme ça, on ira là « comme les *White* », on ira là. Point barre.

Le proprio du N.Y. Spicy Shop, justement, Geoffrey Williams, se tient sur le pas de la porte en train de tester ses nouveaux brownies tendance noisettes renforcées, variante noisettes amandes. Ses fins cheveux châtains en bataille et sa barbe de quelques jours soulignent la vivacité de son regard soutenue par son accent *so American*.

Geoffrey est un type sympa, vraiment sympa. Sympa avec les serveurs, sympa avec les gamins des clients qui se courent après entre les tables, sympa avec les cuistos pakis qui reproduisent à merveille les délices de Brooklyn. Un type sympa. Avec ses employés d'été, beaucoup d'étudiants américains, Geoffrey parle directement dans leur langue natale, et ça confère au lieu ce parfum authentique prisé de la clientèle. Ajoutez à cela le label *Best Cheesecake 2017*... En à peine deux ans, le N.Y. Spicy Shop a pris ses marques sur l'esplanade et c'était un sacré pari ! L'idée était celle d'une amie de Geoffrey, une journaliste californienne exilée à Paname. Quelques années plus tôt, elle lui avait parlé du plan alors qu'elle préparait un dossier spécial sur l'arrondissement pour le mag *Urbain, urban, urbaniste*.

— *Honey*, je crois t'avoir trouvé un bon tuyau... Pile ce qu'il te faut !

Ni une ni deux, le Geoffrey – un rapide – lui avait donné rencart dans un bar à bières de l'Est parisien où une diva tatouée chantait du blues décalé assise à son piano.

— Je t'écoute !

Alors la journaliste lui avait raconté toute l'histoire. La mairie de l'arrondissement engageait d'énormes travaux pour réhabiliter une esplanade du genre maudite. Un ancien coupe-gorge déserté par les habitants et les commerces, excepté certains business bien spéciaux qui n'ont pas besoin de publicité et se pratiquent loin de la lumière. Dans un premier temps, le seul bâtiment de l'esplanade, une ancienne halle un temps reconvertie en squat d'artistes, avait été détruit n'offrant plus au regard qu'un no man's land béant.

— La Halle, ça te dit quelque chose ? Mais si rappelle-toi, ce lieu incroyable créé par Carlos Guierra, le sculpteur chilien, un prince de l'underground… Ça a été l'endroit phare des performances artistiques, avec plein d'activités pour les jeunes. Ah mais je suis bête : tu n'étais pas encore parisien. Ça a duré trois ans et puis plus rien.

Aujourd'hui, l'enjeu du projet est énorme : reconstruire et redorer l'image du quartier avec, en ligne de mire, l'idée d'en faire un nouveau pôle attractif pour la capitale. À la clé : des emplois, un habitat rénové, une jeunesse remotivée, l'eldorado ou presque. On misait tout sur l'esplanade, un type d'espace très rare à Paris et unique sur la rive droite. Un centre européen de la jeunesse avait déjà pris ses marques ; la superbe piscine Art déco, celle qui datait des années trente, avait été entièrement rénovée, des projets culturels ne demandaient qu'à prendre racine. Problème – et en même temps raison d'agir : l'espace en question était cerné par le quartier le plus pauvre de l'arrondissement… Alors on pariait sur un investissement massif : tout autour d'elle, l'esplanade pourrait irriguer de nouveaux commerces – street food, galeries ou restaus pour trentenaires et quadras actifs – et déteindre sur l'ensemble du quartier. Pas pour exclure les habitants – la mairie socialo d'alors semblait plutôt sincère – mais dans le but d'imposer une nouvelle *mixité sociale*, seule condition d'un développement qui ferait l'affaire de tous. En gros, faire du quartier une sorte de laboratoire, bien sûr à valoriser lors des prochaines municipales… Gagnant gagnant.

Sans en perdre une rame, Geoffrey était resté silencieux. Pourtant, à l'intérieur, ça bouillonnait. La mairie cherchait des projets innovants qui puissent lancer l'histoire et, surtout, créer du brassage. Elle proposait des conditions hyper intéressantes, du jamais vu ! À coup sûr c'était le plan en or pour Geoffrey et sa *Little Brooklyn of Paris*. Impossible de rater ça…

Dès le premier rendez-vous, l'équipe municipale avait accroché à son projet, à son regard vif prêt à passer à l'acte sans attendre, au sérieux du business plan. Cerise sur le cheese-cake : son délicieux accent apportait un cocktail d'exotisme et d'authenticité qui ne pouvait que séduire la clientèle potentielle. Il lui restait la charge de trouver des partenaires pour démarrer sur trois commerces, de manière à former un ensemble. L'Américain s'était démené, démené, jusqu'à dénicher deux projets complémentaires : la galerie Art Citizen qui souhaitait exposer des artistes engagés pour la planète et l'épicerie At Home : produits typiques des USA, bio, garantis sans gluten. Bingo !

Là, sur le pas de sa porte, Geoffrey Williams se remémore toute la saga, allume une clope, c'est l'émotion. Ce projet, ce n'était pas seulement un café, pas seulement un business mais la synthèse de son départ pour la France, son *Bye-bye USA* à lui.

L'homme n'avait pas compté ses heures, ni ses nuits blanches à rédiger des business plans. Même lors des courts temps de sommeil, ses rêves étaient emplis de chiffres, de demandes d'autorisation en tout genre, de formulaires, de normes européennes et nationales. Trois années, trente-six mois sans week-end, sans vacances, *Vacances, c'est quoi ce truc ?*

Depuis la terrasse, Aïssatou Ouattara l'observe en biais du coin de l'œil jusqu'à ce que leurs regards finissent par se croiser…

Un instant aussi bref que possible.

Geoffrey la salue discrètement ; Aïssatou lui rend la politesse. Et Samba… Samba trépigne, son pied, mon pied tape un tempo d'enfer contre le pavé : le frérot a fini sa glace et il n'aime pas, ah non je n'aime pas mais alors pas du tout perdre mon temps ! Aïssatou remarque mon impatience. De toute manière elle doit retourner au taf, comme toujours. Et m'invite donc à regagner le bercail.

En ligne droite, frontale, ne pas se laisser perturber, envahir. Moitié Samba, moitié Mowgli dans la saga de la jungle. Tracer direct.

Une route, ça se suit, ça n'se lâche pas, sinon elle s'échappe. Écouteurs vissés sur les oreilles, en équilibre, le monde est sourd. Le monde est flou. À l'intérieur quand même, la cage thoracique fait boum boum boum. En cadence : boum boum boum. Ça me déchire la fleur de peau. Faut contrôler. C'est comme ça chaque fois que je quitte Aïssatou, adieu sister, toujours une fin, toujours un déchirement. Un précipice.

Une route, c'est l'aventure, un péril, y a un risque. Je me jette dans la ville comme on se balance dans le vide. Sans parachute.

Sur la route je croise leurs affiches Nouvelle Droite patriote. Taguées, déchirées, hitlerisées un peu partout. *Maintenant c'est la guerre*, déclarait Aïssatou en parlant d'eux. Ne pas penser. Non, *nein*, *no*.

La solution : survoler les streets en apesanteur, concentré sur mon self-control, on ne lâche rien, Samba, on ne lâche rien.

En ligne droite, frontale, directe, ne pas se laisser perturber, envahir.

Tracer dans la saga de la jungle. Le monde, Mowgli… Le monde…

Le monde, Mowgli.

2

NOUVEL ORDRE

Des soupirs, des claquements, une gifle peut-être. Ça se baise, ça se renifle, de la chair, de la sueur, les corps sont indistincts.

Pas de visages. Il n'y a que le désir, moite, une sauvagerie de désir. On devine une humiliation, une résistance autant qu'une excitation.

J-32

Les stores presque clos pour se protéger de la chaleur qui a surpris tout le monde en ce début de juin. Sans pitié, le soleil tape tout l'après-midi, c'est plein sud ici, au siège de la Nouvelle Droite, ça ne pardonne pas. Ces rais de lumière géométriques qui quadrillent l'espace dessinent la salle de conférences en lignes noires, blanches, grises. Visages moitié dans la pénombre, la gorge nouée par leur cravate. Costumes gris sombre, variante gris clair. C'est une assemblée d'hommes, une réunion convoquée deux jours plus tôt. Légèrement en retrait derrière le maire, Louis Walter, il y a une femme, seule couleur avec son tailleur prune sur un chemisier vert bouteille. Elle est debout, plusieurs dossiers sur les bras. Les hommes, eux, sont assis, la plupart en manque de nicotine. L'un d'eux tire avec fureur sur sa cigarette électronique, il tire autant qu'il peut, comme si rien ne venait. L'air est chargé, en apesanteur au-dessus de l'assemblée. Finalement, la femme en prune et vert, Clara Perrault, s'assied à la longue table ovale métallique ; la fraîcheur du plateau en acier lui fait du bien. Le type en face, complètement écarlate, presque fluorescent, a remarqué la brève sensation de bien-être qui, juste un instant, détend son visage moite.

— Pour une fois qu'un designer sert à quelque chose, s'esclaffe le gros rougeaud en pointant son doigt vers la table.

Clara répond d'un sourire crispé. À la Nouvelle Droite, la cohabitation entre classes populaires et nouvelle vague patriote n'est pas toujours évidente. La dircom de la mairie n'a pas le choix, elle le sait, elle doit montrer l'exemple, provoquer l'unité… Juste le temps de retourner l'histoire dans sa tête, le sourire de Clara Perrault s'affiche plus largement. Satisfait, le rougeaud vient de marquer un point ; *cette pétasse de dircom a parfois tendance à nous snober dans le style des socialos d'avant la bataille, le temps où personne ne nous imaginait gagner*. Alors le rougeaud montre à la dircom qu'il apprécie son sourire, même s'il n'est pas dupe, il sait bien tout le mépris que cette pseudo-élite, *dircom tu parles*, témoigne aux gens comme lui, même ici, oui même ici à la Nouvelle Droite.

La Nouvelle Droite. Le mouvement fondé il y a pile un an par l'avocat Louis Walter, jeune dissident du principal parti d'extrême droite, vient de gagner sa première mairie il y a tout juste trois mois. Et pas n'importe laquelle : un arrondissement de la capitale traditionnellement hostile aux partis *populistes*, comme disent les journalistes. Ce premier round a mis K.-O. toute la classe politique. Douze mois plus tôt, lorsque Walter claquait la porte du mouvement historique, personne ne donnait cher de sa peau. Le secret de sa réussite ? Son charisme, une élégance dont la mouvance manquait cruellement. La quarantaine séduisante. En somme un visionnaire – qualité peu présente dans l'ADN de l'extrême droite. Sa différence, Walter l'exprime dans son refus d'un discours antimondialisation et antieuropéen qui a ringardisé ses ex-camarades, désormais rivaux. « La porosité du monde et la nécessité d'union par-delà nos frontières nationales sont désormais une évidence, nous ne devons pas en avoir peur », clame-t-il dans tous ses meetings, déroutant au passage bon nombre de nationalistes convaincus.

Le politicien en profite pour offrir un lifting aux incantations poussiéreuses chères à son auditoire : « Pour ne pas en avoir peur, pour être ouvert sur le monde, nous devons savoir d'où nous venons, qui nous sommes et qui nous voulons rester ! Nous devons affirmer nos valeurs et notre patrimoine pour embrasser sans crainte les enjeux mondiaux de l'époque. Notre solidité culturelle sera notre meilleur atout. Nos valeurs, c'est la laïcité, une laïcité inflexible, et c'est l'égalité hommes-femmes, pas le voile islamique. Notre patrimoine, ce sont nos églises : des églises car c'est notre histoire et c'est notre culture, oui des églises, quelques synagogues aussi – l'histoire est passée par là – et pas des mosquées ! Qu'on ne s'y trompe pas : avec moi, le moteur de la Nouvelle Droite, c'est la modernité, pas la nostalgie. C'est ça notre différence et c'est ça notre identité. » Dans le mille !

Ce discours-là, en phase avec les fondamentaux de la mouvance, fait mouche en séduisant un public jeune, même de plus en plus jeune. En quelques mois, l'ascension du leader est fulgurante. Et plusieurs mouvements d'Europe le citent en exemple. Son nom est sur toutes les bouches ; son visage hante tous les esprits. Walter. Louis Walter. Alors aujourd'hui, l'enjeu politique est de taille, et le rôle de Clara Perrault s'avère d'autant plus essentiel.

Un cocktail de circonstances tarabiscotées – la mise en examen de l'ex-maire socialiste pour une affaire de détournement de fonds, la division de la droite, une abstention massive – a permis son élection coup de théâtre à la mairie de l'arrondissement. Il faut maintenant trouver son assise. Et ça ne sera pas facile, quoi que le rougeaud en pense. Tous les traumatisés de l'arrondissement, ceux qui n'ont rien vu venir, sont désormais partants pour former une opposition unie, un bloc. Les voilà « entrés en résistance », c'est ce qu'ils racontent partout à qui veut les entendre. Et puis il y a la rue. Imprévisible, hostile. Celle qui n'a pas voté. Les jeunes, les intellos, les *Blackos* comme certains les appellent en se tordant la bouche, les Arabes. Le problème de Walter, c'est son isolement. La garde rapprochée de la Nouvelle Droite ne brille pas par son excellence. Sacré contraste avec les ambitions du nouveau maire. Alors Clara oui… Clara a toute sa place, et bien plus encore. Les gens de talent, d'envergure lui manquent cruellement. Sûr de son charisme, Louis Walter veut désormais surprendre. Ne pas renoncer à son programme, mais l'appliquer avec finesse, peu à peu, histoire de peaufiner son image. Dans quatre ans, ce sont les européennes. Malgré sa popularité, l'extrême droite officielle n'a gagné ni grande ville ni arrondissement. À l'exception de Louis Walter.

En l'observant, Clara Perrault ressent très fort le potentiel de cet homme, regard azur, pommettes saillantes, silhouette élancée. Énergique sans fébrilité. L'homme du moment. Là, fière d'en être, elle écoute son discours précis et stimulant :

— Je veux donner un nouveau visage à notre Nouvelle Droite, en harmonie avec le sigle que nous avons choisi. Le parti que nous avons quitté, malgré sa forte progression, garde dans bon nombre d'esprits un arrière-goût rance et nauséabond. Je veux incarner le renouveau du patriotisme. Être l'homme de la modernité. Il y a un vocabulaire typique de l'extrême droite dont il faudra vous débarrasser, on nous aura à l'œil. Surveillez votre langage et celui de vos proches. Nous sommes le mouvement du présent et plus encore de l'avenir, ne l'oubliez pas. Pour autant, je vous l'ai dit et je le répète, notre programme reste ancré dans nos valeurs : préférence nationale, laïcité intransigeante – nous avons déjà mis fin aux repas de substitution, un vrai défi dans cet arrondissement – et…

Là, Walter marque un temps, pointe son regard vers une fenêtre à l'autre bout de la pièce. Chacun semble avoir compris le message.

— … et une culture nationale. Française. Ne soyez pas impatients : nous avons pris cette mairie, c'est formidable, c'est notre victoire à tous. Mais pour appliquer tout notre programme, pour impulser notre vision et pour changer durablement la donne, il nous faudra gagner le pays. Je compte sur vous pour en être avec moi.

Perplexe, alors que Clara Perrault s'en arrache la peau d'applaudissements, pas sûr que le rougeaud soit vraiment de la future partie même si on lui a promis le poste de dircab. Walter le sait : il lui faudra faire des gestes envers la vieille garde nationaliste.

Mais l'heure n'est pas à la nuance, aujourd'hui il y a un anniversaire à fêter, trois mois de pouvoir, et c'est celui d'une victoire. La réunion prend fin, on se félicite, on se congratule. Et on s'éponge, la température a dû encore monter de quelques centigrades… On pense à l'avenir qui est juste là, devant soi, à portée de main. Une année, rien qu'une, pour passer de l'arrondissement à l'ensemble de la région, l'une des plus hostiles à la droite radicale… Walter ne s'interdit aucun rêve. Dans quatre ans, les Européennes…

Les hommes sortent un à un, prenant soin de saluer vigoureusement leur leader, se livrant à leur sport favori : un vrai concours viril de poignées de main avant de se résoudre à quitter la salle.

Après ce brouhaha de paroles enjôleuses et de crispations musculaires, le silence prend une place inattendue.

Clara et Louis Walter sont seuls.

— Je tiens à vous remercier pour votre fidélité, Clara. C'est rare en politique, je peux vous le dire.

En réalité, à cet instant, Walter se félicite surtout de son propre instinct. Le recrutement de Clara n'avait pas fait l'unanimité, loin de là. Elle n'était pas une militante donc suspecte pour le parti, toujours glissant sur le terrain paranoïaque. Et c'est précisément le point qui avait séduit Walter. Pour être efficace, innover, faire décoller sa campagne, une militante aurait manqué de discernement, de propositions inattendues, d'audace. Il lui fallait quelqu'un de libre, sans être hostile à ses idées bien sûr, mais avant tout convaincu par sa personne. Et quelqu'un de jeune. Clara, vingt-sept ans, provinciale, brune de surcroît – histoire d'en finir avec le cliché aryen – était sortie du lot. Très orientée marketing malgré un cycle de sciences politiques, elle avait accueilli sa proposition avec attention, mais sans témoigner d'enthousiasme délirant, essentiel pour afficher sa maîtrise de la situation. La jeune femme irait loin, personne ne pouvait en douter.

En apparence, Walter avait joué le jeu, argumentant comme s'il devait absolument la convaincre : « Un homme politique est un produit intéressant à vendre. Et mon positionnement représente un vrai challenge, non ? En avez-vous la capacité ? » Les ficelles ne semblaient certes pas très fines, l'argument avait pourtant fait tilt.

Clara avait accepté de relever le défi, exactement comme Walter l'avait imaginé dès le premier jour et les premières secondes de leur premier entretien.

Walter s'approche de la vitre. Clara suit son mouvement.

Il écarte deux lamelles du store baissé. Le jour scintille dans un filet lumineux. Clara le rejoint jusqu'à frôler la vitre, juste à ses côtés ; son regard suit cette ligne invisible qui se dessine devant eux, cette ligne qui fend l'espace, traverse la place de la mairie pour buter sur la façade d'un autre bâtiment tout aussi imposant.

Quatre étages d'élégance et de raffinement. Tout un symbole.

À son sommet, ces immenses lettres cerclées d'un rouge flamboyant, dix-neuf lettres qui trônent face à la mairie, dix-neuf lettres qui scintillent dès que le jour s'estompe pour laisser la nuit tomber… Théâtre Antoine-Vitez.

— Certains chez nous sont pressés, très pressés. Ils veulent leur peau : celle de Lascrime, Rigal, les âmes de ce lieu symbole. Moi aussi, je la veux. Et je l'aurai.

Moi, Samba, j'ai choisi cette psy-là à cause de son prénom, Shéhérazade comme l'héroïne des contes qu'Aïssatou me lisait dans l'temps. Nous voilà donc partis ensemble pour mille et un jours d'aventure.

J'avais toute une *psyliste* que j'ai relue cent fois, avec des commentaires et fallait bien que je me décide. Après quinze jours de relecture, Aïssatou m'a dit *Tu sais, ça se fera au contact aussi.*

Mais finalement j'ai choisi cette psy-là à cause de son prénom.

Comme je vais la voir une fois par semaine, quatre fois par mois, quarante-huit fois par an, moins les vacances scolaires, ça fait quarante-deux fois, il restera à la fin de l'année un surplus de neuf cent cinquante-neuf séances, soit 2,6 années, trente mois, cent vingt semaines de contes thérapeutiques. En tout : mille et une séances.

— Alors Samba, dites-moi, quoi de neuf cette semaine ?

— De neuf ?

— De neuf ou pas d'ailleurs, comme vous voulez.

— On m'a dit que je n'étais pas *normal*. J'ai entendu ça.

Je vois ses sourcils pointer vers le haut tendance verticale…

— Ah oui ?

— Oui.

Les sourcils retombent à l'horizontale.

— Et vous en pensez quoi ?

— Rien. Je voudrais surtout savoir ce que vous, vous en pensez.

Les sourcils hésitent.

— Donc vous voulez savoir ce que j'en pense.

— Oui.

— Normal, pas normal ? Je dirais plutôt que vous êtes hors-norme.

— C'est quoi la différence ?

— Quand on dit *normal* on accepte de se définir par rapport à une norme, quelque chose d'immobile et définitif. Être *hors-norme*, c'est se définir ailleurs. C'est trouver son propre espace, sa propre cohérence. Si je dis *normal*, je donne le sentiment qu'il y a *une* norme définitive. Si je dis *hors-norme*, je peux déjà mettre un *s* à normes. Là j'écoute, j'écoute, j'écoute, concentré, concentré.

— Et s'il y a plusieurs normes, ça laisse la possibilité d'en créer de nouvelles. D'inventer vos normes à vous en quelque sorte. Et de composer avec la norme sociale qui, du coup, n'est plus *la norme* tout court, seulement la norme sociale. Quelque chose qui n'a rien de définitif, rien d'universel. Quelque chose qui bouge selon les continents et les époques. Rien de moins – et c'est important, très important pour s'insérer dans la société. Mais rien de plus non plus. La société, ce n'est pas tout. Heureusement d'ailleurs !

La norme, les normes, inventer, inventer, inventer mes normes : ça me va. Elle sourit à nouveau.

— Vous m'avez dit m'avoir choisie pour mon prénom.

— Shéhérazade, oui.

— C'est assez inhabituel.

— Ah bon ?

— Oui mais peu importe. Vous avez votre propre cohérence dans ce choix comme dans les autres, c'est ça qui est important. Vous avez choisi une psy, pas un mage, pas un coach, pas un marabout ; des fonctions qui peuvent avoir un vrai rôle par ailleurs, je ne les dénigre pas. Mais vous, vous avez relié votre nécessité de soins – une psy – à votre imaginaire, les contes. C'est un très beau choix.

Les yeux de Samba, mes yeux, s'agrandissent comme pour embrasser l'infini. La psy reprend ses notes.

— Mais j'en ai beaucoup dit aujourd'hui. À vous maintenant, je vous écoute.

— Je vous parle de Mowgli ?

— Si vous voulez.

— Pas envie.

— Alors n'en parlez pas. Quoi d'autre ?

— Tout le monde pense aux problèmes avec les bandes de l'autre arrondissement, là, juste à côté. Déjà les bandes, ça m'échappe le concept. Les groupes en général, je comprends pas. Mais bon je veux bien faire un effort. N'empêche, cette histoire de bandes là, c'est dans toutes les têtes.

— Vous voyez, là vous faites comme les autres, vous en parlez aussi. Donc ça vous arrive de ne pas être différent. Dites-m'en plus.

— C'est partout dans l'air. Ça rôde. Tout le monde sent que quelque chose va arriver. On sait que ça va péter. Les gens savent ça, ils le sentent. Pourtant moi, je ne suis pas dedans. Je traverse ça comme si je traversais… j'sais pas… un film. Une histoire. Mais je ne suis pas dans le bon film. C'est bizarre de sentir ça. Je me suis trompé de film. C'est toujours la même histoire en fait, c'est ça qui ne va pas avec moi : je me trompe trop souvent de film.

Elle me regarde, regarde… Je reprends le fil :

— Au fait…

— Oui ?

— C'est quoi, ça veut dire quoi exactement ces histoires de « tutelle » ?

— Qu'en dit votre Larousse ? Je suis sûre que vous avez cherché.

— « Régime de protection de la personne et des biens des mineurs et des incapables majeurs, qu'il importe de représenter dans les actes de la vie civile. »

— Ah ! Nous y reviendrons jeudi prochain.

OK, OK, OK. Mais « incapable majeur », quand même, ça sonne pas terrible-terrible !

« Y avait les sirènes comme dans les films, les gyrophares, les yeux éblouis, ça crachait dans la nuit, eux face à face, le flic qui hurlait dans le mégaphone : *Lâche, lâche, lâche ton arme*. Et là ils se sont jetés sur lui, et il criait, *non, non, non*, y avait tellement de détresse, de désespoir dans ce cri, je l'ai toujours dans ma tête, *non, non, non,* il résonne, il occupe tout l'espace de ma cervelle, j'y peux rien, il est là, il ne sort plus de ma tête. »

J-31

— Tous ces nègres doivent dégager de l'esplanade.

Le rougeaud a visiblement parlé trop vite. Furieux, Louis Walter se lève d'un bond.

— Qu'est-ce que je vous ai dit ? Je ne veux plus entendre parler de *nègres*. C'est fini, ça. Si vous ne prenez pas de nouvelles habitudes ici, ça vous échappera à l'extérieur. On nous attend au tournant, j'espère que vous l'avez compris.

La particularité de sa voix, c'est son impressionnante faculté à descendre dans les basses. D'ordinaire, quand quelqu'un s'énerve, ses fréquences vocales montent spontanément dans les aigus. Walter, lui, c'est le contraire. Ça plonge. Comme si ses mots s'engouffraient jusqu'au plus profond de vos entrailles. L'homme, le même qui distribue des poignées de main armé d'un sourire étincelant, cet homme vous glace en trois secondes chrono. Le rougeaud en est tout retourné. Celui-là peut compter ses heures. Autant le choix de Clara s'est avéré payant, autant ce pauvre type fait pitié. C'est un fait : les écuries de la Nouvelle Droite ne regorgent pas de lumières, et Walter en a bien conscience. Mais toute une génération arrive, formée, moderne, *sciences-politisée* ; les bataillons seraient bientôt renouvelés.

— Ces… ces Noirs doivent dégager…

— Vous pouvez dire *Blacks* si ça vous vient plus naturellement, propose Clara Perrault, en mode pédagogique. Quoique ça n'est pas terrible non plus… Ou juste *jeunes*, les gens comprendront. En même temps, ils nous ont élus pour sortir de la langue de bois. Il y a un consensus à trouver sur les mots. C'est plutôt excitant non ? Quoi qu'il en soit, *dégager* n'est pas approprié.

Clara est contente d'elle, le type reprend :

— Bon, la gauche nous a laissé son esplanade à bobos sur les bras. Elle a dealé avec une bande d'Américains l'ouverture de trois boutiques branchouilles, la terrasse Spicy Shop là, une galerie d'art et une épicerie bio de produits bien de chez eux. Tout autour le quartier est pourri, c'est même le plus pauvre de l'arrondissement. On n'y trouve que des bouis-bouis, des ateliers de couture bourrés de clandestins, des hangars aménagés en mosquées ou des pseudo-temples tamouls… sans compter les associations gangrenées par les gauchistes. Ajoutez-y un camp de Roms installé à quelques mètres de là, voilà le cocktail halal du coin. Si on ne fait rien, tôt ou tard ce quartier nous pétera à la gueule.

Walter intègre les arguments.

— Clara, vous pouvez nous préparer un dossier sur l'esplanade ? Je voudrais tout l'historique. Quel est le problème, là, aujourd'hui ?

— Les rodéos de scooters, renchérit le rougeaud. Les Américains n'en peuvent plus. Ils disent que ça fait fuir leur clientèle, beaucoup de trentenaires et de quadras, avec des mômes en bas âge, du genre *éducation libre*, bref les mioches cavalent sur l'esplanade comme ils le veulent ; et les scooters…

— Je veux le dossier et j'aviserai. Les scooters débarquent quand les gens sont aux terrasses ?

— Non, pas pour l'instant du moins. Mais quand même, leur ramdam fout la trouille aux bobos, ils ont peur de les voir débouler quand ils sont installés.

— Pour l'instant laissez faire. Laissez venir les choses. On interviendra quand la tension sera montée d'un cran. Une pétition, ce serait bien. Il faudrait qu'elle vienne des parents d'élèves par exemple. Qu'on ne nous accuse pas de racisme, ça irait vite, les médias n'attendent que ça. Bon, laissez-nous maintenant, j'ai une question à voir avec Clara.

Quand Louis Walter conclut sur ce ton, il n'y a qu'une chose à faire : se lever et partir.

— Clara, vous pouvez m'avoir le dossier rapidement ?

— Je fais au mieux.

— Merci je compte sur vous pour faire tomber les théâtreux. En fait rentrez aussi, je vous ai assez monopolisée. Il est tard.

Le voilà seul dans son bureau, une grande pièce sobrement meublée, au dernier étage de la mairie ; la baie vitrée donne directement sur le théâtre Antoine-Vitez. Le solide bâtiment aux lettres cerclées de ce rouge arrogant s'illumine dès la nuit tombée. Même à cette heure elles étincellent, et c'est pourtant relâche.

Walter jette un rapide coup d'œil à sa montre. Vingt et une heures. Depuis que sa femme est partie, plus besoin de stresser sur les horaires, il a tout son temps.

Ça s'est produit un lundi, le lendemain de l'élection. Elle s'est vêtue d'une robe fuchsia et lui a simplement annoncé : « Voilà, j'ai rempli mon rôle et maintenant bye-bye. » Elle a tourné les talons et puis elle a disparu. Ça ne l'a pas surpris ; le départ ne s'est pas décidé sur un coup de colère. Au contraire, cela s'est passé comme leur histoire, sans passion. Walter savait à quoi s'en tenir.

Avec Clara Perrault, le duo a vite réfléchi à la manière de communiquer au sujet de cette séparation. Des *éléments de langage*, comme disent les politiques, les vrais, ont été échangés. Mais en fait les gens s'en foutaient. Un divorce et alors ? L'extrême droite avait bien changé : elle aussi avait ses gays assumés, ses familles recomposées, ses fachos bohèmes et même quelques – rares – enfants métissés. Tout s'était finalement passé sans aucune question.

Machinalement, comme toujours quand il est le dernier à quitter la mairie, Louis Walter s'approche de cette baie vitrée qui domine l'espace depuis ce dernier étage. Il reste un moment, là.

Il observe. La porte du théâtre s'entrouvre, Walter s'approche encore, prenant soin d'éteindre la lumière afin de ne pas être repéré.

Il est maintenant collé à la vitre, son souffle la caresse jusqu'à laisser la trace d'une légère buée. Il n'y a plus que ça, son ombre, son souffle, son regard. Dehors, un homme apparaît, chevelure poivre et sel, fine écharpe jetée avec nonchalance sur les épaules ; il retient la porte, laisse le passage à une femme.

Elle, sa grâce se dessine jusque dans ce mouvement banal pour gagner l'extérieur du théâtre. Sa longue robe pourpre est fluide, tout autant que sa silhouette, ses talons claquent l'asphalte. Elle ne fait que descendre ces quelques marches pour rejoindre une voiture, et pourtant elle semble traverser une scène. Sa coiffure, son maquillage restent discrets, mais il y a ce rayonnement, cette manière d'effleurer le fin tissu de sa robe, tout en mouvement, c'est en elle, c'est comme ça.

Depuis la baie vitrée du bureau de Walter, on pourrait deviner son parfum dans le sillon de son passage, l'imaginer, une senteur poivrée. L'homme la rejoint, ouvre la portière de la voiture. Elle monte. La gestuelle est lente, presque décomposée. En exhibition. Ils sont ici chez eux, en territoire conquis, et cela se mesure à chacun de leurs pas.

— Il nous observe tu crois ?

— Je ne crois pas, j'en suis sûre. Je le sens.

Le couple entre dans sa vieille Alfa Romeo, un coupé rouge d'une élégance rétro. Il est au volant, ne démarre pas tout de suite, attend encore un peu. Elle, elle respire l'instant.

Légendes vivantes du théâtre français, Sandrine Rigal et Jacques Lascrime saisissent une flasque de whisky et trinquent à la vie, à la nuit, à la vie encore.

La voiture démarre dans un vrombissement. Et disparaît.

Vingt et une heures trente, c'est le flash sur France Info. Walter allume sa radio, histoire de revenir au monde.

« Les températures étaient déjà anormalement élevées pour ce début de mois de juin. Mais cette fois nous passons un cran au-dessus, notamment en Île-de-France. Alerte orange : la canicule est annoncée dès demain. »

J-30

L'orage n'a rien changé, c'est pire encore. Ça ne finira jamais. Le geste est maîtrisé, il lui donne un air d'actrice de kabuki : face au miroir, Sandrine Rigal étale avec précision un masque de beauté sur son visage tendu par l'élasticité de la pâte blanche.

— C'est comme ça que j'aimerais jouer, en portant un masque pour que tout vienne des mouvements de mon corps. Ou de mon visage aussi, mais au-delà de ses traits, de son apparence. Juste de sa tension.

Et puis, elle réfléchit un instant…

— Ce que je dis comme conneries des fois…

Elle traverse le grand salon, un mélange harmonieux de baroque et de modernisme, dans la pénombre des stores baissés, et la blancheur immaculée de son visage tranche avec sa robe d'un pourpre intense. Cette couleur-là, jamais une autre.

Sa démarche ce soir n'a rien de théâtral ; elle se trimbale, fragile, un peu dégingandée, touchante en quelque sorte. Sa fille est venue lui rendre visite, elle mange des choux à la crème et rigole, vautrée dans un fauteuil Louis XV.

Elle vient de fêter ses vingt-quatre ans. L'âge de Sandrine lorsque la jeune actrice ávait appris qu'elle était enceinte. Alors bien sûr, ça réveille des choses. Lascrime ne voulait pas d'enfant. Mais dès la naissance de la gamine, il avait succombé au charme de Camille. Sandrine, elle, n'avait apprécié sa maternité que bien plus tard : lorsque Camille était devenue ado. C'est au moment le plus compliqué des relations mère-fille que leur complicité s'était affirmée. *C'est comme ça*, constatait Rigal, *on ne fait jamais rien comme tout le monde !*

— C'est dingue, même avec ce masque sur le visage, là, t'as une de ces classes !

— Merci ma fille. Mais tu n'es pas mal non plus, avec ta Chantilly sur tes joues roses.

— J'suis pas sûre de te l'avoir déjà dit, mais c'est quelque chose d'avoir une mère comme toi.

— Une mère comme moi ?

— Il n'y a pas beaucoup d'actrices qu'on appelle par leur nom, direct, sans leur prénom. Garbo, Deneuve, Rigal…

— Tu vas me faire rougir… arrête.

Elles sont comme ça, les deux : à l'aise toujours, complices. Camille vient de quitter le foyer.

La jeune femme est pressée. Sandrine la regarde s'éloigner armée de son grand sac, de sa fraîcheur et sa désinvolture. Sandrine revient tout juste du Pays basque, son endroit préféré, son lieu hors-monde. Elle y a retrouvé ses deux amies qui vivent depuis cinq ans à l'ombre des Pyrénées. Comme toujours elle y a débarqué avec son univers, soigneusement rangé et emmené dans ses malles. Ses étoffes dont elle ne se sépare jamais, elle les a dépliées tout autour d'elle. Et ses épices ont recouvert la grande table de la cuisine. Elle y a confectionné ses plats, respiré leurs parfums. Sandrine a grandi ailleurs, sur l'île de La Réunion jusqu'à son adolescence. Depuis, ses couleurs et ses senteurs ne la quittent plus. Chaque déplacement est un mini-déménagement. Son monde la suit partout.

La voilà seule chez elle, avec du temps pour elle.

Lascrime est en répétition, ou en rendez-vous, ou en audition, ou quelque chose comme ça.

Quand il est là, on est sûr de le remarquer. Il tousse, éructe. L'homme parle fort, sursaute sur son smartphone, discute avec des ados car il est resté très jeune quand même. Ça, c'est son côté artiste populaire, son côté *rue*, le pendant du directeur du théâtre. Il passe devant un piano, il en joue quelques notes ; tombe sur un livre, il en lit un extrait, plutôt à voix haute et bien haute ; il chantonne, dessine, c'est parfois charmant, souvent saoulant.

Bref, Lascrime prend de la place.

Alors là, seule, elle se fait son jazz, allume une cigarette, tamise plus encore les lumières – elle aime l'obscurité, elle la caresse. Musique sur la platine, craquements de vinyle à l'ancienne et voix de crooner un peu junkie. Sûr que Lascrime doit être avec *ses* migrants, ou *ses* Roms, occupé à investir le théâtre dans « les causes de la vie », dans « l'urgence du monde », comme il aime dire. Et sincèrement, il y croit.

En fait il n'a pas le choix, c'est ce qui le fait exister. *Son identité*, comme disait la petite.

— Et c'est ce qui le fait bander !

Elle rigole, elle en rajoute peut-être. Lascrime, l'odeur de la pauvreté, le parfum de la détresse, le péril des vies en fuite, ça lui colle à la peau. Ça l'habite. Elle sait : trente ans qu'ils ne se lâchent pas, depuis le cours d'art dramatique où ils se sont rencontrés, là où – déjà – il adorait s'exhiber à tout moment, en particulier lors des nombreuses fêtes qu'ils aimaient fréquenter. Inévitablement arrivait le moment où il se retrouvait au centre du cercle. Elle a vu ça tant de fois, elle connaît bien. Trente ans qu'ils s'aimantent de l'ombre aux projecteurs, trente ans qu'ils vibrent ensemble. Trente ans qu'elle l'observe s'exciter sur la misère humaine, dénoncer les logiques de marché, défendre le droit absolu à refuser les frontières.

Ce quartier, cet arrondissement, Lascrime le convoitait depuis le soir où le hasard les avait traînés là. Un coup de foudre. À cette époque pourtant, ses yeux étaient rivés sur Marseille. La saleté rance de la ville excitait son désir d'exotisme – car le Sud ne pouvait qu'être sale pour être excitant. Et puis il en aimait le côté démerde, la « solidarité des pauvres » qui planait sur la Cité phocéenne, un village d'*arrrrtistes* aussi. Tout cela à vrai dire ennuyait prodigieusement Sandrine qui ne savait quoi faire pour recentrer l'attention de Lascrime au nord de l'Hexagone. Elle ne se serait jamais faite aux sandales dorées sur jambes bronzées virant à l'abricot, à ces pieds-noirs qui se la jouaient tellement *pieds-noirs*, à ces Arabes qui se la jouaient tellement *Arabes*, à ce chauvinisme ringard qui peuplait les conversations, à ces regards paniqués *Mon Dieu vous venez de Paris ???* suivis des sempiternelles et si prévisibles questions : *Vous n'avez pas trop froid ? Et le stress, vous gérez ?*

Alors oui, son premier sentiment pour ce coin de Paris relevait plutôt de l'indifférence. Mais l'attraction qu'il exerçait sur Lascrime lui fit dire qu'après tout, le pire était peut-être évité.

Petit à petit elle avait appris à s'approprier ses rues, à ressentir une tendresse pour ses ambiances si différentes de chaque côté du métro aérien qui traversait l'arrondissement.

La première fois qu'elle était entrée dans le théâtre Vitez, un espace quasi à l'abandon, elle avait eu un choc, un vrai. Elle s'était dit : voilà ma maison, notre maison. Elle, la nomade, s'était sentie apaisée par ce lieu. Alors, les choses sérieuses avaient vraiment pu commencer. Son attirance pour le métier d'actrice avait toujours été de cet ordre : l'idée d'investir un espace, de pouvoir y inventer quelque chose. De marquer un territoire à partir des interprétations, des mises en scène, des récits.

Lui, c'était autre chose. Le théâtre, la scène, la lumière l'habitaient. Il avait besoin de ça pour exister. Et puis il y avait cette autre nécessité : être au centre. Son ADN. Depuis leur installation, leur rapport à cet arrondissement de la capitale avait évolué. Ils en avaient investi la partie chic – c'était sa volonté à elle. Lascrime aimait se perdre dans les ruelles et artères sombres de *la zone* comme on appelait à l'époque le coin des immigrés. Il se nourrissait des visages, des musiques, des parfums d'épices, d'encens qu'il aimait retrouver ici, dans ces quartiers-là. Il s'y sentait toujours en balade, sauf lorsqu'il s'investissait dans un travail social à partir d'improvisations et de jeux de rôle.

Le théâtre Vitez, ils l'avaient reconstruit pierre par pierre, Sandrine et lui. C'était leur deuxième enfant, et parfois leur premier. Leur création. Il faisait de l'ombre à la petite Camille qui entretenait avec ce lieu une relation ambivalente. Une attirance, une vraie, mêlée à la nécessité de fuir cet espace envahissant. Ce théâtre qui mangeait tout avec un appétit vorace. Cet ogre.

Face à la glace, Sandrine retire le masque de beauté posé sur son visage. Puis elle se donne à son instant Rigal. Elle danse avec elle-même, elle joue à tituber, un peu Garbo, un peu marrante.

Lascrime ne lui manque pas, elle respire ses moments solitaires. D'ailleurs les minutes passent, le carillon le rappelle, alors sa main cherche dans son sac, et ses narines frétillent.

Et ses narines frétillent… Le crooner se déchaîne, « Love Is the Drug for Me[1] » tourne sur la platine, la voix est séduisante. La tête, ça tourne un peu. Ses narines, et elle tombe, tombe, tombe. Le crooner se déchaîne.

La tête, ça tourne encore. Ses narines en frétillent et elle tombe.

Et elle tombe. Seule seule seule, comme elle aime.

---

1. Bryan Ferry, « Love Is the Drug », *The Jazz Age*, 2012.

J-29

Cette journée a mal commencé !

Là je mâchouille ma guimauve, pas convaincu à cause de la boulangère qu'a rien voulu comprendre :

— Une guimauve rose et verte s'il vous plaît.

— Voilà, cinquante centimes jeune homme.

— Euh non, une rose et verte.

— Eh bien elle est rose et verte.

— Ah non elle est verte et rose.

— ???

— Regardez : les bandes vertes sont bien plus larges que les bandes roses.

La boulangère a scruté cette chose avec une moue qui tirait sa bouche dans tous les sens avant de s'avouer vaincue : désolée, elle n'avait rien d'autre. Et maintenant je mâchouille ma guimauve verte et rose, pas rose et verte et surtout pas convaincu du tout.

Donc aujourd'hui, je ne suis pas décidé à me lancer. J'observe le plan des lignes de bus et de métro. Un labyrinthe : la ville est vaste, si vaste. Justement, à ce point de ma réflexion, j'en viens à Einstein, mon coco chéri, et j'me dis qu'après tout, cette immensité affichée doit elle aussi être toute relative.

Alors je descends dans le métro et achète deux tickets, un pour aller, un pour revenir. Monte dans un wagon. Sur le quai, des jeunes rigolent ; ils se vannent. Je les observe minutieusement comme des insectes enfermés sous mon microscope. Les groupes… Notion inconnue. Ce que ces jeunes partagent là, en ce moment sous mes yeux, ça m'est vraiment mystérieux. No comprendo. La sonnerie stridente indique le départ d'un bout de ligne. En voyage, je m'laisse guider par le hasard et mes repères historiques. Car j'suis un fou d'histoire, même si je déteste le mot *fou* qui me fait toujours un peu peur. Les stations Nation et République sont des incontournables, on est en France ou quoi ?

Je manque la première station mais, au dernier moment, je me jette du wagon pour saisir la seconde.

Des couloirs, tellement de couloirs, et tellement de monde.

Dix-huit heures. Me retrouve au croisement de toutes les directions. Les noms dansent dans ma tête, Balard, Créteil, Gallieni, Levallois, les gens se pressent, chacun sait où diriger ses pas, vers l'endroit à atteindre.

Me voilà empêtré dans le flot de cette chorégraphie bizarre. Je panique, tente d'accrocher un regard, d'esquisser une parole, de demander une aide. Rien ne vient arrêter ce ballet ; ma silhouette se noie sans pouvoir prononcer un mot. Mowgli, Mowgli se noie. Il s'enfonce là, disparaît. Seule sa main sort encore du sol pour crier à l'aide.

Mais personne ne voit ça.

Le panneau *Sortie* m'apparaît enfin, tout en me semblant inatteignable. Les corps me frôlent, certains regards détestent mon indécision. Me voient là, me torpillent et direct m'enferment « sous tutelle », j'ai compris ça. Des percussions venues d'un couloir inconnu rythment l'ensemble dans un écho brouillé. Une mère de famille fonce dans le tas, poussette en avant brandie comme une arme de guerre. Alors j'me précipite vers un escalier, peut-être la clé du labyrinthe.

Enfin, je rejoins l'extérieur.

La bouche desséchée, le front trempé de sueur. *This is the end.*

Quand je marche, j'avance, jamais j'recule, mes pupilles captent tout ce qu'elles croisent et se projettent dedans.

Je passe devant un hôtel… D'un coup je vis là, troisième étage, chambre trois cent un. Ma vie est faite de papiers peints ringards ou de déco design, de petits déjs préparés et servis chaque matin, d'une clé abandonnée au tableau de l'entrée quand je quitte les lieux, de voisins intermittents. Ma vie est faite d'anonymat et j'aime ça.

Dix mètres plus loin, au rez-de-chaussée d'un immeuble qui n'a l'air de rien, une pancarte affiche *À vendre.* Je suis le nouveau proprio – M. Samba copropriétaire – et je reluque des têtes passer toute la journée au ras de ma fenêtre. C'est comme ça : le boulanger est *mon* boulanger, le pressing est *mon* pressing, le parcmètre est *mon* parcmètre. La rue est *ma* rue. Ma rue.

Le temps de croiser un lieu, un visage, quelques secondes pas plus, pas moins : je change de monde, je change de vie. Et je me demande : je serais qui, je ferais quoi si ma life était ici ? Les questions fusent, torpillent ma route. Je serais qui, je penserais quoi ? Je vivrais quoi ? Alors très vite, ça se transforme et ça devient : je suis qui, je pense quoi, je vis quoi ?

Là, au carrefour, je croise un Asiat'. D'un coup d'un seul, je suis asiat' et quand j'me pointe quelque part, les gens ne se disent plus : *Tiens, v'là un Black* mais pensent bien fort : *Tiens, un Chinois*, même si je suis coréen. Les frontières sont relatives, c'est la vie qui veut ça. Mowgli le sait : les frontières sont mentales, et ça le rassure sur l'état du monde.

La rue, c'est électrique. Partout ça chuchote. Des fois ça s'énerve, ça se clashe. Le plus palpable, ces derniers jours, c'est cette fébrilité, cette inquiétude sur ce qu'on raconte de nos familles dans l'arrondissement d'à côté. Chez eux, là-bas. J'entends : *Ils veulent nous faire passer pour des clochards ou quoi ?* J'entends ça. Un nom revient en boucle. *Ramzi*. Ramzi ? *Ben ouais tout l'monde connaît Ramzi.* Tout serait parti de lui. Le gars raconterait que chez nous, plein de jeunes sont dans la misère, leurs darons au RSA, lorsqu'ils sont capables de remplir une demande, ces illettrés ! Que les filles se vendent pour rien, ou presque. Que des mecs montrent leur teub sur Internet pour finir le mois.

Un crevard ce Ramzi, lui et les siens. J'entends. J'entends.

La rue, c'est ça : y a ceux qui commencent à parler, et puis ça monte, ça monte. S'énervent tout seuls, les gars. Ils sont en boucle. En ébullition comme des cocottes-minute, prêts à jaillir.

Le p'tit là, avec son sweat-shirt jaune canari, il n'a pourtant pas une tête de poussin, il promet la guerre. Les autres valident.

La misère ça ne se raconte pas. C'est l'intime de l'intime, ça reste dans les maisons, dans les foyers. Ça ne se divulgue pas. C'est la règle. Alors maintenant trop tard pour revenir en arrière. Trop tard.

Quand le mal est fait, il est fait. On ne revient pas sur ces choses-là.

Retour à ma chambre, j'entends Mama passer l'aspirateur.

A l'air fatiguée, la chaleur et le boulot. Son visage, les marques de la vie, celles des nuits sans sommeil, je vois ça. Elle sourit mais les marques sont là, et elles ne bougeront plus. Donnent une drôle de couleur à son sourire. Ma mère, je la connais mal. Maladroitement. Ne sais pas trop à quoi elle pense, est-ce qu'elle rêve des fois la nuit ? Et la journée ? Elle rêve la journée aussi ? Un coup elle me regarde et je comprends qu'elle ne sait pas trop quoi faire de moi, ce rejeton dégingandé au grand corps filiforme. Cette asperge bizarre.

Sur ma table elle a déposé un courrier, une lettre qui arrive tout droit de… la mairie. Le tampon en atteste. De la mairie, rien que ça ! Eros a lui aussi reçu LA lettre. Il dit : pas lu encore. Moi je voudrais l'ouvrir mais Eros attend, là, pressé de jouer. Se ronge les ongles.

Pas commode des fois le gars.

Ça fait un mois qu'Aïssatou, l'Impatiente, l'Insistante, nous prend la tête avec ça.

— La mairie cherche des stagiaires au service com. Allez-y bon sang, bougez-vous tous les deux !

Eros l'Optimiste, le Battant – v'là que j'lui donne des noms à lui aussi…

— Candidater auprès de ces fachos ?

— Évidemment. Vous êtes tous les deux qualifiés. Comme d'autres jeunes du quartier. Qu'ils vous refusent tous et on portera plainte : normalement les médias se foutent de nous mais là vous verrez, ils adoreront ça, vu que c'est la Nouvelle Droite. Et eux, à la mairie, ça les mettra *in the shit* !

Aïssatou, quand elle a un truc dans la tête, inutile de dire qu'elle ne lâche pas le morceau. Tous les jours elle a remis ça, sept jours de suite, cent soixante-huit heures. Faudra que je calcule combien de minutes, vertigineux. Et puis un jour, un mercredi après-midi, elle nous a convoqués dans son bureau, Eros et moi ! Con-vo-qués.

— Écoutez les garçons, dans la vie certains peuvent se prélasser dans des entre-deux. Dans notre vie à nous, ça ne se passe pas comme ça : on se tire vers le haut ou on se tire vers le bas. Y a pas de milieu. Capito ?

— Oui.

— Capito !

— OK, c'est déjà ça. Donc c'est simple : je ne vous laisse plus le choix. Si vous voulez continuer à vous voir, il va falloir ensemble vous tirer vers le haut. Donc vous candidatez ! Je veux lire demain vos lettres de motivation. Comprendo ?

— Si.

Quand on ressort, Aïssatou retient ma main avec sa poigne si particulière, à la fois douce et ferme.

— Samba, c'est très important pour toi ce stage. Très. Encore plus que pour Eros. Tu sais que tu seras bientôt majeur. Tu sais ?

Oui je sais. On sait tous ça.

— Tu dois montrer que tu peux te gérer, que tu en es capable. On ne peut pas compter sur tes dons, hélas, ça ne les intéresse pas. Il leur faudra des éléments qu'ils pourront intégrer : un stage, deux stages…

— Sinon c'est la tutelle ?

Stupéfaite, Aïssatou. Reste un instant sans voix, de longues secondes aphone et ce n'est pas son genre.

— En tout cas, on ne doit pas attendre le dernier moment. Faut y penser maintenant. C'est sûr.

Caramba ! Du coup, on a candidaté – mais sans s'attendre à une réponse. Et là, il y a une lettre, deux lettres, sûrement un refus, deux refus, mais bon, Eros ne veut pas regarder maintenant. Bien sûr : lui n'a pas de tutelle en vue. Pas commode le gars, pas commode des fois.

— *Osu* ?

— *Osu* !

Le gameplay est facile à appréhender. Une musique est jouée et des CD apparaissent à l'écran. Il suffit de cliquer sur ces disques en rythme. Plus tu es synchronisé avec la musique, plus ton score est élevé : ça déclenche des multiplicateurs de points. À l'inverse, si tu ne parviens pas à suivre le rythme, tu marques moins de points et la chanson peut même être interrompue : alors c'est game over *!*

J-28

Lorsque Jacques Lascrime sort du théâtre, il est ébloui par l'impitoyable éclat du soleil. Ça frappe fort. Un réflexe, ses lunettes oubliées, il tente de protéger ses yeux à l'aide de sa main. Descend les marches aussi vite que possible, fuyant les rayons intensifs de ce début d'après-midi.

Quinze heures, Lascrime a rendez-vous avec Geoffrey Williams au N.Y. Spicy Shop pour échanger sur son prochain spectacle. L'idée est encore floue mais la pièce, un huis clos tendu, devrait se situer dans un restaurant ; besoin de comprendre le contexte, d'entendre quelques *stories* typiques de ces lieux de partage, de fête ou de solitude. Lascrime décide de s'y rendre à pied malgré les trente bonnes minutes de marche : son toubib sera ravi et l'ombre le guidera.

Il descend la longue rue commerçante de ce confortable et rassurant quartier de l'arrondissement, foisonnant de propositions gustatives en tous genres, fruits de tous les continents, légumes bio, viandes choisies, sushis, fleurs et plantes pour terrasses, vins fins. Son quartier. Il marche jusqu'à rejoindre le boulevard qui longe le métro aérien. Changement d'ambiance.

Les enseignes se font rares. Les quelques étalages proposent d'autres saveurs d'Orient, d'Afrique, d'outre-mer, perdues au milieu d'une bonne dose de téléphonie mobile, de cartes prépayées vers d'autres continents. En quelques mètres on est ailleurs, en direction de l'esplanade. Lascrime aime ces atmosphères, leurs couleurs, leur musique. Il ralentit le pas, laisse traîner ses yeux sur les échoppes sans chercher quoi que ce soit, juste pour le plaisir d'égarer son regard, de respirer l'ambiance. Lui, il a grandi à proximité de ces autres mondes, dans un quartier frontière, un confortable entre-deux, tout en restant spectateur de ces vies. En les frôlant sans les intégrer, ni même vraiment les rencontrer.

Bien plus loin sur le boulevard il y a un attroupement, et beaucoup de monde.

Près de lui, un vieil homme arabe pointe le doigt en direction du rassemblement. Il dit quelque chose qu'il répète plusieurs fois, c'est comme une incantation mais Lascrime ne comprend pas. Il poursuit sa route jusqu'à rejoindre le lieu où tout se passe.

Il y a des cris, des mégaphones, des pleurs d'enfants, des femmes s'indignent, d'autres approuvent, *Vous comprenez, c'est plus possible, ils sont de plus en plus nombreux, comme ça tout le temps sur le trottoir.* Une haie compacte de spectateurs empêche Lascrime d'en savoir plus. « C'est les Roms, ils les font dégager », raconte une jeune fille au bord des larmes. Lascrime se faufile entre les gens amassés, simples témoins ou militants antiexpulsions couverts d'autocollants ; un cordon de CRS empêche d'accéder au terrain central.

Des jeunes tentent de percer le bloc de flics, une bouteille est projetée contre les uniformes. Elle vole en éclats. Des gaz lacrymogènes distillent une épaisse fumée, ça brûle les yeux et la tension monte d'un cran. La vue se brouille, il reste les cris, les enfants qui courent, l'affolement des familles. Lascrime est au premier rang, son regard est happé par le mouvement de la scène, une envolée, une femme se protège comme elle le peut d'un foulard multicolore noué en vitesse autour de sa bouche. Il y a cette violence, cette angoisse sur les visages, l'écrasante chaleur, il y a toute cette détresse, l'incompréhension, l'errance d'une gamine qui s'accroche à une poupée aux yeux révulsés.

Un campement évacué, des vies à la dérive… Ce qui se brise, un basculement. Il y a tout ça ici, maintenant, et ça existe. Mais pas seulement. Lascrime est captivé… Captivé. C'est bien ça ce truc bizarre, indicible, qu'il sent rôder autour de lui. Qui cogne son thorax. Ce qui parcourt son être jusqu'à créer un tremblement diffus tout au long de sa carcasse. Captivé. Ce qui se vit ici, ce qui se joue devant lui… L'intensité. Juste l'intensité.

Un jeune Tzigane surgit de la masse, il hurle : « Arrêtez, arrêtez, laissez sortir les enfants, arrêtez. » Ses cheveux clairs ébouriffés entourent un visage adolescent sur un corps adulte parcouru d'une tension extrême.

— Vous là, vous !

Le garçon interpelle Lascrime.

— Oui vous !

Il parvient à s'extirper du groupe et à le rejoindre.

— Je vous ai vu à la télé, vous êtes l'homme du théâtre ? Vous ne pouvez pas laisser faire ça ! Aidez-nous, faut nous aider ! Vous avez de l'audience, les médias vous écouteront.

— Oui, d'accord... Je ferai ce que je peux, appelez-moi. Je suis prêt à vous soutenir si je peux.

Lascrime lui tend sa carte. Le garçon la déchiffre.

— OK monsieur... Lascrime, OK, moi c'est Evann, Evann !

Et puis Evann disparaît dans la foule, englouti comme il en a surgi, en serrant fort la carte dans sa main, aussi fort qu'il le peut.

Lascrime reste hagard, éponge la sueur amère qui coule sur son front, finit par reprendre péniblement son chemin. Un peu plus loin, des chants – ou des prières, c'est difficile à dire. Les sons s'échappent d'une sorte d'ancienne boutique dont les portes sont restées entrouvertes. Le lieu est transformé en temple tamoul. Reste cette longue rue à remonter, Lascrime passe devant des ateliers de couture, quelques étals, la mosquée-hangar du quartier. Plus loin, on aperçoit un dégagement. En continuant quelques mètres, l'esplanade se révèle.

Incongrues, trois enseignes règnent au centre de la place, Art Citizen Galery, Épicerie At Home et N.Y. Spicy Shop où Geoffrey l'attend à la terrasse. Lorsque Lascrime s'assoit, il est livide.

— Ça va ?

— Oui, oui, ça va, c'est la chaleur. Et il y a eu une scène assez violente avec les Roms plus bas sur le boulevard, ça m'a choqué.

— Franchement ça ne m'étonne pas, vous savez il y a des choses qui ne vont pas ici, pour nous c'est difficile.

— Pour nous ?

— Oui pour nous les commerçants. On apporte quelque chose aussi, non ?

— Bien sûr, je ne dis pas le contraire.

— Eh bien on est à cran, on est…

Un cri strident vient l'interrompre, et ça se passe juste derrière eux, à côté du comptoir.

— Lâche ça, lâche !

Lascrime et Geoffrey se lèvent d'un bond, la bière valse lamentablement sur le sol, une ado se précipite, bouscule une cliente, renverse deux chaises et file aussi vite que possible. Le serveur la poursuit sur quelques mètres… mais laisse vite tomber. Une femme attrape son gosse, *Viens, viens.*

Furieux, Geoffrey Williams traverse l'esplanade, toute l'esplanade en diagonale, d'un pas quasi militaire sous le feu d'un soleil sans pitié et le regard stupéfait de quelques gosses, *Il va où lui comme ça ?* Le voilà devant l'entrée de l'Espace Jeunesse. Dans le hall, des ados et quelques enfants regardent la liste des activités proposées en rigolant.

Aïssatou Ouattara apparaît en haut de l'escalier, quelques dossiers sur les bras. Geoffrey ouvre la porte d'un coup sec.

— Elle est où ?

Les gamins le regardent interloqués, avec l'intuition que quelque chose de spécial est en train de se passer. Le silence règne. Tous se tournent vers Aïssatou qui répond placidement, sourire ravageur aux lèvres :

— Bonjour monsieur Williams, enchantée. Vous voyez, moi je connais votre nom. Je me présente donc : je suis la directrice de l'Espace Jeunesse, Aïssatou Ouattara. C'est vrai, c'est un peu dur à retenir au début, mais vous verrez si nous avons l'occasion de nous rencontrer de nouveau, ce que j'espère, on s'y fait très vite. Bienvenue à l'Espace Jeunesse. Je suis d'ailleurs très étonnée – et honorée – de votre visite. Car c'est la première fois que vous franchissez le seuil depuis votre installation il y a deux ou trois ans, n'est-ce pas ? Vous cherchez une gamine j'imagine. Une gamine noire je suppose, et c'est ce qui vous amène à l'Espace Jeunesse, c'est bien cela monsieur Williams ou je me trompe ?

Décontenancé, Geoffrey cherche ses mots. Agacé, un peu humilié, mais aussi séduit. Les gamins n'en loupent pas une rame, tous observent bouche grande ouverte. Leurs yeux suivent un match de tennis, gauche-droite, gauche-droite, gauche…

— Je voulais aussi en profiter pour me présenter.

En vrai, du haut de cet escalier qui domine tout l'espace, cet escalier dont elle descend lentement chaque marche, jouant d'une grâce qu'elle maîtrise comme nulle autre, en vrai… elle est rayonnante, terriblement arrogante mais terriblement rayonnante.

— Vous présenter monsieur Williams ? Voilà une bonne idée ! Eh bien allez-y, je vous écoute : présentez-vous.

— Une jeune fille a encore volé de l'argent à mon serveur. Je voulais vous en parler parce que ça ne peut plus durer.

— Alors prenez rendez-vous si vous souhaitez en parler. Si vous avez compris que dans un quartier très pauvre comme celui-ci, il est intéressant d'échanger lorsque des commerces tels que le vôtre s'installent au beau milieu du quartier en question… Si vous avez compris que l'on pourrait agir ensemble pour intégrer les habitants et non les exclure, monsieur Williams, prenez rendez-vous. Je vous recevrai avec plaisir.

— Je ne suis pas assistant social.

— Monsieur Williams, vous avez bénéficié d'aides considérables de la mairie si je ne me trompe. Grâce à la particularité du quartier. Vous n'êtes pas assistant social, j'en conviens. Mais vous n'êtes pas non plus étranger à nos problématiques, du fait des aides que vous avez perçues. Quant à la jeune fille – pour revenir à votre question –, à ma connaissance elle n'est pas venue ici. Vous savez, les jeunes de l'Espace ne sont pas forcément des anges, mais qui est un ange monsieur Williams ? Qui est un diable ? Une chose est sûre, ce ne sont pas des délinquants.

— Je n'ai jamais dit ça. J'ai juste du mal à comprendre comment les gens fonctionnent ici. Vous, c'est un monde que vous connaissez, que vous aimez visiblement…

— Je l'aime autant que je le déteste, cela dépend de mon humeur. Mais là nous entrons dans un autre domaine.

Geoffrey la regarde, muet comme une carpe. Elle de même, plutôt gênée d'avoir glissé sur un terrain plus intime, et sans s'en rendre compte. Quelques mots qui trahissent quelque chose d'elle.

Les gamins assistent à la scène. Gauche-droite, gauche-droite, leurs yeux vont de l'un à l'autre.

— Vous avez une carte ?

Aïssatou sourit largement.

— Absolument. La voilà ! Maintenant je vous laisse monsieur Williams. N'hésitez pas à me faire signe.

Toute la journée, Aïssatou et Geoffrey se sont tourné autour, à se croiser, à s'adresser des sourires ironiques, à s'éviter en se cherchant du regard. À se frôler en affichant une politesse ostentatoire. Une chose est sûre : Aïssatou n'a jamais passé autant de temps sur l'esplanade !

Bizarre, Aïssatou quand même.

— Ta joue si douce, mon frère. Une peau de baby…

Rêveuse, absente. Ailleurs. Je vois ça. Alors je lui demande :

— T'es où là ?

— Comment ça je suis où ? Je suis avec toi, Samba.

OK, OK, OK.

— Pourquoi tu me demandes ça ?

— Parce que t'es pas pareille, t'es différente.

Elle rigole et se met carrément à chanter :

Différente, j'suis plus la même que dans l'temps
Où j'étais folle, un rien frivole je n'ai plus le temps

De gémir, de faire ma tête de martyre brisée
D'être la risée de toute l'assemblée[1].

Chante pour ne pas répondre… Je sais ça. Déjà elle ne chante jamais. Jamais ! Alors ? C'est un signe ou quoi ? Signe numéro un ?

— Pourquoi tu chantes ?

D'un coup elle arrête de passer sa main sur mon visage. En temps normal, elle n'arrête en aucun cas. Signe numéro deux.

— Tu m'énerves avec toutes tes questions ! Parce que je chante des fois (elle cherche)… Je chante sous ma douche par exemple. Je chante même en scooter.

— Ah oui ? En scooter ?

— Oui !

OK, OK, OK.

— C'est à cause de l'autre, là, que t'es comme ça. Mowgli sait ça.

— N'importe quoi.

— C'est pas une question, c'est une affirmation.

— Quel autre d'abord ? Je ne sais même pas de qui tu parles !

— Le mec du bar.

Signe numéro trois, et pas des moindres : en temps normal Aïssatou ne ment jamais.

En même temps, suis content pour elle. *Heureux ?* Connais pas, trop abstrait pour moi. Content oui. Je suis content quand un trait commence à étirer ses lèvres vers le haut. C'est un signe. Et je suis content quand je vois moins souvent ses yeux disparaître

1. Bams, « Différente », *Vivre ou mourir*, 1999.

dans un lointain cosmique, ça lui arrive des fois. Quand elle pratique ses mouvements sur mon visage – *la technique d'apaisement* comme elle dit – et que sans se rendre compte de quoi que ce soit, son regard s'absente comme s'il se perdait dans l'infini. Le cosmique.

Lorsque ses yeux embrassent le vide. Ça, ça me fait peur, toujours. Et depuis hier, depuis leur *altercation* comme on dit, ça n'est pas arrivé, je vois ça. Quand elle s'en va, je sais où elle se balade, où sa tête la conduit. Et j'aime ça.

3

CE VISAGE…

Ce visage sur l'écran, ailleurs, absent, les mains dans le plâtre, modelant un corps d'animal avec une tête étrange, et ce son spécial, ce son d'hier, un son oublié, vestige d'une autre époque. Un ronronnement aigu tout proche du sifflement.

Le dircab fluorescent se demande d'où peut sortir l'étrange appareil dans les mains de Clara.

— Ce film n'a pas été numérisé, explique Clara Perrault. C'est un Super 8 tourné par un habitant du quartier. Bien sûr il y a des archives de l'Ina que je vous montrerai plus tard, mais ce document est intéressant à découvrir parce qu'il ne devait pas avoir de spectateurs. Voilà, tout se passe à la Halle, un lieu phare de l'underground parisien. Ça n'a pas duré longtemps mais ça a marqué les esprits.

Gros plan flou sur l'homme. Ivre, tout en balancements, la caméra bouge de plus en plus.

— Lui, c'est Carlos Guierra, sculpteur chilien, anarchiste tendance mondaine, homosexuel affiché, exilé en France. Depuis, il est retourné dans son pays d'origine. Il a été une vraie star du milieu artistique parisien dans la faune des années soixante-dix jusqu'à fin quatre-vingt. Il a beaucoup fréquenté le jeune couple Rigal-Lascrime qui commençait à percer dans le théâtre. On lui a d'ailleurs prêté une liaison avec Sandrine Rigal – qu'il affublait du surnom de *Blondie*.

Réaction amusée, sourire en coin du dircab en costume beige :

— Il n'était pas homo alors ?

— Pas uniquement sans doute, répond Clara Perrault. Mais sur ce plan-là, beaucoup de choses étaient assez floues dans le milieu artistique.

— Ça n'a pas tellement changé, si ? ironise le dircab.

— Ce n'est pas le sujet. Continuez ! commande Walter.

— Il s'est installé dans l'arrondissement en quatre-vingt-quatre. Il a d'abord squatté une friche située sur le terrain de ce qui deviendra, quelques années plus tard, notre fameuse esplanade.

Le film montre maintenant Guierra devant la friche, titubant, hilare, glauque. C'est dans ses yeux, sa gestuelle. Ça transpire par tous les pores de sa peau. Tout autour de lui, cette halle à l'abandon, une ambiance de fin du monde.

Le ronflement du projecteur, toujours.

De grands vitraux brisés surplombent des murs de béton marqués à vif par les années, l'absence, le vide. L'abandon.

Sur le sol bétonné, des pierres, des papiers échoués et, par endroits, quelques restes brisés de carrelage qui émergent comme autant de traces d'une possible vie antérieure. Guierra traverse les espaces, maladroitement suivi par la caméra.

— En fait, poursuit Clara Perrault, Guierra aurait passé un accord verbal avec la mairie RPR d'avant les socialistes pour occuper l'espace sans payer de loyer et sans être importuné. Et c'est Jacques Lascrime qui aurait servi d'intermédiaire après sa bruyante nomination à la direction du théâtre Vitez. Il avait tout juste trente ans…

Guierra se marre, se marre. Il étale sa main sur l'objectif, l'image devient toute noire, puis on le retrouve. Il se marre encore.

— Quel était le deal ?

— Vous ne croyez pas si bien dire… Avant son arrivée, toute la zone était justement un repaire de dealers, jusque-là toléré des pouvoirs publics car identifié. En gros, on savait où étaient les junkies et où les trouver en cas de besoin. Mieux valait les savoir cernés ici que dispatchés dans tout l'arrondissement. Mais avec le développement du sida et l'arrivée du crack, la situation est devenue infernale. On trouvait des seringues, comme ça, dehors. De plus en plus d'agressions. Le soir, plus personne ne s'aventurait dans le coin sauf pour des raisons bien précises. Les plaintes se sont accumulées. Et puis Guierra s'est installé là contre toute attente. D'un endroit glauque et déserté, il a fait cette Halle. Même aujourd'hui l'endroit reste une référence pour certains milieux branchés. Une manière d'attirer les projecteurs, sans doute. Et ça n'a pas manqué, les médias ont copieusement relayé l'histoire : là-dessus, on pourra regarder les archives de l'Ina. Attendez… observez bien les images qui viennent.

La caméra prend du recul, Guierra allume une cigarette, ou plutôt un joint, sûrement un joint. La caméra recule encore, on voit les épaules de Guierra, la caméra descend, c'est flou, de plus en plus, on ne sait pas trop, mais on ne devine pas de vêtements sur lui, pas de relief, pas d'étoffe, pas de couleur. Juste un corps qui s'exhibe dans un halo de fumée.

Le dircab n'en revient pas…

— Il est à poil ou quoi ?

Clara Perrault rallume la lumière, la bobine est finie.

Le film tourne lamentablement dans le vide.

— C'est probable. Ce document a été saisi par la police suite à une plainte déposée par une famille ivoirienne.

— Une famille ivoirienne ?

À ce niveau de l'histoire, le dircab répète toutes les fins de phrase… Walter est excédé.

— Une plainte pour détournement de mineur. Affaire classée mais peut-être à réétudier, même s'il y a prescription.

— Quel cocktail ! s'esclaffe le dircab.

De plus en plus tendu, Walter le stoppe net.

— Je n'aime pas ça. Comment avez-vous eu ce film ?

— Des contacts là où il faut en avoir. C'est mon job.

— Tout ça ne peut pas nous mener bien loin. Où voulez-vous en venir, Clara ?

— Je ne sais pas vraiment. Mais une chose est sûre, et des documents existent : Jacques Lascrime a convaincu la mairie que Guierra était la bonne personne, connue pour son *formidable* contact avec les ados (l'accent appuyé sur *formidable* met le dircab tout en émoi), en gros qu'il pouvait resocialiser la friche avec des ateliers, des expos, des « performances » comme on dit dans le milieu… Et surtout éloigner les dealers si le lieu était réinvesti.

— Pour qu'ils aillent où ?

— Un tout petit peu plus loin. Juste au sud de l'ex-Halle, aujourd'hui l'esplanade, il y avait le commissariat central. La zone à éviter pour les junkies et les dealers. Et de l'autre côté, il y avait un pont, rien d'autre, le pont qui est maintenant juste derrière l'esplanade. Lui aussi à éviter car très très éclairé. Or en les poussant de quelques mètres encore, c'était bingo pour la mairie à quatre mois des élections. Là, l'histoire ne les concernait plus. Parce que de l'autre côté du pont, c'est tout autre chose… De ce côté-là, c'est un autre arrondissement qui commence.

Désormais, sous le pont, l'espace longtemps déserté se repeuple à certaines heures d'étranges visiteurs. Il y a l'éclairage blafard des réverbères. Et venu d'on ne sait où, un couloir de lumière blanche qui traverse violemment l'espace dans une ligne cernée. Une lumière intemporelle. Sous le pont, une voie ferrée.

Jadis, des trains passaient ici. Désormais seules des ombres noctambules armées de bombes de peinture hantent le lieu lorsque le jour décline.

Elles se faufilent dans l'obscurité tout en mouvements dégingandés, se déplacent en trébuchant, chuchotent, rigolent *hahahahahaha* en étouffant les sons autant que possible.

Visages, corps et lignes multicolores surgissent de leurs sprays en effervescence. Jaune, vert, rouge, bleu… Au-dessus d'elles, le pont. Métallique, silencieux.

Une passerelle solitaire, une frontière.

J-27

La regarde, l'observe danser au son d'une percu hypnotique. Filmée. La caméra l'immortalise. Le sait, ces images resteront. Ses yeux à elle, ses yeux sont immenses, ils dévorent l'espace. Son sourire vibre aux pulsations de la rythmique. La robe couleur pourpre dégage son épaule, une peau satinée. La basse domine. Autour de sa silhouette, c'est un halo. Rien n'existe. Les corps s'effacent. Gros plan sur elle. Elle, rien qu'elle. La caméra bouge, la poursuit, la frôle. Cernée. Maintenant, une main sur son épaule. L'effleure, à peine. La main remonte vers son visage, elle sourit. Son sourire n'est pas un sourire. Bouche entrouverte.

La percu monte, monte, occupe tout l'espace. Son doigt à lui est parsemé de poudre blanche, translucide. Son doigt effleure, caresse ses narines, ses narines à elle, elle bascule la tête en arrière, ses lèvres s'entrouvrent, davantage encore, la percu envahit l'espace. Elle aspire la poudre. Son sourire n'est pas un sourire. L'homme derrière elle, Guierra, Carlos Guierra. Il épouse son corps au rythme des pulsations. La basse, la basse et les percus. Il rit, rit, il rit comme on étrangle. Un homme sauvage. Ses yeux à elle, ses yeux sont immenses. Ses yeux, Rigal, elle a trente ans alors, peut-être moins. Vingt-sept, vingt-huit. Ne sait plus qui elle est. Quel est le lieu. Ne sait plus rien. Rien.

— Tout se passe dans la Halle.

— Lascrime était présent ?

— Bien sûr. C'est lui qui filme, on entend sa voix un peu plus loin.

Clara rallume la lumière, cherche le regard de Walter.

Lascrime était présent ? À la tonalité de sa voix, Clara ressent cette drôle de chose qui le travaille. Un trouble, une hésitation, elle ne saurait vraiment dire, presque un tremblement. Cet homme d'ordinaire si sûr de lui.

Il poursuit :

— Vous avez combien de bobines comme ça ?

— Des dizaines. Filmer, c'était visiblement une obsession, une mise en scène narcissique. J'ai tout récupéré ou presque. C'est un puzzle et je suis en train de le reconstituer.

— Où cachez-vous tout ça ?

— Pas à la mairie. En lieu sûr. Vous ne me faites pas confiance ?

— Si, bien sûr. Mais soyez prudente.

Clara Perrault éteint le projecteur, range la bobine dans son sac. Constate des signes de nervosité jusque dans les mains de Walter, ses doigts, une agitation inhabituelle. Elle hésite à lui demander ce qui provoque cette fébrilité. La lèvre sèche, blanche. Elle choisit de se taire et préfère conclure cette discussion, passer à autre chose. D'ailleurs Walter n'aime pas les questions.

— Vous voulez la peau de Lascrime et du théâtre ? Vous l'aurez.

Alors elle le salue et l'abandonne à ses doutes et ses questions. Lui, il tourne autour de la fenêtre, celle juste derrière son bureau. Adresse un regard furtif à la façade du théâtre, sans insister par crainte d'un mauvais œil qui pourrait rôder par là. Anxieux. Sa lèvre supérieure palpite d'imprévisibles soubresauts.

Avec l'histoire du jeune Rom devenu comédien et l'incroyable emballement médiatique qui a suivi, Walter n'arrive plus à reprendre la main. Lassés de son silence sur cette affaire, les médias l'ignorent.

Depuis quelques jours, l'opposition éclatée se ressoude autour du théâtre. Le lieu devient fédérateur et symbolique. Les *cultureux* s'emballent. Ce matin, un appel est publié dans la presse. Cinquante personnalités demandent à Lascrime de se préparer à conduire une liste citoyenne aux prochaines municipales pour reprendre l'arrondissement. Il reste du temps bien sûr, plus de quatre ans. Mais le danger est là : si gauche et droite sont laminées, le duo Rigal-Lascrime occupe dangereusement le terrain.

Elle, la voilà en couverture de *Marie Claire* dans un dossier autour des actrices engagées : *De Signoret à Rigal*. Une semaine après, elle trône en une de *Têtu*. Clin d'œil Lily Marlène : haut-de-forme, smoking pourpre et lèvres rouges. Un titre s'impose : *La résistante*.

C'est un fait, leur pouvoir et leur aura sont tout aussi locaux que nationaux. La *peoplegaucho mania*… Si les choses empiraient, seule Clara Perrault – elle et ses bobines du Diable – saurait inverser la donne. Walter le sait. Pourtant…

Clara rejoint son bureau de la mairie juste un étage plus bas. Lasse. Elle referme vivement la porte, envoie balader sa veste fuchsia sur la banquette où s'empilent une dizaine de dossiers, s'abandonne un instant dans le grand fauteuil face à la fenêtre. Laisse parler ses doutes. Le Walter qu'elle vient de quitter n'est pas l'homme dont elle a besoin, pas celui qui l'a recrutée, habité d'un enthousiasme rare et tellement convaincant.

Là, sa gestuelle, ses intonations, sa maladresse… Sorte de miroir déformant, et c'est ce qui lui est insupportable. Au fond cette situation lui révèle sa propre fragilité. Lorsqu'elle s'est engagée aux côtés de Walter et de la Nouvelle Droite, beaucoup de proches se sont détournés d'elle, jusqu'à sa propre famille. Infréquentable. Clara a douté, beaucoup douté au fil des nuits solitaires, mais elle n'a pas cédé. Elle est une femme de défis, c'est comme ça, celui-là était pour elle. Et c'était sans compter sur sa profonde aversion pour tous ces musulmans qui détestent les femmes, et son désir de ne pas voir son pays sombrer.

Quand Clara doute à nouveau, c'est ce contexte-là qu'elle se remémore en boucle pour repartir sans questionnement, comme le parti et sa mission l'exigent. Alors à nouveau, rien ne l'effraie. Un temps déjà, un temps seulement.

Parfois, lorsqu'elle travaille aux côtés de Walter, elle ressent bien l'ambivalence de son jugement. Le maire a besoin d'elle, elle a trouvé sa place. Une place incontestable. Walter en a conscience et il en est heureux même si, tapi au fond de lui, quelque chose déteste ça. Et ça ressort parfois. Dans un regard, une suspicion. L'homme aimerait n'avoir besoin de personne. Ça a toujours été comme ça. Se construire, se former, s'imposer seul. Sans assistance, sans aide, sans soutien. Seul.

Pour récupérer ces bobines de films obscurs, Clara a pris des risques, beaucoup de risques. Son repère, c'est lui, Walter, ce roc auquel elle aime se confronter, un homme qui sait toujours tracer la route et l'emmener dans son élan. Aujourd'hui, un désarroi. Fidèle, elle est fidèle, OK, mais pas naïve et encore moins kamikaze. C'est un fait : l'homme est déstabilisé et rien ne lui donne les clés pour en comprendre la raison. Si ce n'est son étrange regard, étrange et fuyant à chaque apparition de Sandrine Rigal sur l'écran, l'évanescente sensualité qu'elle dégage, cernée par cette caméra voyeuse.

Une heure plus tard, Louis Walter et Clara Perrault sortent de la mairie pour rejoindre une réunion budgétaire au Conseil régional.

— Clara, une minute, j'ai oublié quelque chose.

— Nous ne sommes pas en avance.

— Juste une minute.

Il a peu de temps mais Walter prend soin de fermer à clé la porte de son bureau derrière lui. Il se précipite sur son ordinateur portable, le saisit, va vers le coffre-fort et y enferme le PC.

Clara, impatiente, surveille l'heure à sa montre lorsque Walter réapparaît. Une minute après.

J-26

— C'est un événement sans précédent. Une capitale européenne peut enfin tomber aux mains des patriotes ! Il faut les rencontrer sans attendre.

— C'est énorme. Vous avez créé le contact ?

— C'est en bonne voie.

— Clara, l'enjeu est immense. Allez vite, nous devons être les premiers. Bien avant nos concurrents qui attendent la première occasion de squatter le devant de la scène. Le mieux est de se rendre sur place. Allez-y en éclaireuse. Arrangez-vous pour partir au plus vite.

— J'emmène votre dircab ?

— Je ne sais pas si c'est une bonne idée. On pourrait propager à l'étranger la rumeur d'une épidémie de rougeole au sein de notre équipe…

Si rare de voir le maire se risquer à une pointe d'humour. Une marque de vraie confiance ? L'idée séduit Clara. Quant au rougeaud, il pourrait effectivement en effrayer plus d'un. Plus sérieusement, elle réalise que la succession du fameux dircab fluorescent n'est toujours pas amorcée.

— Rencontrez les équipes et organisez un rendez-vous avec le candidat. Dès qu'une date leur convient, je vous rejoins. À moins qu'il ne souhaite venir chez nous, ce qui serait formidable. Imaginez…

— C'est clair. Là, ça serait spectaculaire. Je m'en occupe tout de suite.

— Je compte sur vous. Comme toujours.

S'apprêtant à quitter le bureau, Clara Perrault se retourne vers Walter, et lui fait face.

— Évidemment.

Puis elle ajoute :

— J'oubliais… À propos de journaliste, celle d'*Info Matin* voudrait une interview sur votre premier bilan. Je fixe un rendez-vous ?

— Elle a précisé les sujets qu'elle souhaitait aborder ?

— Facile à imaginer. Il y a des rumeurs de fortes tensions entre des jeunes des deux arrondissements, juste derrière l'esplanade. Toujours les rodéos de scooters. Quant à Lascrime…

— Quoi, Lascrime ?

— Hier, il a invité la presse pour rencontrer le jeune Rom dont il veut faire une star… Tous les médias en parlent.

— Il nous faut des exemples à exhiber, des exemples à nous aussi.

— C'est prévu. Bien sûr ça sera moins médiatique qu'une scène de théâtre national mais cela nous permettra de contrecarrer la répression des rixes si les choses s'enveniment et celle des rodéos en montrant que la Nouvelle Droite, elle aussi, sait intégrer. J'ai recruté deux stagiaires triés sur mesure, ils seront directement rattachés à mon service. Donc proches de vous : visibles, très visibles. Voilà leurs CV…

Walter saisit les pochettes qu'il ouvre immédiatement.

— Deux jeunes Blacks… Bien vu ! Dites donc celui-là ne deviendra jamais photographe.

Elle sourit devant l'image. On situe son âge, sa couleur. Pour le reste le flou – artistique ou pas – efface tout trait de son visage.

— Cerise sur le gâteau… L'un d'eux, celui dont la photo est nette, présente des signes d'autisme depuis l'enfance. Du type psycho surdoué, quelque chose dans le genre. Noir et handicapé, vous voyez… Qui dit mieux ?

De nouveau seul à son bureau, Louis Walter saisit son portable. Appelle son homme de main.

— Vous avez des nouvelles ?

— Elle est venue directement depuis son appartement. Tout doit être chez elle.

— Je vais l'éloigner quelques jours. Ça, c'est en route, je m'en occupe. Je dois visionner les films, tous les films. Trouvez où elle les cache.

— Mais…

— Je ne veux pas de mais, je ne vous paie pas pour ça.

— Je vais faire ce que je peux.

— C'est ça. Ne perdez pas de temps. Faites !

J-25

Samedi soir, vingt-deux heures. Le pont.

Il a seize ans, Ramzi, il vient de l'autre arrondissement. Juste là : de l'autre côté. C'est l'heure où on respire, où on sent l'air enfin.

Ramzi a décidé d'aller voir son cousin un peu plus loin, juste après le pont. En route, le gars. Presque léger. Sa mère a prévenu : *Une heure, hein, qu'est-ce que j'ai dit, Ramzi ? Une heure !*

Tout autour l'obscurité domine, il n'a qu'à suivre cette zone ultralumineuse par-dessus la voie ferrée, comme un phare dans la nuit. Déjà il faut l'atteindre, quelques mètres encore et c'est le pont, le *bridge* comme il a appris au collège. Il porte sa plus belle casquette, la rouge, une rouge bien rouge, éclatante comme aucune autre. Il avance, premier pas sur le pont, visière écarlate en avant.

L'autre gars, il arrive juste en face. Il reste planté, raide, tout au début du pont, du côté de son arrondissement, du côté des siens. Il le voit arriver avec sa casquette rouge. Le reconnaît, c'est un gars de l'autre partie de la ville. Il a entendu dire qu'on venait de là-bas pour ramasser des infos et les divulguer. Des infos sur les comportements, sur les familles. Des choses négatives, des choses de pauvreté, de misère. Des histoires qu'on ne raconte pas. Des rumeurs comme on dit sur *la mère de Youssef, la sœur d'Ibrahim, le frère de Paco*. De celles qu'on balance sur Snap ou Instagram, à son bahut ou dans le hall de son immeuble. Et pourtant, l'autre, il avance tranquillement avec sa casquette rouge de rouge, l'air de rien. Le gars est à mi-chemin, juste au milieu du pont avec cette assurance, comme s'il était du coin, dans son périmètre. Comme s'il était légitime. Cette arrogance, là. Il ne ralentit même pas, se croit chez lui ou quoi ? Il reste trois mètres, trois pas entre eux, pas un de plus, mais un de moins, le temps de le dire. L'autre fait un pas de côté, de manière à être central, central juste quand ils se croisent.

Alors ça se rentre dedans. Les épaules s'emboîtent, les torses se cognent, les souffles, les regards, les âmes se clashent. Inévitable, un impact sourd. Ramzi à terre. C'est juste un choc, rien de plus.

Rien qu'un choc. Le premier.

J-24

La rumeur, y a rien de tel. Ça vous bousille une réputation en quelques clics, notre passeport pour la vie, vu qu'on n'a pas grand-chose à se mettre sous la dent. Des ailes maigrichonnes comme les nôtres, ça se coupe vite fait, y a pas à dire. Aïssatou ma sœur vient de m'envoyer un sms : elle arrive, elle est en route. Le temps que je le lise, elle est là, la Magicienne.

— Samba, faut que je te parle. Eros, tu veux bien nous laisser un moment s'il te plaît ?

Eros se lève et il dégage un peu comme un robot. Alors j'écoute.

Mowgli écoute.

— Il s'est passé quelque chose hier soir, quelque chose de grave. Samba, tu vois le pont derrière l'esplanade ?

— Le pont, oui.

— OK. Sur le pont il y a des caméras, elles sont toutes reliées au commissariat et à la mairie.

— Les caméras, oui.

— Samba, je crois que tu peux tout faire avec les ordinateurs. Tu peux tout faire, dis ?

— Tout faire, oui. Presque.

— Tu peux les relier à mon smartphone ?

— Les caméras ?

— Oui, les caméras.

— C'est dur.

— Oui, c'est dur, oui, mais tu peux essayer ? J'ai vraiment besoin de voir ce qui se passe sur le pont. C'est très important. Je compte sur toi, Samba. Je peux compter sur toi, dis ?

— Oui.

— Et surtout tu n'en parles à personne. Personne.

— Personne qui ?

— Personne, personne.

— Personne, oui.

Alors elle repart vite fait. Aïssatou l'Intrépide, toujours speed. De la fenêtre je la regarde s'éloigner. Même ici des gens l'attrapent pour lui demander un truc, deux trucs, trois trucs. Les devoirs, les sorties scolaires, les contrôles, la piscine, l'orientation.

Ça y est, elle s'est esquivée.

Maligne, elle marche en regardant le sol pour ne pas être reconnue. Elle trace, passe deux coups de fil, envoie trois sms, quatre smileys en réaction à des infos. Elle fonce direction son bureau, rate le bus, poursuit à pied, en attrape un autre. Bondé.

Une femme joue des épaules pour rejoindre la porte, torse en avant, un coup à gauche, un coup à droite, elle affiche un sourire conquérant, carnassier même. Aïssatou observe la tactique digne d'un nouveau sport de combat. Du coup, elle manque de rater son arrêt, descend comme elle le peut – car elle manque d'entraînement –, reprend sa course, entre en trombe dans le hall du petit bâtiment, attrape le premier jeune qui lui tombe sous la main. Il a quatorze ans maxi, des petites lunettes rondes, une tête marrante échappée d'une BD qui trône sur un survêtement fuchsia un peu étriqué.

— Raconte !

— Ben sur Insta, y a les photos du clash d'hier soir. Le gars d'là-bas, Ramzi, il est à terre. Et il demande aux siens de le venger.

— Bon c'est classique ça, c'est tout ?

— Y a quand même trois cents partages en deux heures, et les commentaires ils font flipper. Y a plein d'histoires sur les gars d'ici, ça va loin là.

— Fais voir !

Aïssatou s'empare du smartphone, regarde attentivement, lit tout ce qu'elle trouve yeux grand ouverts. Autour d'elle maintenant, tout un groupe s'accroche pour tenter de déchiffrer les posts. On se tord dans tous les sens, on attrape des mots, des phrases, des menaces.

Aïssatou, même elle, ne s'attendait pas à ça.

Moi je tape à la porte d'Eros, il revient *comme à Mexico*. Il a changé de tee-shirt, le nouveau est violet, mais il a un pli juste là juste en dessous de l'épaule, un pli qui m'énerve, m'énerve, il m'énerve. Eros s'assoit et moi je pense. Alors je parle, Mowgli parle dans son langage codé, ses mots secrets à lui, mes mots secrets à moi parce que Aïssatou l'a dit *T'en parles à personne* et Eros c'est quelqu'un. Une personne, une vraie. Et si j'en parlais à Personne ? Personne Eros ?

J-23

Depuis quelques jours, Lascrime est surexcité. Rigal l'observe, un mélange d'amusement et de lassitude. Il lui a raconté l'expulsion des Roms – ce ton elle le connaît si bien, son exaltation des moments forts. Là, tout autant que sur une scène, Lascrime existe. Il est vivant.

Le jeune n'a pas perdu de temps, il l'a contacté le soir même de l'histoire. Il cherche des soutiens ancrés dans le quartier et plus encore, c'est légitime. Immédiatement, Lascrime s'est senti investi d'une mission. Il a reçu le jeune Evann. L'a mis en contact avec son avocat, a appelé *Info Matin* pour proposer une tribune. Et puis…

Et puis une autre idée lui est venue en tête.

Et là, même s'il n'a rien dit, Sandrine a vu cette petite lampe s'allumer dans ses yeux et commencer à faire des siennes. À s'agiter dans tous les sens. Depuis, Lascrime ne quitte plus son ordinateur. Dort le moins possible, avale un sandwich sur le coin de son clavier entre deux gorgées de bière.

Aujourd'hui Rigal relit l'ébauche du texte de Lascrime, nouvelle version, juste une vingtaine de pages. La pièce s'est recentrée sur une famille rom et quelques hommes migrants forcés de cohabiter sur la place du restaurant initialement prétexte à l'intrigue. Le bar, désormais simple élément de décor, est tout ce qu'il reste de la première idée. Lascrime lui a tendu le texte en disant : « Voilà ! » puis l'a laissée à sa lecture. Le jeune homme de la famille est devenu l'élément moteur. Dans une note, Lascrime explique ne pas souhaiter faire appel à un comédien professionnel mais à quelqu'un de « proche du personnage » afin « d'ouvrir les scènes à la diversité ». Elle, elle s'en étonne : n'y a-t-il pas de comédiens qui seraient « proches du personnage » ? Depuis ce matin, et toujours sans interruption, Lascrime est en pleine action : essais, jeux de rôle, improvisations… L'aboutissement de son agitation intérieure. Rigal relit les pages, se force à découvrir ce qu'elle connaît déjà, à installer une distance. Elle allume une cigarette, se sert un verre de bordeaux. Hume son parfum. Et replonge dans les mots.

J-22

Il les a vus, ces hommes, témoin d'une scène absurde, un jour où il passait par là. Lascrime les a observés sur un trottoir au bout d'une nuit qui ne ressemble en rien aux siennes.

Drôle de ballet ce matin-là sur le bitume du boulevard. Il passait par là et comme toujours quand il est dehors, Lascrime est aussi dedans : dans son spectacle, dans son histoire. Il cherche.

Il a assisté à cette étrange chorégraphie, pétillant chassé-croisé de corps en effervescence, juste en bas d'un immeuble.

À l'intérieur se tenait un examen, un concours, une épreuve de coiffure ou bien de maquillage. Un concours de coiffure. Les jeunes, les élèves, finissaient de s'apprêter sur le trottoir devant le bâtiment, très naturellement, tout à leur joie – montrer de quoi on est capable –, à leur inquiétude aussi, être pris ou pas. Sur des tabourets tournants débarqués des salles de classe, armés de leurs bombes de laque, de pinceaux, peignes, sprays colorés, d'épingles et de pinces à cheveux, de gels fixant ou ondulant, ils s'agitaient, attentifs au moindre détail – une mèche, une frisure –, à la moindre imperfection. Centrés sur leur monde, normal, quoi d'autre ? Centrés sur leur compétition, ignorant les passants, les corps errant sur le trottoir là, ces réfugiés abandonnés en quête d'un espace pour la nuit, ici dehors, si près, à quelques pas d'eux.

Témoin de cette scène absurde, Lascrime a ressenti ce poids, ce fardeau qui pèse sur ces hommes, sur leurs épaules même quand ils n'ont pas de sac à porter, pas de duvet à traîner, même quand il n'y a rien, seulement la pesanteur du corps et celle de l'existence. Le poids de l'inconnu. Il a vu ça, Lascrime. Il s'en souvient. Il a respiré la fatigue des muscles jusqu'à ne plus rien sentir, seulement une masse à déplacer d'un bout à l'autre. Il a regardé les corps, leur lenteur sous ce poids. Des hommes délogés par des flics inspecteurs des lieux, repoussés à l'écart, plus encore, à l'écart du monde qui vit. Étrange image.

Un homme, jeune sans doute, enfoui sous une barbe épaisse, slalomait entre les apprentis coiffeurs, le geste indécis traînant un duvet fatigué. Un homme invisible des compétiteurs acharnés à gagner leur sésame pour un premier job.

Cet homme, jeune sans doute…

Au théâtre, le lendemain

— Non, pas comme ça, tu bouges trop vite. Regarde !

Lascrime entre sur le plateau, se pose juste à côté du comédien attentif. Les deux hommes se faufilent entre les figurants, les corps se frôlent cherchant à retrouver cette pesanteur particulière, commune aux hommes des rues croisés ce matin-là sur le boulevard, juste devant l'école de coiffure.

Le texte fuse, le ton se cherche encore.

— Réfugiés, de quel refuge parle-t-on ?

Depuis la salle, frêle silhouette coiffée d'une large casquette en tweed, Sandrine Rigal observe, emplie de questions sur le spectacle en gestation et, au-delà, pleine de questions tout court.

Une pause, Lascrime la rejoint.

— Qu'en penses-tu ?

— Je ne sais pas.

— Quel est le problème ?

— En fait, c'est difficile à dire. J'ai besoin d'y penser.

— Les comédiens ?

— Bien, très bien, vraiment.

Il prend sa main et la serre fort avant de la quitter pour retrouver le plateau. Le sens profond du geste ne lui échappe pas. Elle sait combien Lascrime serre sa propre main, sa main à lui et non la sienne.

En montant sur scène, il lui lance un regard furtif, un regard qu'il joue complice, et se replonge dans la séquence abandonnée. Sandrine Rigal aurait effectivement du mal à formuler cette interrogation qui la parcourt. Au fond, elle se demande ce que raconte cette fascination pour l'autre, la différence, une différence qui s'exprime dans la pauvreté, l'exploitation. Ce besoin-là, que raconte-t-il ? Elle se demande ce que ça dit de lui, Lascrime, et aussi ce que ça cache. Depuis plusieurs années, cette idée la taraude sans qu'elle ne parvienne à la formuler clairement. Une gêne surtout, un malaise. Au fond, elle aimerait lui poser une drôle de question : « Si ton personnage était breton au lieu d'être syrien, aurais-tu la même passion pour lui ? » Consciente de l'absurdité mais aussi de l'essentiel que cette question frôlerait, elle ne la posera pas. Alors elle ne dit rien.

Son premier jour, Evann. Le jeune Tzigane que Lascrime a précipitamment recruté pour sa nouvelle création, un rôle sur mesure, vient juste d'arriver. Discret, il la salue d'un geste, se faufile un peu maladroitement dans l'obscurité de la salle et va s'asseoir quelques rangs devant elle. Lascrime les a présentés il y a quelques jours. Pour Evann, l'étincelle fut immédiate. Elle irradie, un vrai soleil au charme sombre. Une femme faite d'étonnants contrastes. Autour d'elle plane un mystère, c'est presque palpable. Une aura.

Il pose son blouson sur le siège à côté. Son cou se tend, c'est visible, il voudrait se retourner, savoir si Sandrine l'observe ou seulement s'il existe un peu pour elle. S'il suivait sa pulsion, Rigal pourrait le voir chercher son regard. Alors il renonce, garde ses yeux vert bronze fixés sur la scène. Seul son esprit la cherche. Il tâte l'air en quête de son parfum, une essence inventée pour elle. Elle…

Rigal a tout saisi des soubresauts hésitants du visage, et ça l'amuse. Hier elle l'a vu répéter, une scène difficile avec beaucoup de texte. Aucun doute, le garçon est doué, une vraie présence. Sa diction pèche face aux autres comédiens mais le grand Jérôme le coache pour améliorer son phrasé. Et le travail produit déjà ses effets. Surtout, il apporte autre chose. Une fraîcheur. Evann est motivé, très motivé.

Le choix de Lascrime a vite été médiatisé, la presse s'est régalée de l'histoire (*Un jeune Rom, de la rue aux planches du théâtre Vitez !*) et la famille d'Evann est au cœur de toutes les attentions.

Pris au dépourvu, seul le maire a préféré se taire. Peur de faire une gaffe. Muet. Aucun commentaire malgré l'insistance des journalistes. La police municipale a reçu des consignes précises. À la moindre infraction dans l'entourage d'Evann, Walter doit être immédiatement prévenu. Jour comme nuit.

Installée tout au fond de ses pensées, alors que la répétition reprend sur le plateau, Rigal aperçoit l'assistant de Lascrime qui s'avance vers elle, muni de ce rictus qui ne le quitte jamais.

— Sandrine, on a déposé ça pour vous.

L'homme lui tend une enveloppe. Elle se saisit du message. Distraitement, elle entrouvre l'enveloppe et en sort une photo, une image en noir et blanc un peu jaunie, un peu déchirée. Ce sourire. Ce sourire narquois, satisfait, qui s'étale en gros plan, elle ne l'a pas oublié. Il parle immédiatement à ses souvenirs et pas aux meilleurs. Carlos le sculpteur. Carlos Guierra. Ça remonte loin…

Alors Blondie, tu t'amuses avec moi, non ?

Elle retourne l'image, pas un mot, pas une signature.

Sans attendre, Sandrine Rigal la range dans la petite poche intérieure de son sac à main. Le regard projeté devant elle comme s'il fixait un point précis.

Là, il n'y a que le vide. Elle réajuste sa casquette de tweed qui penche d'un côté. Et l'idée se précise. « C'est comme si son amour des différences n'était là que pour justifier sa propre existence. » Alors elle reste tapie dans l'ombre avec ses souvenirs et ce début d'évidence qui pointe en elle. La main tendue sur la poignée de son sac à main, la photo s'impose à nouveau et deux points d'interrogation fusent depuis l'obscurité : qui ? Et surtout : pourquoi ?

— *Alors Blondie…*
— *Je n'aime pas ce nom.*
— *Mais si tu l'aimes.*
— …
— *Allez, passez ce soir avec Lascrime, on s'amusera.*
— *S'amuser ?*
— *Tu t'amuses avec moi, Blondie, non ? Non ? Non ?*

La voix se fait plus autoritaire.

Dis-le, dis-le ! Dis-le maintenant !

Puis franchement menaçante…

Maintenant ! Dis-le ! J'ai dit : maintenant !

4

CLASH

L'étouffement d'un cri doublé d'un halètement, des soupirs, des claquements. Des gémissements percent l'obscurité.

Pas de visages. Il n'y a que ce désir, une sauvagerie de désir. On devine un mouvement, une moiteur, ça se baise, ça se transpire.

En tendant l'oreille pourtant, on entend une chanson perdue dans un écho, une voix déchirée, une voix suppliante.

I can't live, I can't live without you, can't live, can't live without you.

`I can't live, I can't live without you, can't live, I can't give anymore[1]*…*

1. Mariah Carey, « Without You », *Music Box*, 1993.

J-21

Samedi soir, vingt et une heures. Le pont.

Six têtes. Trois d'un côté, trois de l'autre.

Des taches de couleur, trois casquettes rouges qui éclatent dans la nuit. Rouge de rouge. Douze yeux se toisent.

— Rien à faire là !

— On va venger Ramzi !

— Toi on sait qui t'es, tu parles mal sur nos mères.

— Et sur mon frère aussi. Ton shit, ton deal…

— Ta vidéo truquée là, elle a fait dix mille vues, tu nous as salis.

— Vous allez payer, on reviendra.

Silence. Aucun n'a franchi le pas, chacun de son côté : le pont est resté vierge. Solitaire. Du côté casquettes rouges il y a un petit, il trépigne. Il ne peut pas se taire, lui. Il a onze ans, pas plus. Un enragé, un vrai. Un enragé. Tous font demi-tour, cernés par la lumière du phare projetée sur la voie. Prêts à rentrer chez eux, ils amorcent un repli. Reviennent à leur misère d'arrondissement, leur pourriture de quartier, traînent des pieds. On les voit… Prennent leur temps les bâtards.

Les regarde s'éloigner ; casquettes en tête, rouge de rouge.

Alors ceux de l'autre bord tournent les pieds aussi, à leur tour rebroussant chemin. Lentement, pareil. Pas pressés non, ils sont chez eux. Chez eux. Ils sont chez eux, leur territoire, et ça change tout.

Et puis il y a un cri, il transperce l'espace.

C'est le petit. Il hurle sa guerre comme une rafale de vent. Et de grandes enjambées : les bâtards ont fait semblant de se replier pour mieux attaquer. En un quart de seconde, l'autre groupe est submergé, ils sentent les corps qui se propulsent, une force qui s'abat sur eux. Sentent la hargne leur tomber sur la tête.

Le frère de Ramzi, première victime nocturne, il porte en étendard une puissante batte de base-ball. Fier, il hurle sa joie, hurle sa vengeance. Frappe en plein les jambes d'un gars encagoulé, un seul coup sec, bang. L'impact est sourd. Un craquement déchire la nuit. Pénètre les esprits. Le gars s'effondre là. Tombe, tombe. Les autres courent, se sauvent comme ils peuvent, ils courent dans tous les sens, chacun dans sa direction. D'un côté du pont, de l'autre. Même en panique on garde sa boussole interne, son GPS mental.

Eh oui, même en panique, on sait d'où on vient.

Non loin de là, un garçon court et aussi vite qu'il le peut sur ses dernières sneakers, modèle Tubular Shadow, tige en maille plate bicolore, languette *burrito* pour un chaussant ajusté, trois bandes brodées sur la languette, doublure textile confortable.

Je cours.

Le test a fonctionné. Images atterries direct sur mon smartphone.

Concentré Samba : je fonce, fonce, fonce à grandes enjambées. Respiration, contrôle. Casque fixé sur les oreilles.

PNL pour booster le tempo.

Igo on est voués à l'enfer
L'ascenseur est en panne au paradis […]
La famille a faim, pas l'temps de raconter ma life, trêve de balivernes
J'veux pas d'câlins j'suis qu'un glaçon sous string ficelle[1]…

Fin de la course, l'esplanade. Trois cent vingt-quatre secondes chrono.

J'arrive sister, j'arrive. Sauveur Mowgli arrive. Et sans tutelle !

1. PNL, « Le monde ou rien », *op. cit.*

J-20

— Ils sont malades, malades ! Je n'en crois pas mes yeux…

Vingt-deux heures et Aïssatou n'a toujours pas quitté son bureau.

— Faut appeler une ambulance. J'suis conne : la police est déjà sur le coup avec les caméras.

Les yeux rivés sur mon smartphone, elle ne sait plus où donner de la tête. En panique, sister. En panique, je vois ça.

— Putain, le maire a eu ça en direct. Là on peut s'attendre au pire. Samba, à qui je peux parler de tout ça ? Je ne peux pas tourner en roue libre ! J'ai besoin d'y réfléchir avec quelqu'un…

Moi c'est sûr j'aimerais vraiment l'aider mais là, je ne sais pas trop quoi dire, pas trop quoi faire. Mowgli ne sait pas. Aïssatou, elle s'éponge, s'éponge. Cocktail de canicule et de stress, rien de bon pour la santé.

— On bouge !

Elle attrape son sac, me tire par le bras, claque la porte.

— Mes clés ! J'ai mes clés ? Ah oui elles sont là. Viens !

On débarque sur l'esplanade, l'*explana*… Pas l'moment, je laisse tomber, j'ai compris ça.

Elle marche, s'agite, parle à voix haute :

— Mais qu'est-ce qu'on peut faire ? Qu'est-ce qu'on peut faire ?

Derrière sa vitrine, tranquille en train de préparer sa carte du lendemain, *plat du jour truite saumonée sauce chili*, Geoffrey Williams assiste à la scène sans parvenir à discerner les propos qu'Aïssatou échange avec elle-même. Seule, l'angoisse est visible : quelque chose ne va pas, mais alors pas du tout. Geoffrey rejoint la terrasse.

— Excusez-moi, je peux peut-être vous aider ?

— Vous ? Ah non ça, ça m'étonnerait.

Elle passe frénétiquement sa main dans ses locks. A peur, je vois ça.

— Je ne suis qu'un commerçant je sais (il sourit) mais… tâchez de l'oublier cinq minutes. Venez dans mon bureau derrière, racontez-moi. Samba tu veux une glace ?

— Une rose et verte.

— Ça devrait être possible.

Geoffrey ne pouvait pas mieux tomber. Aïssatou saisit la proposition, et sans hésiter.

— Samba, montre-lui ce qu'il y a dans ton smartphone. Vas-y, montre !

— Venez, venez, suivez-moi, on sera mieux à l'intérieur. Allez, venez !

Gyrophares, sirènes, ambulances, convois de flics, ça s'agite autour de nous. Aux terrasses, des gens se lèvent ; chacun essaie de comprendre ce qui se passe. On se demande, on s'interroge, *C'est quoi ça encore ?*

Geoffrey s'approche d'Aïssatou. Passe carrément sa main autour de son épaule. Comme elle le fait des fois, mais avec moi. Bizarre quand même, n'est pas son frère le gars. Sort d'où celui-là ? J'lui montre mon phone ou quoi ?

Ni une ni deux la sister me l'arrache des mains et le passe au mec du bar.

— Tu m'énerves, toi !

OK OK OK. C'est bon c'est bon c'est bon.

Un peu plus tard dans la soirée…

— Samba, puisque le test a réussi sur mon portable, tu peux aussi basculer les caméras sur celui de Geoffrey ?

— ???

— Tu peux Samba ? Ça me serait très utile, vraiment. Comme ça on sera deux à gérer, tu comprends ?

— D'accord, OK, d'accord.

— La mairie ou la police ne peuvent pas s'en apercevoir ?

— Normalement si. Mais sont trop nuls pour ça.

— Ah…

Face à Walter, le commandant de police a tendance à disparaître dans le grand fauteuil de cuir beige. Le type est en poste depuis peu de temps et sa promotion fait déjà pas mal d'envieux. Commandant dans l'arrondissement de la Nouvelle Droite, ça n'est pas rien. Ça se mérite.

— Vous pouvez m'expliquer, commandant ? Le pont est juste derrière l'esplanade, à cinq cents mètres de votre commissariat. Un gamin se fait fracasser les jambes à coups de batte de base-ball, tout arrive en live sur vos écrans et vous laissez fuir cette bande de sauvages ? Ma question est la suivante : vous servez à quoi au juste ?

— On était en opération au moment des faits.

— En opération ? Et personne ne surveillait les écrans ?

— On ne peut pas avoir quelqu'un devant en permanence. On n'a pas les effectifs et ça peut arriver à tout moment.

— Vous pouvez les reconnaître ?

— Impossible. Entre les capuches et les cagoules…

— De mieux en mieux. Zoomez, trouvez, débrouillez-vous.

— On va essayer. Il y a aussi une vidéo sur YouTube.

— Sur YouTube ?

— Postée depuis l'étranger. D'ici deux jours on espère pouvoir interroger le jeune Ramzi.

— Ça n'est pas suffisant. Faites une descente, interrogez tout le monde. Et ne perdez pas de temps pour la jouer *pas de faciès.* C'est simple : les Noirs et les Arabes d'abord. Ce soir ils étaient six. Imaginez ce qui arriverait si… Notre réputation est en jeu, commandant. Bougez-vous !

Une fois le commandant parti, la mairie retrouve son silence. Décidément la police avait pris de sales habitudes. Pourtant le potentiel est bien là et ne demande qu'à être réveillé. Il suffit de les ramener à leurs fondamentaux : l'adrénaline devrait revenir au galop. L'officier avait bien capté le message.

À nouveau seul, Walter peut revenir à ses projections privées. Nerveux, certes, mais concentré, il n'a pas le choix. Les films détenus par Clara Perrault sont là, entre ses mains, et il y a de quoi s'occuper. Deux jours, deux nuits plutôt, pour les visionner avant de tout remettre soigneusement à sa place. Tout ou presque, selon…

Rigal en gros plan, elle sourit, sourit, mais ce n'est pas un sourire joyeux. Tendu. Derrière, on entend une voix d'homme au fort accent sud-américain. Une voix menaçante.

— *Alors Blondie, tu t'amuses avec moi ? Tu aimes ? Dis-le. Dis. Dis-le !*

« Lorsque je suis arrivée sur place, j'ai tout de suite compris qu'il était trop tard. J'ai vu cette silhouette fragile, tremblante même, cette ombre perdue sur le perron de la mairie, un revolver à la main. Je l'ai à peine reconnue. Je m'en suis approchée lentement, ai monté les marches une à une, chacune semblait me rapprocher tout en m'éloignant de son corps ; l'espace avait cette odeur de drame, ce parfum, ce goût si particulier. Le parfum de la tragédie. Un jour quelqu'un m'a écrit : *Le tragique, c'est l'irrémédiable.* À nouveau la phrase m'a sauté au visage. Je n'ai rien dit, j'ai juste posé ma main sur lui, aussi délicatement que possible. Le contraste avec la raideur de son corps, un vrai bloc de pierre, était saisissant. Ses yeux me dévisageaient. Et sa voix a juste pu balbutier quelques mots… *L'ascenseur est en panne au paradis.*

Le monde, Mowgli. »

J-19

Un kiff, un vrai ! Evann se prépare pour la séance photo. Maquilleuse, coiffeur, mini-studio installé dans le hall du théâtre, des lumières un peu partout… L'idée a enthousiasmé Lascrime : chaque comédien posera ici sur un tabouret au centre de ce décor très studio. Et tout autour, l'ambiance du bâtiment. Un côté vrai, un côté faux ; Lascrime adore. Pour prendre la pose, Evann succède à Sandrine Rigal toute fine dans son élégante robe de soie. Pourpre bien sûr, sa couleur fétiche.

Elle reste en spectatrice de la photo suivante et Lascrime s'en amuse.

— Tu vas l'intimider.

— Tu parles…

Evann est surexcité par cette effervescence autour de lui et de son visage. Il ne tient pas en place, s'amuse, conscient des spectateurs qui l'entourent, des journalistes bientôt de retour (*le Rom devenu comédien !*). Il se regarde dans un miroir, s'essaie à un sourire enjôleur, gomine une mèche de cheveux sur le côté. Il bondit, rigole avec la maquilleuse. Fait beaucoup de bruit autour de lui. Surexcité !

Il aime jouer, il aime séduire d'autant qu'il peut voir son visage à elle – et son sourire aussi – se refléter dans la glace. Elle…

Il sait qu'elle le regarde parfois, qu'elle l'observe peut-être. Il aime qu'elle ait vingt-cinq ans de plus, peut-être davantage. Il aime cette histoire qu'il se raconte depuis des jours. Et il aime se la raconter. Jusqu'à sa rencontre avec Lascrime dans l'évacuation du camp, tout lui semblait si prévisible. Attendu. Désormais tout paraît possible.

Alors pourquoi pas elle ? Mariée ou pas avec Lascrime, il n'en sait rien et il s'en tape. Son attitude ne laisse rien deviner : distante, glaciale parfois, mais attentive aussi. C'est son sourire, justement lui, c'est son sourire qui la trahit.

Le photographe arrive lorsque tout est en place. Il vérifie les lumières, déplace quelques projos, cherche les ombres, expérimente un angle. Trop de monde, Evann est vite distrait. Ça reste son problème, la distraction. Les gens doivent partir. Rigal surtout. Evann la regarde s'éloigner. À l'instant où leurs yeux se croisent, il tente une familiarité. Sans réfléchir, n'écoutant que son instinct joueur, il lui adresse ce signe d'ordinaire réservé à ses potes et aux filles qu'il croise ici ou là : un clin d'œil. Un vrai clin d'œil.

Elle, ça l'amuse et elle le montre sans retenue. Puis elle quitte les lieux, sans se retourner bien sûr. Boosté, Evann s'amuse avec la caméra, il adore ça. Jamais on ne l'avait regardé de cette manière. Là, il est un individu, et pas n'importe lequel. Central.

Lascrime est resté, mais il se tient en retrait.

Fier de sa découverte. Fier de ce qu'il impose à la mairie et sa tribu de fachos aigris. Le maire offre un visage moderne inattendu ? Lascrime sort Evann de son chapeau et tous les médias se précipitent.

Entre la chaleur qui cogne le béton et les projos de la séance photo, l'air devient irrespirable. La maquilleuse est constamment sollicitée pour que son modèle ne brille pas. Un reflet, un autre. Ça tombe bien, le photographe est satisfait.

— J'ai ce qu'il me faut, c'est dans la boîte.

Il rejoint Lascrime pendant qu'Evann se démaquille.

— Étonnant ce garçon. C'est lui que vous avez trouvé dans la rue ?

— Absolument. Et il va faire un carton, vous allez voir.

— Ça, je n'en doute pas.

Evann interpelle la maquilleuse :

— Je suis trempé. Je peux prendre une douche ?

La fille lui indique le chemin.

Lorsqu'il sent l'eau inonder son visage et son corps, Evann réalise le lieu où il est, ce qu'il y fait. Et ça, c'est rare. Depuis l'évacuation du camp et tout ce qui a suivi, casting, travail avec le coach, répétitions, Evann a enchaîné, exécuté comme un automate. Sans jamais prendre le temps de comprendre ce qui lui arrive, tout ce qui est en train de changer sa vie. Tout est allé si vite, une course contre la montre orchestrée par Lascrime. Semaine de dingue ! Il revoit tout ça, pense à sa mère, son sourire, à son père, ses deux sœurs. Aux errances. Leur bonheur surtout, mais aussi leur désarroi à quitter la rue. Sa famille… Un temps, il a craint une distance mais il s'est vite rassuré, il sait que ça n'arrivera pas. Evann restera Evann.

« Que seriez-vous devenu si Jacques Lascrime ne vous avait pas tendu cette perche ? », avait demandé la journaliste d'*Info Matin*. La réponse d'Evann ne s'était pas fait attendre : « Et qu'est-ce que je vais devenir maintenant ? Vous croyez que ça va être le paradis ? Moi je dirais plutôt un purgatoire. Et vous, vous en pensez quoi ? »

Un sauveur, ce *gadji* ? Tu parles, pas dupe du loustic. Ni du rôle qu'il lui offre. Evann est là pour que Lascrime réussisse son coup, attirer les médias comme des mouches, basta… Ou mieux encore : servir de thérapie aux gauchos théâtreux qui veulent sauver le monde.

Et si le gars ne fait tout ça que pour sa propre gloire et chouchouter son ego, alors il ne perdra rien pour attendre : Evann le prendra à son propre jeu, comme un rat dans son piège, et tout le monde verra de quoi le pauvre Rom est capable.

Là, tout à cet instant sous sa douche, Evann aime surtout ce gel parfumé citron qui glisse sur sa peau. Il se donne tout entier à son plaisir et aux vapeurs d'eau chaude. L'eau chaude, brûlante, oui, même en plein été. Jamais d'eau froide, jamais, jamais.

Dans l'espace de la porte restée entrouverte, une ombre l'observe et contemple son corps humide, son torse, ses fesses qu'on devine malgré la buée envahissante. Des fesses de mec des rues. Robustes.

Une ombre, un souffle qui dévore cette vision.

Evann arrête la douche pour saisir une serviette et commencer à se sécher. La porte se referme doucement. Tout doucement.

Jacques Lascrime se faufile dans le couloir en glissant contre le mur, le long de la paroi en verre. Sans un bruit, un seul, il quitte les lieux.

« Oui, ils étaient là, face à face sur le perron de la mairie. Il était près de quatre heures. Une vraie scène de film, avec ce flingue à la main, le tremblement des corps…

— Qu'as-tu fait ?

— J'ai appelé les flics. J'ai pas hésité. À cause du flingue.

— Rien d'autre ?

— Rien d'autre. Le monde, sinon.

— Pardon ?

— Le monde.

Le monde, Mowgli. »

Lorsque la reporter d'*Info Matin* débarque sur l'esplanade, yeux grand ouverts éblouis de soleil tout en réverbération, elle est d'abord surprise par l'espace qu'elle découvre. Elle ne s'attendait pas du tout à ça, un endroit aussi design, ici, au milieu de ce quartier-là.

Deux jeunes ouvriers sont en train d'installer des palissades de bambou tout autour des terrasses, en commençant par celle du N.Y. Spicy Shop.

Elle tend son micro.

— Vous faites quoi là messieurs ?

— On prépare la déco d'été.

— Ah d'accord ! Sympa. Tendance tropicale ?

— C'est ça.

Elle tente un sourire.

— Un peu camp de retranchement quand même ?

Geoffrey Williams repère la journaliste depuis l'intérieur du bar. Intrigué, le jeune patron la rejoint.

— Je fais un reportage sur les différents quartiers de l'arrondissement trois mois après l'élection de la Nouvelle Droite à la mairie.

Mine de rien, les deux ouvriers n'en perdent pas une rame.

— Écoutez, pendant des semaines, on ne parlait que de ça dans les bars, c'est sûr que ça a fait un choc et ça n'a pas arrangé notre réputation (la journaliste note au passage le charmant accent de Geoffrey). Il y a moins de touristes, surtout moins d'Américains. Vous savez, chez nous on a Trump alors on ne vient pas en France pour retrouver ce type d'ambiance. Les gens comme moi, avant on était des expats comme vous dites, maintenant on est presque des réfugiés. Donc bien sûr se retrouver dans le bastion de Louis Walter, on pouvait rêver mieux, mais bon voilà, les gens font avec. Ceux qui n'ont pas voté passent peut-être de mauvaises nuits.

— Ils ont été nombreux.

— Moi, je n'ai pas le droit de vote hélas.

— En parlant de réfugiés, la situation n'est pas simple ici quand même ?

— Rien n'est fait pour que ça soit simple.

— Le thème a beaucoup joué en faveur de Walter. Et les Roms ? Il y avait un campement un peu plus bas.

Hassan, le plus jeune des ouvriers, intervient.

— Ils ont été virés. Franchement ça fait du bien : y en avait marre.

Jibril, son collègue, un grand roux kabyle de vingt-cinq ans, n'apprécie pas. Et il le montre. Geoffrey, lui, bouillonne intérieurement. Hassan croise leur regard. Mais ne se démonte pas.

— OK, c'est mal vu de dire ça. Mais oui on en a marre, après les gens mettent tout le monde dans le même sac, les Roms, les réfugiés, les musulmans. Nous, on n'est pas des mendiants !

Plutôt heureuse de la réplique, la journaliste se retourne vers Geoffrey, interrogative et micro en avant.

Un bruit compact, suivi d'un cri strident révélant un potentiel vocal hors-norme, interrompt la discussion. Un ballon aurait heurté une tête blonde recluse dans sa poussette. Le gamin hurle. D'un bond, le père se lève de la table où il était installé, renverse au passage une carafe d'eau qui s'explose sur le sol, et se précipite sur le lardon un peu sonné. Une femme est à côté. Derrière ses grandes lunettes noires, elle a tout vu. Le bon regard dans la bonne trajectoire.

— Ce n'est rien, le ballon ne l'a pas touché, je vous assure, il a juste eu peur.

Mais le *padre* ne veut rien entendre, il se précipite vers les apprentis footballeurs qui déguerpissent vite fait.

— Putain y en a marre de ces mômes ! Les parents ne peuvent pas s'en occuper ? Toujours dehors, là !

Un jeune Noir du coin, en route pour rejoindre le centre d'ados d'Aïssatou, s'arrête et bloque face au père en transe. Du haut de ses seize ans, il a capté toute la scène et n'est pas du tout du genre à passer son chemin.

— Parce que vous, vous n'êtes pas dehors là ? Pourquoi vous, vous seriez dehors et pas eux, on peut me dire la logique ? Allez-y, c'est quoi l'idée ?

La reporter s'agite dans tous les sens. Elle se retourne vers Geoffrey, teste une détente :

— Dites donc, on ne s'ennuie pas chez vous.

Placide, Geoffrey acquiesce.

— Y a du mouvement, on ne peut pas dire le contraire.

De plus loin, une insulte fuse.

— Vas-y, casse-toi !

Là, le père, on ne peut plus le retenir.

— Ils nous pourrissent la vie ces mômes, y a rien à en tirer. C'est à cause d'eux qu'on a un Walter.

Le jeune Noir s'approche de lui.

— Qu'est-ce tu fous ta merde ? Tu joues les mecs cool mais t'es un gros facho en vrai. Sûr que t'as voté pour lui !

Cette fois, Hassan l'ouvrier se ramène sans crier gare.

D'un coup, il envoie d'un revers de main une grande claque au jeune Noir qui le fait valser sur le côté. Tous sont scotchés sur place.

— Va apprendre à parler sale racaille !

D'abord sonné, le jeune récupère plus vite que prévu et se jette sur Hassan. Geoffrey et Jibril, l'autre ouvrier, se précipitent pour les séparer.

— Stop, stop, ça suffit. Toi bouge de là, vite !

Le soleil tape, le chaos est total. Prenant du recul, Geoffrey regarde la scène, ne sait plus quoi penser. À l'intérieur, là, dans son corps, ça attrape son ventre, le tord dedans, ça ne le lâche plus. Un désespoir.

— On n'y arrivera pas. Quelque chose est cassé, brisé. En miettes. On n'y arrivera plus.

Et puis un autre jeune, il a dix-huit ans à peine, d'abord en retrait derrière ses Ray-Ban bleu métallisé, s'approche l'air de rien. Personne ne l'a vu venir.

D'un calme impressionnant au beau milieu de cette scène surexcitée, il avance vers eux comme si rien ne s'était passé. Nonchalant. Il arbore un léger sourire et mâchouille un chewing-gum fatigué.

— Vous vous énervez tous là, pourquoi en fait ? C'est quoi ça ? Les Roms, les migrants, les bobos, les jeunes du coin, le nouveau maire, c'est ça qui vous met dans cet état-là ? Ben dites donc merci madame la France. Moi j'vous le dis, ils peuvent voter pour qui ils veulent, leur Macron, Mélenchon, leur Le Pen, leur Walter, j'en ai rien à battre. Moi, c'pays c'est simple : il ne me concerne pas, il ne me concerne plus. Mais alors plus du tout ! Hors sujet. J'suis là, j'suis pas là. C'est pareil. J'vais pas me laisser abîmer. Ils veulent pas d'moi ? Ben j'veux pas d'eux. Hasta la vista. Chacun sa life. J'suis transparent. Transparent. Tu me vois ? Peut-être j'suis pas là. Tu m'vois pas ? Peut-être j'suis là (son sourire s'élargit). RÀB. Rien à b-a-t-t-r-e ! Sur ce, messieurs…

Et là, le gars repart aussi tranquillement qu'il est venu, *lonesome cow-boy*, il traverse Babylone, l'esplanade. Il la traverse d'un point à l'autre de son pas cool, cool, si cool.

Personne ne le connaît, personne ne sait qui il est, ni d'où il vient. Personne ne le reverra. Il s'éloigne, s'éloigne, disparaît dans un halo de chaleur, comme s'il n'était jamais venu. Déjà une tache lointaine et floue, un point… Et rien, rien, plus rien.

Prémices d'une fin d'un monde.

Un peu ailleurs, un peu plus loin, un peu plus tard, Samba chez lui. Suis là chez moi, un écouteur sur l'oreille gauche ; le deuxième sur l'oreille droite d'Eros. On mange des chips sans se regarder.

Ensemble et chacun dans son truc. On entend seulement les craquements qui claquent sous les mâchoires et en fond la rythmique de la musique et les paroles qu'on répète ensemble :

La dégaine à la Mexico
Dans la tête c'est Mexico
Tous les jours c'est la guerre
On doit l'faire à la Mexico[1]...

— *Osu* ?

— *Osu* !

Et nous voilà partis, direct sur nos PC. Dernier moment de détente.

Demain, c'est premier jour : le premier jour à la mairie.

Le monde, quoi.

---

1. PNL, « Mexico », album *Le Monde Chico*, *op. cit.*

Hypnotique. Deux jours, deux nuits qu'il ne bouge pas de son bureau, les yeux rivés sur l'écran. Stores baissés, juste une veilleuse allumée pour ne pas attirer l'attention. Walter a visionné, tout visionné, toutes les bobines. Certaines deux fois, trois lorsqu'il avait un doute. Hypnotique. Une chose est sûre : Clara a assuré son coup en récupérant le matériel. Bon nombre d'extraits dévoilent des ados arabes ou gitans fumant des joints à demi nus sous le regard lubrique de Carlos Guierra.

La silhouette de Lascrime traverse plus d'une fois l'écran, témoignant a minima d'une complicité. Quant à Sandrine Rigal, son visage reste omniprésent face à la caméra. Dans un état second, oui, mais bien présent.

— *Tu t'amuses avec moi, Blondie, non ? Non ? Non ?*

Pour le reste, *nada*. D'autres hommes apparaissent à l'image mais impossible d'identifier leurs visages. Des figurants en quelque sorte, ce qu'ils étaient effectivement : des ombres sans importance, rien. Tout est centré sur le trio infernal : et la charge ferait effectivement l'effet d'une bombe médiatique. Satisfait, Walter compose le numéro depuis son portable.

— Remettez tout cela où vous l'avez pris. Ne négligez aucun détail. Clara ne doit rien soupçonner de notre emprunt. Rien. Et ne tardez pas, elle rentre demain.

Il raccroche sans autre commentaire.

J-18

La température ambiante a baissé de quelques centigrades ; une trêve avant de repartir en flèche pour un deuxième round caniculaire, promet la météo. Du coup la terrasse du N.Y. Spicy Shop s'est largement repeuplée.

Geoffrey Williams a invité Aïssatou Ouattara à partager un verre, entre deux réunions.

— Alors ça fait quoi d'être installée en terrain ennemi, avec le boss en plus ?

Elle sirote son diabolo menthe, esquisse un sourire.

— Waouh, un *smile* ? J'ai gagné le *big deal*, le gros lot ou quoi ?

Cette fois le sourire éclaire tout son visage.

— Donc c'est comme ça que vous me voyez ? Renfrognée, agressive…

— On pourrait peut-être se tutoyer ?

— Vous savez quel est mon disque préféré ? *Songs for Distingué Lovers*[1].

— J'ai capté le message.

— Alors agressive, renfrognée ?

1. Billie Holiday, *Songs for Distingué Lovers*, 1957.

— Non mais sur la défensive quand même.

— Si ce n'était pas le cas, je n'aurais jamais obtenu la direction du centre. Ni autre chose d'ailleurs. Animatrice, oui, c'est bien pour les p'tites Noires. Mais directrice…

Son smartphone vibre. Aïssatou bondit.

— Au fait vous recevez bien les images du pont ?

— Oui, connecté en permanence.

— Moi pareil. Si ça s'amplifie, la réaction de la mairie et de la police sera terrible. Déjà ils rentrent partout, chez les gens, partout. Ils ont opté pour la terreur. Bien sûr ils font courir des rumeurs de radicalisme, c'est pratique en ce moment, je n'ose même pas…

Geoffrey l'interrompt en effleurant sa main. À peine.

— Alors on est tous les deux connectés jour et nuit ?

Aïssatou regarde ailleurs, nulle part en fait, sa façon à elle de ne pas répondre. Sans fermer de porte.

Un groupe d'enfants noirs traverse sur le côté, ils aperçoivent Aïssatou, esquivent un timide signe de la main, mais passent leur chemin en chuchotant quelques mots secrets. Sans venir lui parler, une exception, presque en rasant les murs. Elle, elle en ressent une gêne étrange… celle d'être de l'autre côté, à une place incongrue.

Son regard poursuit son panoramique de la terrasse jusqu'à…

— Vous avez remarqué, elle porte toujours la même couleur, ce rouge sombre, le rouge d'une pivoine ou d'un camélia. Elle a une classe incroyable…

— Qui ça ?

— Elle bien sûr, la femme derrière vous. Sandrine Rigal.

Sur l'esplanade, la terrasse du N.Y. Spicy Shop dessine une belle géométrie, comme une toile d'araignée qui grignote la place par touches de couleur. Il y a trois ans, à peine vingt chaises mordaient sur cet espace, aujourd'hui elles sont plus d'une centaine.

Juste derrière Aïssatou et Geoffrey, attablé face à Rigal, Evann observe les enfants blondinets qui jouent et rigolent, les apéros en terrasse, les solitaires sur leur MacBook Air dernier modèle.

— Vous, c'est normal tout ça, ça fait partie de la vie, de votre vie.

Rigal le scrute derrière ses larges lunettes noires. Répond simplement :

— Oui, c'est vrai.

— Moi, je peux découvrir ça mais vous, jamais vous n'aurez la moindre idée de ma culture. Je ne parle pas de musique, de danse, de cirque, tout le tralala. Je parle de la culture intérieure.

— Et tu penses vraiment avoir la moindre idée de ce qui m'habite à l'intérieur ?

Elle observe ses yeux vert sombre. Aime leur obscurité. Soudain son attention capte un mouvement à quelques mètres d'eux.

— Regarde !

Une grande bâche recouvre la façade d'une nouvelle boutique qui devrait ouvrir d'ici quelques jours. Deux hommes s'apprêtent à la faire tomber.

— Ceux-là ont un sacré sens de la com, s'impatiente Geoffrey depuis son comptoir. Impossible de savoir ce que sera ce nouveau business. Mais visiblement on va enfin comprendre ce qu'il en est !

Alors on se lève pour deviner l'enseigne qui ornera la devanture, on s'interroge, on veut être le premier à découvrir, on tend la tête…

Et vlan, la toile tombe.

Des smartphones en série immortalisent l'instant criblé de soleil.

Barbus United ! La baseline force le sourire : *Muslims & Hipsters together*[1] *!* Deux silhouettes colorées et joviales ornent la façade : deux barbus, l'un en djellaba, l'autre en vrai clone d'électro fan, sont face à face. Et les gars se serrent la main. Souriants *Barbus United*…

— Top, se réjouit Geoffrey, là, ça va faire du buzz.

D'ailleurs les deux reporters tout essoufflés arrivent en courant pour rattraper leur retard. Ils sont surexcités en découvrant la devanture.

La journaliste interloquée se retourne vers son photographe…

— Bon, tu peux m'expliquer ? J'avoue que l'histoire m'échappe un peu…

— Les hipsters et certains musulmans partagent une passion pour la barbe. Le salon propose de les rassembler pour soigner la beauté de leurs poils…

— Génial ! J'espère qu'on va balancer ça en une, le maire va en faire une jaunisse ! Mitraille, mitraille !

---

1. « Musulmans et hipsters unis ! » Hipsters : tendance branchée, inspirée de la contre-culture, d'hommes qui arborent la barbe comme accessoire de mode.

Et nous, c'est juste à ce moment-là qu'on débarque, Eros et moi. Quinze minutes avant notre premier rendez-vous, jour J à la mairie. On traverse l'esplanade, la *spianata,* l'*explanare.* Euh, voler la vedette aux *Barbus United* ? À voir d'un coup les regards se retourner vers nous et nous dévisager, j'me dis qu'on en a peut-être un peu trop fait ???

Costards noirs, lunettes et cravates assorties, chemises blanches, Weston impecs cirées lustrées. Un gamin nous lance :

— Carrément *Men in Black* !

Bon, pas le temps de revoir le look, on est partis maintenant. Eros se tourne vers moi.

— OK, on va p't'être retirer les lunettes quand même…

Plus loin, des colleurs d'affiches s'activent furieusement.

— Yes yes yes, s'agite Eros.

Grand format, les trois lettres déchirent l'espace. PNL. PNL en concert !

Un jeune s'approche de nous.

— Putain c'était *sold out* depuis six mois, ils ont ajouté une date.

— J-18, PNL à Bercy, mon gars !

Pas de temps à perdre, on se connecte pour booker nos places en rejoignant la mairie.

J-17

— Alors Clara, cette rencontre avec nos amis européens ? Vous me promettez le grand soir, j'espère !

— Je ne pouvais pas revenir avec de meilleures nouvelles ! Le deuxième tour de leurs élections est dans deux semaines. Tous les pronostics donnent le candidat patriote très largement en tête, même avec les marges d'erreur. Vous imaginez : notre premier maire d'une capitale européenne ! Dès son prochain meeting, juste à la veille du scrutin, il annoncera sa visite à Paris pour élaborer avec vous une grande rencontre des nouvelles droites européennes. Imaginez, Louis : cette fois vous serez au centre de l'actualité.

— Formidable, vraiment formidable !

— Nous ne devons pas perdre de temps, on est à J-17 ! J'organise une grande réunion de travail. Puis une conférence de presse avec nos deux stagiaires, et bien mis en avant pour contrer les accusations. Ils sont arrivés hier, je vous les présenterai tout à l'heure.

— Vous avez fait un travail remarquable, Clara.

— Je respecte mes engagements, rien d'autre.

Elle dit ça comme ça vient, une banalité, mais on sent une émotion qui perce à travers sa voix. La sienne à lui n'est pas lisse non plus, pas droite comme à son habitude. Une légère vibration inattendue.

Aïssatou le regarde, elle ne sait pas ce qui est possible. Elle aime cette électricité qui passe entre eux, ce truc spécial qui a toujours été présent depuis leur première rencontre. Elle n'a jamais vécu ça avec un homme, avec personne d'ailleurs.

Pourtant un point la tracasse. Il y a le côté cool et chaleureux du personnage, un charme incroyable, et puis il y a… la chose. Elle n'a pas de mot pour nommer ça. Cette tension extrême en lui, celle que personne ne connaît ; elle ne sait pas d'où elle vient et surtout ce qu'il en fait. De manière générale, elle sait très peu de Geoffrey, quasiment rien, comme s'il venait de nulle part. De nul temps. Quand elle lui parle d'*avant*, il ne raconte pas, il dit si peu.

— C'était autre chose.

— Autre chose comment ?

— Une autre vie.

Elle essaie d'en sourire.

— En même temps, New York, c'est ni le pôle Nord, ni l'Alaska ni le Sahara. Autre chose OK, mais avec des points de convergence, non ?

Elle aimerait saisir ce qui parfois le traverse, des ombres qui surgissent et l'absorbent d'un coup d'un seul. Un changement aussi subit que stupéfiant : il part ailleurs, dans ses abîmes, elle ne sait où.

Alors, son regard vacille. Il n'entend plus, se referme et s'enferme, porte close à double tour. Elle, elle aimerait tellement comprendre ce qui le hante. Mais… Là, comme d'habitude, il ne répond pas. Alors elle change d'histoire.

— Tu le sens comment ce quartier, toi ?

— Tendu. Mais j'aime les lieux de tension aussi. Pas toi ?

— Je ne sais pas. Je n'ai jamais connu que ça.

Elle réfléchit.

— Dans chaque vie, il y a ce moment où on bascule. Ce moment où l'insouciance disparaît. Elle s'en va. Moi je fais partie de ces gens qui n'ont pas la moindre idée de ce que c'était *avant*. Même aujourd'hui je suis directrice, OK, mais quand je me retrouve face à un flic, je ne suis plus rien. Il n'y a jamais d'acquis.

— Faut pas généraliser non plus.

— Ah c'est drôle ça, c'est ce que je répète à mes jeunes… et à mes équipes. Parce que c'est déjà arrivé qu'ils embarquent des animateurs. Oui, c'est arrivé et bien avant la Nouvelle Droite ! Alors maintenant, imagine… Il y a des flics avec qui je m'entends bien. Ça ne change pas la règle. La règle, c'est l'humiliation. Tu vois, quand je me retrouve face à quelqu'un comme toi, il faut toujours expliquer, argumenter, prouver qu'on n'est pas sectaire, ni parano, qu'on n'est pas une énervée. C'est drôle quand même.

— C'est normal, on n'a pas la même expérience.

— Mais on a tous les deux des yeux, des oreilles. Tu ne les vois pas, tu ne les entends pas ?

— Si, bien sûr. La semaine dernière j'ai même entendu un flic menacer un jeune de mort, il lui a dit *Si je t'attrape je te bute*. Le gamin avait douze ans, pas plus, et juste pour une connerie.

— Mais tu vois, toi, tu vis avec. Moi ça me bousille, parce que ça me ramène à quelque chose de très profond. Et puis…

— Et puis ?

— Et puis je sens l'implosion arriver. Et ça me fait peur, terriblement peur. Parfois… parfois je me sens hors du monde. Cela m'arrive souvent lorsque je suis en réunion de travail. C'est comme si je décollais de moi-même. Je prends tellement de distance et je me vois, là. Je me regarde participer comme si j'étais à des milliers de kilomètres de cet instant et je me dis *C'est qui cette femme ?* La première fois que j'ai ressenti cette chose étrange, c'était pendant un rendez-vous médical à propos de Samba.

— Ça a dû être quelque chose quand même… Il a été vite diagnostiqué ?

— Ça a pris du temps. Autour de nous, les médecins n'étaient pas formés. Et puis on met tellement de choses derrière *autisme*… Samba était un cas *léger*, c'est ce qu'on nous disait. Mais quand même, l'idée c'était de le placer dans un centre spécialisé, on nous répétait qu'il ne progresserait pas autrement. Ou trop peu. Alors tu ne sais pas, tu ne sais plus quoi faire. Et puis « progresser », ça veut dire quoi au fond ? Normaliser ? Gommer tout ce qui est différent ? Putain, c'est pas un mythe : il y a des tas de pays où les autistes sont recherchés pour leur talent, pour leur vision. Dans les pays nordiques… Dans la Silicon Valley ils sont 50 % des ingénieurs, merde ! Je suis quand même allée visiter un lieu dit *spécialisé*, puis un autre mais… J'avais cette sensation d'une mise hors du monde, de… Ces gamins parqués, je me disais : ils sont tellement différents les uns des autres, s'ils peuvent progresser ensemble, pourquoi est-ce impossible de les mélanger avec des gosses *normaux* ? Mais c'est très dur d'avoir des réponses à ce genre de questions. Tu entends des choses terribles même de la part d'associations dont tu attends une aide. On m'a donné une brochure, le titre, c'était *Éradiquer l'autisme*. Éradiquer ! C'est tellement violent, tellement effrayant. On est très seuls face à tout ça. Mon père n'était plus là et…

— Samba a pu intégrer une école ?

— Oui mais ça a été une vraie bataille pour obtenir un accompagnateur.

— Quelqu'un pour l'aider ?

— Pour l'assister en classe. Une association nous a finalement soutenus alors je suis allée voir comment ça se passait à l'étranger où cette méthode est courante. La France, tu sais… La France elle use, quand on est différent. Elle use vraiment.

Il prend sa main, elle la refuse.

— Bientôt il sera majeur. Et ça sera encore un autre challenge. Un de plus ! Je veux que Samba soit reconnu capable de se gérer lui-même.

Elle se lève, s'enroule dans un drap et rejoint la salle de bains. Elle repense à ses milliers de questions au sujet de Geoffrey. Dans sa tête, des autoroutes où elle roule sans pouvoir lire les panneaux. Alors, elle s'invente des vies de Geoffrey… Des vies qui entrent dans ses mythologies américaines.

Histoire number 1. Il a grandi au Texas. Allergique aux cow-boys locaux, il ne rêve que d'une chose, un nom, une lumière : New York City. De petit boulot en petit boulot, il s'est payé un billet de bus, LE billet, pour rejoindre son rêve.

Number 2. Il est un New-Yorkais pure souche comme il en existe peu. Lassé par l'arrogance de ses proches, il prend une mappemonde, regarde du côté de l'Europe. Et pointe son doigt en plein Paname.

Number 3. Il vient du Sud. Dégoûté du racisme ambiant type Ku Klux Klan, il s'en sauve aussi vite qu'il le peut. Une bataille, une vraie. Et New York, une étape.

Oui, elle aimerait savoir. Mais elle se délecte aussi de pouvoir inventer. Les hommes du coin, ceux dont elle connaît les parcours de vie, les difficultés sociales, ceux-là ne peuvent l'attirer.

Dans chacune des vies imaginées de Geoffrey, dans chacun des *avant* qu'elle se raconte, elle se projette comme dans un conte. Et ça, elle aime pouvoir le faire malgré l'anxiété du mystère. Des fois aussi, elle n'imagine rien. Alors elle attend une part de vérité. Une confession qui ne vient pas. Alors il ne se passe rien.

— Le maire, là, on ne l'a pas vu finalement.

— T'inquiète on le verra assez tôt. Demain sûrement. *Osu* ?

— *Osu* !

Une musique est jouée et des CD apparaissent à l'écran. Plus tu es synchronisé avec la musique, plus ton score est élevé.

Eros, là, il me foudroie des yeux. Veut me dire quelque chose, le gars. Un de ses secrets peut-être ? Il me sort :

— Toi t'es un génie quand même.

— Génie ?

— Le détournement des caméras, c'est un truc de ouf quand même.

— Ouais.

— T'as vu *Osu*, c'est cool. Mais tu devrais pouvoir inventer mieux.

— Inventer ?

— Imagine, y a les chansons, on doit garder la rythmique, hein, comme avec *Osu*.

— Comme avec *Osu*.

— Ouais mais là, en plus de garder la rythmique, on doit aussi remplacer les paroles.

— Remplacer les paroles ?

— On doit créer nos histoires, raconter nos trucs à nous tout en restant exactement dans la rythmique.

— Nos histoires.

— Ouais nos histoires, Samba.

— Mowgli ?

— Mowgli, Samba, qui tu veux. Nos histoires à nous sur la même rythmique. Et sans se décaler bien sûr.

Marrant ce mec-là, Eros. Vais d'abord devoir quitter mon costard Zara noir de noir, extérieur 82 % polyester, 16 % viscose, 2 % élasthanne ; doublure gris anthracite 95 % polyester, 5 % élasthanne. Costume impec sauf qu'il a ce mini-pli, là, deux millimètres sur un, ce mini-pli qui m'énerve, il m'énerve. Allez, maintenant, je m'en vais.

C'est une idée ça : nos histoires à nous et sur la même rythmique ! Nos histoires à nous… Mowgli y va. Samba y va. J'y vais. On y va tous.

J-16

Pour Louis Walter, c'est un grand jour. Et son sourire en dit long. L'information est confirmée : le futur maire d'une capitale européenne, grand patriote de sa mouvance, viendra à Paris – dans son arrondissement – pour sceller leur amitié et d'ambitieux projets communs à la veille du scrutin historique. Toute la presse a répondu présent, y compris des agences internationales. Comme au jour de sa propre élection.

Clara Perrault est rayonnante face à cette salle comble et ce public impatient. Caméras, micros, photographes, rédacteurs prêts à se ruer sur leurs carnets ou leurs portables, rien ne manque à l'appel. L'air respire un parfum de tweets convulsifs.

— C'est déjà un succès. À nous d'en faire un triomphe. N'oubliez pas que derrière les sourires et les amabilités, la grande majorité des journalistes vous reste hostile.

— Pas tous, heureusement.

— Non, pas tous, il y a une évolution chez certains, qui devient assez nette, et dont il ne faut pas s'étonner. Les journalistes politiques jouent les rebelles un temps mais ils se font très vite au changement. On l'a vu avec Trump : un mois après son élection, le ton avait changé : *finalement ça ne sera sans doute pas pire qu'un autre*… Bref : les annonces de notre conférence de presse parlent davantage de droite patriote que d'extrême droite, c'est un bon point. Très bon même.

— Installez-vous, nous allons commencer.

La reporter d'*Info Matin* en charge du dossier sur le bilan du maire est la première à prendre la parole.

— Vous partagez avec votre ami européen une vision ultrasécuritaire. Pourtant dans votre arrondissement les violences urbaines ne semblent pas avoir connu de trêve depuis votre arrivée.

— C'est une question ?

— C'est une constatation. La question est : comment expliquez-vous cet état de fait ?

— Eh bien c'est un constat que je ne partage pas. Les chiffres montrent une nette amélioration dans bien des domaines ; je les tiens à votre disposition.

— Je suis preneuse. Pouvez-vous en attendant me donner un seul exemple significatif ?

— Absolument. Le nombre d'interpellations de dealers est en forte augmentation, plus 25 %, et la collaboration entre polices municipale et nationale connaît un regain d'activité, ce qui décuple leur efficacité.

— Il est vrai que vous êtes très populaire dans la police…

— Et j'en suis très fier. Peu de politiques peuvent en dire autant.

— Ces interpellations concernent tous les quartiers ?

— Comme vous le savez, nos relations avec l'arrondissement voisin sont exécrables, du fait de leur sectarisme et de leur déni de démocratie. Ils n'ont jamais reconnu mon élection, c'est lamentable mais je n'y peux rien. Par conséquent, les quartiers limitrophes à nos deux arrondissements sont beaucoup plus compliqués à gérer.

— Comme le pont derrière l'esplanade ?

— Il en fait partie. Mais il fait l'objet d'une surveillance accrue et tout sera bientôt sous contrôle.

— Vous pouvez nous l'assurer ?

— Je peux vous assurer que nous y travaillons.

Clara Perrault affiche sa satisfaction. Le passage *Info Matin* est un sans-faute. Et la journaliste connaît ses dossiers.

— Monsieur le Maire, pouvez-vous préciser votre programme culturel ? Vous réjouissez-vous des succès du théâtre Antoine-Vitez ?

— Parlez-vous de succès populaires ou médiatiques ? Car ce n'est pas exactement la même chose.

— Contester l'ordre établi, c'est aussi le rôle de la culture, non ?

— Tout à fait, c'est l'un de ses rôles. À chacun ses priorités, les miennes sont plutôt de rétablir l'ordre… Dans la convivialité, et c'est ma différence avec certains patriotes qui conservent une relation défensive à la modernité. C'est ce qui me rapproche de mon ami, bientôt maire d'une grande capitale du continent. Et voilà notre autre différence : nous sommes des Européens convaincus. Mais nous voulons une Europe… européenne.

— Une Europe blanche ?

— Une Europe qui sait d'où elle vient, qui elle est et où elle va. L'Europe, ça n'est pas l'Asie et ça n'est pas l'Afrique. Pas l'Amérique non plus, d'ailleurs. Pour le reste, je vous laisse à vos obsessions. Après cette conférence, vous pourrez rencontrer mes équipes et constater que vos idées fixes ne sont pas les miennes.

Clara exulte. La réplique est bienvenue. Rassurée, vraiment. Non, elle ne s'est pas trompée de poulain. Cette fois, ses doutes sont loin, bien loin. Louis Walter est l'homme de la situation. Et bien plus encore : il est l'homme qui va embrasser la France.

— Hum, rencontrer ses équipes, il parle de nous là ? On nous l'a même pas encore présenté !

Eros se gratte la tête.

— Ouais, il parle de nous mon gars. Et Mowgli n'est pas dans l'coup !

Une fois la conf finie, c'est le moment des p'tits fours, champagne avec des bulles et jus d'orange pour nous. Clara Perrault, là, elle s'approche de moi tout sourire, entourée de deux photographes, de la reporter d'*Info Matin*, et du maire Walter Louis, Louis Walter.

— Je vous présente Samba qui vient d'arriver dans nos services.

— Enchanté, Samba.

— Samba Ouattara, monsieur le Maire, je m'appelle Samba Ouattara. O-u-a-t-t-a-r-a.

Le maire, là, il y comprend rien, il hausse les sourcils de quelques millimètres, Samba voit ça. Crispée aussi, Clara Perrault. Les journalistes par contre, ils kiffent, je vois ça aussi.

— Eh bien enchanté, Samba Ouattara, bienvenue dans nos équipes. Où est votre collègue, celui à la photo mystérieusement floue ?

Clin d'œil amusé à la dircom, histoire de détendre l'atmosphère, je vois ça encore.

— Ben il est…

Et là, ben non, il n'est pas là. Plus là. Eros a disparu. Le Volatile, le Courant d'air… L'Inattendu. Et l'Énervant des fois quand même !

« Qu'est-ce qui vous a fait penser qu'un crime avait été commis ?

— Les sirènes, les gyrophares, le déploiement de policiers. J'ai pensé à un accident, pas à un crime.

— Et après ?

— Après, je me suis dit que c'était un attentat. Ou une menace. Normal, ce sont les premières choses qui viennent à l'esprit, maintenant. Un attentat déjoué, il n'y avait pas d'explosion, pas de cris, si ce n'est cette plainte d'un homme. Voilà ce que je me suis dit. Je peux rentrer maintenant ? »

Vingt heures. Quadrillage lumineux de l'espace, caméras en éveil.

Le pont est vide, désert. Aucun signal, pas même une ombre.

À cent mètres de là, une rue anonyme du quartier. Un entre-deux de repli, rassurant, avec ses quelques cafés d'*avant*, des bistrots de p'tits noirs, jambon-beurre, de ballons de rouge avec des œufs durs sur le comptoir pour les petites faims. Une rue de nostalgie choyée par la Nouvelle Droite, mais pas seulement.

Et là… Une rumeur d'abord lointaine qui se rapproche. On l'entend de plus en plus. Comme une masse compacte, une masse de cris.

C'est là, dans cette rue de carton-pâte, c'est là qu'ils ont déferlé. Une masse hurlante, emplie de fureur. Armée de marteaux, de battes de base-ball, armée de haine et de rancœurs multiples, de honte aussi. Une masse d'ados et d'enfants, onze ans, douze ans, seize ans.

« Regardez ça ! » On hésite, se cacher derrière les comptoirs ou sortir la tête pour être témoin ? Ça ressemble à une hallu collective mais ça n'en est pas une. Quelques adultes téméraires – ils sont peu nombreux – sortent des commerces et crient :

— Arrêtez, arrêtez, c'est de la folie, vous êtes fous !

Mais rien, rien ne les arrête, d'ailleurs ils n'entendent pas, ils ne voient pas. Pas même Aïssatou, alertée par Geoffrey, et Samba, qui se dresse devant eux. Bras en croix, elle crie *Non, non, non*. Étrange prophétie. Ils n'entendent rien. Ne la reconnaissent pas. Elle attrape au vol un petit, le p'tit Aziz, il est tout le temps au centre. Depuis des années. Elle connaît toute sa famille, *Ta mère*, *ta grand-mère*. Ses yeux ne la captent même pas, ils sont ailleurs, dans une autre histoire. Sont pleins de haine. Des coups, des poings, des gifles. *J'vais te crever, te crever*. Des torrents de mots de haine, de mots de mort. Les animateurs du centre, ils arrivent en courant, essoufflés, hallucinés ils se jettent dans la masse à corps perdu, attrapent au vol tous ceux qu'ils peuvent, un, deux, trois corps en transe, en transe convulsive. Ne les lâchent plus, tiennent fort, fort, fort.

Et puis on les entend venir, les sirènes, du fond de l'autre monde. Elles déchirent le ciel, l'espace pour rappeler l'ordre qui revient en force.

La République s'annonce en fanfare. Grandiloquente et dérisoire. Des silhouettes en uniforme bleu sombre, casquées, armées de Flash-Ball paralysants, elles tissent leur toile, quadrillent l'espace, tout l'espace.

Apocalypse, apocalypse… L'apocalypse, maintenant.

5

J-15

Un souffle fort, celui d'une bête, un halètement.

La cadence s'accélère, frénétique, régulière jusqu'à marquer les temps, jusqu'à devenir un rythme-rythmique obscène, tout en sueur trouble.

En moiteur. C'est le halètement d'un homme, l'autre n'existe pas, silencieux, silencieuse, on ne sait pas.

On devine une humiliation, une résistance autant qu'une excitation, on devine une couleur. On devine deux couleurs. Rien d'autre.

Geoffrey Williams est accoudé à son bar devant la montagne de taf qui s'étale devant lui. Compta, organisation des services, recrutement d'un serveur… *Fuck off.*

Cinq ans. Il n'a que ça en tête. *Such a bad Birthday.*

Cinq années que Cynthia, sa femme, a quitté ce monde. Cinq ans qu'elle a ouvert cette maudite fenêtre et s'est précipitée dans le vide pour s'écraser sur le bitume de cette paisible rue de Greenwich Village.

Cinq ans qu'il l'a découverte nageant dans une mare de sang au milieu de la chaussée.

Le drame, la violence avaient toujours fait partie de leur histoire. Le tête-à-tête et le corps-à-corps avec cette sublime danseuse afro-américaine, rencontrée un soir d'été lorsque Gina la rousse l'avait quitté, n'avaient jamais tutoyé le zen, loin de là. Une spirale, un labyrinthe. La rage, la rage.

Après leur première nuit, Geoffrey avait emménagé chez elle sur un coup de tête. Comme un aimant.

Et tout avait débuté immédiatement. Leur studio : un théâtre de cris, d'objets brisés, d'insultes… Quand un voisin les croisait sur un palier, dans l'escalier de ce vieux bâtiment ou au bas de l'immeuble, il baissait la tête, regardait ailleurs comme pour chasser un mauvais rêve.

Impossible d'identifier ce qui amorçait le basculement d'un instant banal vers un drame, sans fin. Lui peut-être ? Lui ?

Il ne sait pas. Cette question le dévore, grignote son âme. Geoffrey y pense, là, accoudé à son bar devant sa pile de dossiers en attente. Il retrouve un instant, encore une fois, ce chaos mental qui faisait son quotidien, celui de ses jours et plus encore de leurs nuits.

Cinq années, cinq. Mauvais anniversaire.

J-14

Des fois suis fatigant je sais. Sister elle me le dit : *T'es é-pui-sant*. Des fois seulement. Et lui, le gars Eros, il ne me fatigue pas des fois aussi ? À disparaître quand je vais le présenter au maire. À s'envoler, se désintégrer. À faire son Fantômas.

Fatigant aussi, *é-pui-sant* comme elle dit. Ça le fait sourire, le gars. Moi je suis fasciné par les sourires. Cette fente, ce trait qui casse, qui fend l'visage, cette ligne hésitante, *j'y vais ou pas*, émue ou éclatante, *yes yes la life,* ça me fascine. Je pourrais rester des heures à le regarder, ce trait. À l'endroit, à l'envers. Trouve ça magique. Des fois fait peur aussi, quand il remonte vers le haut à vingt-sept degrés cinq. Moi, je ne sais pas trop sourire. Quand je le fais, j'ai tout de suite la fente qui se dessine dans ma tête alors je la referme avec ma main.

Bizarre quand même.

La journée a mal commencé. En partant pour la mairie, je passe devant l'épicerie de M. Ali et là je vois quoi ? Je vois quoi là ? Fermée ! Devanture baissée. Rideau de fer avec un écriteau affiché dessus. *Changement de propriétaire*. Alors je reste planté devant, coupé dans mon élan avec le chronomètre en tête : il me reste seize minutes, quarante secondes pour arriver et monter les marches de la mairie.

Jacqueline, la voisine, me trouve là immobile à relire l'écriteau pour la vingt-septième fois. Vingt-huit. Vingt-neuf.

— Tu fais quoi Samba ? T'as l'air perdu.

— Il est où ?

— M. Ali ?

— Ben qui d'autre ? On l'a pas mis sous une tutelle ?

— Il a pris sa retraite, il est parti au bled, en Tunisie. Il l'a bien mérité, non ? Ta maman ne te l'a pas dit ? Il nous a invités la semaine dernière pour fêter son départ. On était tous émus depuis le temps.

Je la laisse là, ciao. Ne supporte pas ça, quelqu'un qui part. Ça me déchire la fleur de peau. C'est ici sa place. Ici. On ne part pas comme ça. C'est pas comme ça la vie. Y a un ordre quand même. D'ailleurs on dit bien ça : *C'est dans l'ordre des choses*. On ne dit pas ça pour rien. Allez, trace trace Mowgli. Trace !

J'arrive avec seize secondes de retard. Seize.

Au bureau, journée de merde. Déjà Clara Perrault me sort : *Eros est malade, il reste chez lui aujourd'hui.* Malade ??? Est devenu *L'Homme invisible* ou quoi ? Perrault ne me donne rien à faire, juste de la figuration. Me prend pour un gogol, je sais ça. Je sais.

Compte les minutes, les secondes, les dixièmes.

Le soir je rentre à la casbah et l'autre là il se pointe, le gars Eros. Comme si de rien n'était, avec son PC. Tranquille. Tranquilles.

— T'en es où avec le jeu ? Tu avances ?

Me prend pour qui, lui, là ? Pour un gogol aussi ?

Alors lui montre l'écran !

Plus tes textes et ton flow sont synchronisés avec la musique, plus ton score est élevé. À l'inverse, si tu ne parviens pas à suivre le rythme, tu marques moins de points et la chanson peut même être interrompue : c'est game over *!*

— Voilà ! Le jeu est prêt.

— T'es incroyable, toi !

— Tu ne me crois pas ?

— Ben si j'te crois.

— Alors je suis croyable ?

— Euh…

— T'as plus qu'à raconter.

— Raconter quoi ?

— Ton histoire, mon gars. T'as plus qu'à écrire tes mots…

Alors vrai ou pas ? Pas énervant des fois ?

— Tu as déjà vécu avec une femme ?

Geoffrey se lève d'un bond.

— Je n'ai pas envie de parler de ça.

Son geste est si vif, si inattendu que cela balaie tous les mots qu'elle pourrait lui répondre. Alors, elle se tait. Mais même son silence, il ne le supporte pas. Il met des mots dedans, plein de mots, plein de questions. Il se prend la tête entre les mains, se bouche les oreilles pour ne plus les entendre. Elle, elle se recroqueville sur le lit, en boule. Elle se voit : se surprend fermée, repliée. Elle s'imagine en hérisson ou en tortue, et elle n'aime pas ça. Ces animaux-là ne lui ressemblent pas. Elle se lève brusquement et s'habille. Pas envie de batailler. Fatiguée. Lutter, convaincre, déstabiliser, Aïssatou connaît ça. Depuis toujours, avec son frère, Samba, et le Mowgli qui habite sa tête, l'accident, la mort du père. Mama toute seule devant l'effroi de l'existence. Ses joies aussi ; seule face aux uns, seule face aux autres. Les études : toujours première. Le soutien aux gamins du quartier, l'indifférence des municipalités, des gouvernements, la police, tout ça et plus encore. La Nouvelle Droite désormais… Jamais de temps pour elle, pour croire à une histoire. Jamais de temps pour respirer. Fatiguée.

— Attends.

— Ah oui ? Et j'attends quoi au juste ?

Comme il ne répond pas, elle continue d'enfiler ses vêtements éparpillés sur le sol. Il saisit son poignet, le serre fort, fort. Fort.

— Tu me fais mal.

Il n'entend pas.

— Geoffrey, tu me fais mal !

Plus que la douleur, c'est l'incompréhension qui la submerge. D'un coup il la lâche et se retrouve face à son regard. Immobiles, les deux. Face à face. L'instant s'éternise. Des sons suspects s'échappent de son smartphone. Des chuchotements. Il s'en empare. Elle aussi, elle oublie tout et se polarise sur l'écran.

— C'est quoi ça ?

L'image est brouillée. Le pont, des ombres. Des silhouettes floues d'enfants, d'ados. Ni visages, ni corps. Des sons, quelques mots étouffés, à peine perceptibles. Des ombres qui rôdent, rien que des ombres. Elles viennent hanter l'écran.

Placide, Rigal en est à sa troisième et dernière couche de vernis, fascinée par le lent mouvement du pinceau sur ses ongles parfaits. Un vernis d'un rouge profond, intense comme elle les aime.

Lascrime tourne en rond et sans décolérer.

— Putain, cette ordure va frapper fort avec la visite du candidat ! Et dire qu'on sera aux premières loges ! Ça me fout en l'air. Il aura toutes les télés, toutes les agences de presse, tous les réseaux sociaux.

— Mon pauvre Jacques, tu es totalement aveuglé.

Le ton de sa remarque est tranquille, si tranquille que Lascrime en reste stupéfait. Stoppé en plein mouvement.

— Pardon ?

— Tu es en train de me dire que tous les médias seront présents et que l'écho sera retentissant, n'est-ce pas ?

— Et qu'est-ce qui relève de l'aveuglement ?

— Où se situe la mairie ?

— Je ne suis pas vraiment d'humeur à jouer aux devinettes.

— Face au théâtre, non ?

Un temps.

— Attends, tu veux me dire que nous pourrions squatter l'audience…

— Exact. Je vois que tu retrouves un peu de discernement.

Elle secoue ses mains avec une légèreté sans égale pour que le vernis sèche.

— Ça, c'est une idée au top !

— Organise une répétition publique du spectacle sur le parvis du théâtre. La scène de l'expulsion avec Evann, par exemple.

Surexcité, Lascrime bondit comme un lapin au milieu du salon.

— Géniale ! Tu es géniale ! Mais la sécurité nous empêchera ?

— Nous n'avons pas installé la terrasse devant le bar du théâtre par manque de courage, juste par flemme, mais la concession nous appartient et nous sommes en été. Nous sommes chez nous, Jacques.

Il se précipite vers elle et dépose fougueusement un baiser sur son front.

— Alors il faut se bouger. Parce que c'est J-14. Et là, mon cher Jacques, tu ne peux pas rater cette occasion. Ça doit être… spectaculaire. Ni plus ni moins. Spectaculaire.

Une seule idée la trouble : cette photo remise anonymement. Le sourire de Carlos Guierra. La seule évocation de cet homme lui donne la chair de poule. Qui chercherait à raviver ce souvenir, cette émotion ? En parler à Lascrime ? L'homme est fragile, facile à déstabiliser. Elle l'observe, hésite. Le protéger encore et encore, et l'admirer bien sûr, rompre avec ce rôle un jour ? Tellement assez parfois.

Pourtant, une fois de plus, Sandrine choisit le silence.

— *Alors Blondie, tu t'amuses avec moi, non ? Dis-le ! Dis !*

J-13

Les lavabos des toilettes sont noyés par une lumière blafarde projetée des néons blancs.

Walter s'observe dans la glace en se frottant les mains sous l'eau.

Il déteste cette lumière. L'image est pitoyable. Une caricature, les cernes surtout. Il les scrute, ne s'épargne rien. Au rythme où ils progressent, d'ici dix ans…

D'ici dix ans, Walter veut être maire de Paris. Il se laisse deux mandats pour y parvenir. Il y croit dur comme fer et y pense très concrètement, là, en se séchant les mains. Ce qu'il ferait, lui, de la Ville lumière.

Alors, il se redresse et se regarde sous un autre angle. Son visage en perspective, celle d'un destin. Et cette visite dans treize jours – treize jours ! – pourrait être une étape essentielle. Inratable. Une seule ombre plane : Clara craint un coup de théâtre. Lui, le hasard des mots le fait sourire, juste un instant. Théâtral pour le moins.

Le prochain spectacle de la bande à Lascrime s'ancre dans l'arrondissement, un choix dramaturgique délibérément placé au cœur de l'action. Et un premier round sans fausse note : le recrutement du jeune Rom a attiré les journalistes comme des mouches. Rien à dire, le risque est bien présent.

Pour Clara, la stratégie est claire… En cas de mauvais coup du clan des théâtreux, il n'y a qu'une solution : envoyer les films à la presse. Transformer le couple vedette de la gauche bobo en duo cocaïné errant au beau milieu d'ados dénudés. Et le timing pour cet envoi s'impose : la veille de l'arrivée du candidat. Clara n'attend qu'une chose pour préparer l'opération, quitte à l'annuler si elle ne s'imposait pas : un simple *go* de Walter.

Face au miroir, le maire hésite. Pourtant, et il le sait, il a peu de temps pour décider. Ses atermoiements pourraient ébranler Clara, et ce n'est pas imaginable. Sans elle, Walter risque gros. Elle reste la seule tête pensante dans son équipe de bras cassés. De bras et de cervelles surtout.

Reste le problème des guerres de jeunes. Des gamins. De plus en plus violents. Des vidéos hallucinantes circulent en boucle sur Internet, un comité de riverains en panique s'est créé. L'adjoint à la jeunesse veut organiser une réunion avec la police et les associations de parents. Mais côté terrain, le divorce avec la mairie est consommé. Retirez-en les Africains, les Maghrébins et les communistes, il ne reste pas grand monde. Sûrement pas de quoi résoudre le problème.

À la Nouvelle Droite on s'agite sur le mode *assiégés*, on fait du bruit, certains réclament l'intervention de l'armée. Walter est obligé de calmer le jeu… Sans apporter d'autres solutions, faute de relais dans le tissu associatif. À moins de convaincre cette femme, la directrice du centre de jeunes, cette femme au nom imprononçable.

La convaincre de pactiser avec l'ennemi en échange de subventions supplémentaires ? D'une promotion ? Que faire ? Que dire ? Le ministère de l'Intérieur préfère laisser pourrir la situation pour discréditer la politique sécuritaire de la mairie. Rien à attendre de l'État.

Imaginer cette horde de sauvages déferlant sur le quartier lors de la visite du candidat… Son visage s'inonde de sueur. Walter s'approche de la glace, les cernes refont surface. Treize jours seulement, treize.

La porte des toilettes s'ouvre. Un jeune homme entre, juste une silhouette. Absorbé par ses pensées face au lavabo, Walter n'y prête aucune attention. Il entend un vague *Bonjour monsieur le Maire* ; il répond machinalement.

Puis un déclic. *Bonjour monsieur le Maire.* Cette voix… Cette présence. Ce parfum surtout. Walter se retourne brusquement. La porte des W.-C. se referme, le jeune homme est à l'intérieur. Chacun retient son souffle. Le silence. Seul le bruit du jet d'urine. Un temps. Celui de la chasse d'eau. La rencontre n'aura pas lieu. Walter se précipite hors des toilettes.

J-12

Encore malade, le gars. Pas venu au taf. Petite nature quand même. Y a des virus qui grimpent aux murs de sa chambre ou quoi ? Devrait se détendre. Comme moi : je lutte pour ça, et c'est pas gagné. Aïssatou m'a envoyé quelqu'un cette semaine. Elle, elle n'avait pas le temps. La fille s'appelle Li, elle est timide. Elle m'a demandé de m'allonger. J'ai fermé les yeux. D'abord il ne s'est rien passé. Silence, quoi, juste rien. Et puis elle a pris mes mains, doucement, l'une après l'autre. Après, son toucher s'est fait un peu plus ferme. En appuyant sur trois points précis, elle s'est mise à raconter des trucs.

Le méridien poumon, c'est la respiration. Le méridien du cœur : l'amour, la joie et le bonheur. Et là le point plexus, au centre des émotions.

Ça peut sembler banal, même un peu débile, mais ce qui ne l'était pas du tout, c'était sa voix lorsqu'elle prononçait ces phrases. À peine audible, un murmure. Des sons, des mots envoyés pour vous caresser le cerveau en le frôlant, comme un massage cérébral. J'ai *aimé* ça. La fille a provoqué un drôle de truc. Des choses que je ne connais pas trop. Une larme.

Un oubli de moi-même et en même temps des souvenirs… État spécial, l'apesanteur. Après quelques minutes je l'ai sentie bouger autour de moi comme si elle glissait sur le sol, sans un accroc, toujours fluide. Elle danse, elle danse. Elle s'appelle Li.

J'ai convaincu Clara Perrault d'actualiser le système informatique. Déjà de faire un diagnostic. Elle est loin de se douter qu'un pirate sommeille en moi. Docteur Samba, Mister Hacker… Naïve quand même !

Aïssatou est aux abonnés absents. Elle ne pense plus qu'au pont, aux caméras, n'a que ça en tête. Elle court après les jeunes. Court, s'agite, argumente. Réunit ses équipes, une fois, deux fois chaque jour. Les gars sont dépassés, ça la rend folle. Les flics contrôlent tous les colorés du coin. Insultes, palpations : la routine en accéléré.

Aïssatou m'envoie quarante-deux SMS pour savoir si mon système reste opérationnel.

Et puis y a l'autre, là, le G-e-o-f-f-r-e-y. Geoffrey… Et moi alors ??? Hein et moi ?

Dehors on ne parle plus que de guerre entre les deux quartiers, *comme à Mexico*, mais du sérieux cette fois. *On les a vus traîner, on les a entendus, on les suit sur Facebook*, *Snapchat, Instagram.* J'entends ça, Mowgli entend. Mais ça ne nous concerne pas. *Chacun sa life. Et Dieu pour tous.* Mama dit ça ou presque, un truc comme ça. Mowgli n'a qu'une chose en tête, rien d'autre : le concert de PNL, et ce soir c'est J-12. On frappe à ma porte. Le gars se la joue *revenant* ou quoi ?

Eros débarque dans ma chambre et se met à déclamer au beau milieu de la pièce…

Passe partout, En oblique, En biais, De face comme profil
Blanc, Noir, Et quand ça l'fait : Gris, Coloré, Décoloré
En prise, En phase, En bonne société
Serpent, Anguille, Caméléon
Noir ou Blanc, Pas de demi-teinte sous les néons.

— C'est quoi ça ?

— Ben c'est mon texte, le premier. Tu vas voir : ça colle pile-poil.

Il allume son PC.

Plus tes textes et ton flow sont synchronisés avec la musique, plus ton score est élevé. À l'inverse, si tu ne parviens pas à suivre le rythme, tu marques moins de points et la chanson peut même être interrompue : alors c'est game over *!*

— Evann, ce n'est pas le moment de revenir là-dessus ! Nous ne sommes pas dans les subtilités de la pièce, on travaille juste sur cette scène pour qu'elle pète le jour J, rien d'autre ! Là on ne travaille pas pour le public ou pour nous, pas encore, on bosse notre coup d'éclat, on bosse pour les médias et contre le maire.

Evann n'est pas du tout convaincu. Sandrine voudrait mieux comprendre sa réticence. Elle fait signe à Lascrime de le laisser parler. Donc de se taire un peu.

— Mais y a quand même ce dialogue avant l'expulsion et ça le fait pas.

— Explique-nous.

— Mon personnage, il dit que ses parents restent bloqués dans leur culture parce qu'ils sont dehors. Mais avant on dit qu'ils sont des voyageurs, c'est pas pareil. Les voyageurs ne sont pas sur le trottoir, ils ont des boulots. Des boulots de nomades mais des boulots. Ceux qui sont dehors, ce n'est pas parce qu'ils sont voyageurs. Et ce n'est pas parce qu'on est sédentaire qu'on n'est pas bloqué dans sa culture, souvent c'est le contraire. Les gens se bloquent quand on les oblige à renoncer à quelque chose d'essentiel. Tu veux dénoncer d'accord, c'est bien, mais tu mélanges plein de choses, Roms, gitans, voyageurs, migrants… Ça ne veut plus rien dire.

— OK, on va revoir ce texte.

— Si tu veux parler des gens, faut t'intéresser à eux. Sinon ça sert à quoi ?

— On va juste mettre en scène l'expulsion pour ce jour, on verra le texte après.

— Mais l'expulsion de qui ? Faut savoir à qui on a affaire, qui sont ces gens. Moi je ne veux pas jouer un expulsé, je veux jouer quelqu'un.

Sandrine comprend mieux le refus d'Evann. Elle se lève pour calmer le jeu.

— On va y réfléchir, Evann, c'est promis. Mais ça ne nous empêche pas de travailler l'expulsion. Nous avons peu de temps…

— OK.

Satisfait, Lascrime appelle les autres comédiens et leur demande de se mettre en place. Leur entrée lui laisse le temps de chuchoter un compliment à l'oreille de Sandrine.

— Sacrée négociatrice !

— Franchement ses remarques tiennent la route, tu devrais y penser.

— J-e v-a-i-s y p-e-n-s-e-r !

— Je te le conseille.

Rigal, elle ne lâche pas l'affaire, elle est comme ça. Elle pense, elle dit, elle fait.

Evann aime ça. Et il aime ses lèvres rouges. Rien qu'à l'expression de leurs visages, celui de Sandrine et celui de Lascrime, il a tout capté de leur échange.

Il dit : *Entre deux êtres, il y a une langue de mots mais il y a aussi une langue de signes*. Ça lui vient de sa grand-mère. Une femme hors-norme qui l'inspire depuis toujours. Voyageuse, justement.

Tous sont en place. Lascrime s'adresse à eux comme s'il était seul en scène.

— Oubliez le plateau dès maintenant. Ne vous habituez pas à lui. Imaginez-vous dehors, sur le perron du théâtre. C'est là que ça se passera. Et aucune météo ne nous arrêtera. Soyons concentrés, l'enjeu est énorme et c'est J-12. On doit faire exploser la baraque !

« Le théâtre, l'hôtel de ville et ce corps agonisant, ce sang… Au-delà du décor que nous avions imaginé. Au-delà de la situation, de la dramaturgie. Ce corps-là rencontrait réellement la mort. C'était insoutenable.

— Que faisiez-vous au théâtre à cette heure ?

— Je respirais *l'après*. Une solitude salvatrice qui suit l'expulsion d'un moment intense… J'aime ça, j'en ai besoin.

— Personne avec vous ?

— Personne. Personne avec moi, personne dans ma tête. Seulement moi.

Moi face à moi-même. »

Allongé sur le lit, Geoffrey l'observe s'agiter dans tous les sens. Elle marche, remue de l'air, beaucoup d'air, range des affaires pour s'occuper, son smartphone toujours en ligne de mire. Électrique. Lui, une question lui brûle les lèvres.

— La violence, ça te dépasse ?

Abasourdie, elle cherche ses mots. Ne répond pas. Il ne lâche pas.

— La violence, ça te dépasse ?

— Cette violence-là oui, carrément. Elle me dépasse et elle me terrifie. Non mais tu les as vus ? Je ne les reconnais même pas, c'est comme une transe, une transe collective. Putain ça vient d'où ce truc ?

— Y a quelque chose d'irrationnel, c'est sûr.

— Irrationnel ?

— Tu ne trouves pas ?

Aïssatou se sent désarmée. Impuissante, et ça la fout en l'air.

— Euh, oui, oui, bien sûr mais… *Irrationnel*, le mot est faible, non ? Plein de choses sont irrationnelles. Ma mère est irrationnelle, souvent. Les flics sont irrationnels. Là on a affaire à autre chose, c'est juste incroyable. Geoffrey, tu les as vus ?

— Je les ai vus, oui.

— Et c'est tout l'effet que ça te fait ?

— Écoute, moi, je sais qu'une violence terrible peut surgir de nous. Quelque chose qu'on ne soupçonne pas exister. Et puis un jour… Je connais ça.

— Alors là…

— Quoi ?

— Là vraiment, les bras m'en tombent. Ce que t'as vu, ce truc de dingues, ça t'est familier ? Ça ?

— Je ne fais pas de parallèles. Je ne connais pas cette violence-là, mais j'en connais une autre. Et elle n'est pas belle à voir.

Alors, elle s'assoit. Scrute son regard. Y cherche un signe, lui laisse un temps, pas plus. Elle ne veut pas voir le silence s'installer.

— Je sais.

— Tu sais quoi ?

— Je sais que quelque chose te dévore.

Lui, il ne répond pas, ne dit plus rien, attend. Se ferme.

— Arrête ça !

Elle le sent s'éloigner, elle le voit partir dans cet endroit à part, loin d'elle, elle ne sait où. Partir, partir Dieu seul sait sur quel rivage.

— Arrête. Parle-moi.

— Je ne sais pas quoi te dire. Et ce n'est pas parce que c'est toi. Je ne sais pas quoi me dire non plus.

Ses yeux semblent tellement perdus qu'un instant, si bref, elle a le sentiment de se noyer dedans. De s'engloutir. Un instant elle sent qu'il pourrait l'emmener dans son no man's land. Alors elle abandonne, comme ça, pour se sauver d'un précipice comme elle l'a toujours fait. Pour ne pas se laisser happer. Pour résister au vide. Ça, oui, elle connaît, elle sait faire. Habituée en quelque sorte même si tout au fond d'elle quelque chose se déchire. Et c'est terrible. Fuir le vertige… Sa survie, c'est sa survie à elle. C'est pour ça qu'elle est là, à cette place qu'elle a conquise. C'est comme ça qu'elle tient debout, Aïssatou. C'est comme ça qu'elle a toujours tenu. Verticale.

Elle en sort laminée. Dehors, une lumière crue. Une avenue désertée sous le feu du soleil. À chaque pas, cette sensation de s'enfoncer dans le sol. Un sol gluant. Mais elle avance. Elle avance parce qu'elle n'a jamais eu le choix. Parce qu'elle n'a jamais eu ce confort-là. La vie et ses urgences n'ont pas laissé de place aux états d'âme. Samba, déjà. Mais pas seulement. La pression sociale, la pression des hommes, la pression des flics. Alors oui, elle avance aujourd'hui comme hier, malgré les ombres de Geoffrey qui viennent hanter son âme. Les ombres devinées dans ses gestes presque convulsifs, et plus d'une fois. Ses obsessions. Cet incroyable contraste avec l'homme qui illumine l'esplanade de son sourire radieux. De son accueil. Tout ce que, malgré ses résistances, Aïssatou a capté de lui. Malgré leurs chemins parallèles. Divergents. Malgré les routes imposées, tracées par d'autres, qui s'acharnent à scinder l'esplanade, à confronter les mondes. Face à face parfois, dos à dos le plus souvent.

Aïssatou rejoint son bureau, son refuge. Elle marche, veut chasser ses pensées comme on chasse le vieux monde. Elle le repousse d'un mouvement de main. Avance, avance lorsque son portable sonne. Un numéro masqué. D'abord elle hésite puis elle décroche au cas où, un réflexe, tout en regrettant de céder à sa disponibilité permanente.

— Mademoiselle Ouattara ?

— Bonjour, oui.

— Je suis Clara Perrault.

— Oui ?

— Je suis responsable de la communication à la mairie.

— Je sais qui vous êtes.

— Très bien. Le maire aimerait vous rencontrer, cela vous serait possible ?

— Je ne pense pas avoir le choix.

— Parfait. Disons demain matin neuf heures ?

J-11

Il erre comme ça sans savoir où il va. Sans but, ni désir, juste pour se rincer la tête. Il contourne l'esplanade en rasant les murs : il ne veut surtout pas croiser de visage familier. Il entre dans un bar, commande un demi. Reste là à regarder les gens, écouter les hommes. Leurs jeux, leurs plaisanteries.

Se demande ce qu'est leur vie et surtout, surtout, s'ils ont vécu autant de drames que lui. Enterré autant de proches, comme on dit. Si c'est banal de vivre avec la mort. Si c'est le lot de tous, le destin de chacun. Ou si ça vient de lui : si c'est son lot à lui. Si ça lui appartient. Est-ce que tout ça était écrit, tracé d'avance dans le sillon des lignes de vie ?

C'est ça que Geoffrey se demande et aucune réponse ne viendra. Il voudrait les questionner, ces hommes, ces anonymes. Il voudrait savoir pour ne plus être seul ou pour l'être encore plus. Pour ne plus être dans le doute. Pour éviter que ça le ronge, que ça mange ses rêves. Pour aimer. Ou pour partir. Pour ne plus vivre dans cet entre-deux qu'il comble de choses concrètes, des projets, des plannings, une affaire, un business. Tout ce qui lui permet d'exister : du concret, du factuel. Et seulement ça. Il sort du bar comme il y est entré. Avec ses questions, ses silences. Seul avec ses ombres, comme il l'est dans la vie. Seul avec ses peurs. Il marche, ses yeux perdus dans les nuages. Les bras ballants. Il marche et finit par croiser ce qu'il ne voulait pas : un visage connu.

Mon visage.

J'le vois comme un zombi qui traîne dans les parages. A quoi le gars ? Pas l'air dans son assiette. M'a pas reconnu ou bien ?

C'est bon, ça y est, il s'arrête.

— Ça va Samba ?

Ben oui ça va, pourquoi ça n'irait pas ? C'est lui qui n'a pas l'air d'aller quelque part. Eros reste planté là, comme ça, à le dévisager. Bon on fait quoi dans ce cas-là ?

— C'est ton ami ?

— C'est Eros.

— Salut Eros.

— Salut.

Et maintenant ? On ne va pas prendre racine à se refiler des *salut* toute la journée. On bouge.

Planté là, le Geoffrey. Eros me suit bien sûr. Il me suit comme toujours. L'emmène voir des sneakers incroyables. Des collectors, des vraies. Les modèles cultes exposés dans une galerie des Halles.

Number one : Reebok Pump, cuir blanc, lacets rouges, 1989.

Number two : Nike Mag, 1989 à 2011, rien que ça !

Number three : Nike Air Jordan, 1984, noire et rouge.

Number four… Eros m'arrête là, en plein sur ma lancée. Il pointe du doigt une enseigne, un néon qui clignote juste au coin du boulevard.

— C'est bizarre ça quand même…

— Quoi, ce truc-là ? C'est un sex-shop, t'en as jamais vu ?

— Si mais je comprends pas.

— Tu comprends pas quoi ?

— Pourquoi des mecs vont payer pour aller là-dedans alors qu'il y a tout gratuit sur Internet.

— Ben t'as vu, c'est comme les espaces de coworking, y en a partout. C'est pour ne pas rester seul face à son écran. Ça rassure les gens de ne pas être seuls.

Eros est dubitatif, je vois ça.

Une heure plus tard, nous revoilà dans ma chambre. Ordi, tempo PNL, à toi mon gars, fais voir où t'en es !

J'en ai connu qui sans remords
S'en sont donné à travers et à tort
N'ont pas hésité à vendre leur âme
Si ça pouvait en rajouter une dose à leur charme
J'parle de ceux qui changent de peau
Changent de ch'mises
Changent de couleur
Comme on change de décor
Qui bradent leur vie au Sheitan en lui offrant leur corps.
Toujours plus vite, Toujours mieux
J'm'entends, J'résonne, J'respire, J'frissonne
Encore et encore.
Toujours plus vite, Toujours mieux

J'm'entends, J'résonne, J'respire, J'frissonne
Encore et encore.
Trouble, lourde nuit
Lorsqu'on commence à danser avec le Diable,
on n'en a pas fini
Trouble, lourde nuit.

— Alors ?

— Tu perds cinq points mon gars. Mowgli veille à la règle.

— Hein ?

— *Si tu ne parviens pas à suivre le rythme, tu marques moins de points et la chanson peut même être interrompue.* Regarde Eros, ça clignote, là ! T'es sorti deux fois de la rythmique, la règle, c'est la règle. On ne discute jamais avec la règle. Jamais.

— OK, OK.

— Bien sinon le texte. Vraiment bien.

— Merci.

— Mais une question quand même…

— J'écoute.

— C'est qui le Sheitan ?

— Le Sheitan, c'est le Diable.

— Je sais ça. C'est pas ça ma question.

— Ben vas-y alors, c'est quoi ta question ?

— En vrai, le Sheitan, c'est qui ?

— Comprends pas.

— En vrai-vrai, dans la vraie vie quoi… Tu sais ça. Le Sheitan c'est qui ? Hein ? C'est qui ? Raconte Eros. C'est qui, c'est quoi ton Sheitan ?

— Asseyez-vous, je vous prie.

Face à eux, le maire et la dircom imaginaient une Aïssatou mal à l'aise, hésitante, sur ses gardes. Et c'est tout le contraire qui se produit. La voilà dans le grand bureau de Walter, assise aux côtés de Clara Perrault comme si le contexte lui était habituel. Familier. Son regard est direct, tellement appuyé que Walter en est décontenancé.

À peine installée, c'est elle qui enclenche la discussion. Son aplomb est redoutable. Dès lors, Perrault l'a bien compris, la partie pourrait être rude dans le camp des politiques.

— J'imagine, monsieur le Maire, que vous voulez me parler des affrontements autour du pont.

Surpris, Walter s'en racle la gorge, manifestant un instant de faiblesse.

— Effectivement, nous souhaitions vous entendre à ce sujet.

Alors, au fond d'elle-même, Aïssatou jubile. Elle a bien sûr noté le *souhaitions* employé par l'édile au lieu d'un *souhaitons* autoritaire, relevant du ton initialement prévu. Petite voix interne : « Le pouvoir parfois ne tient qu'à une voyelle. »

Clara tente de voler au secours du maire… mais ne parvient qu'à sortir une banalité dont l'insignifiance la consterne elle-même :

— La situation est très préoccupante.

La dircom s'entend prononcer ces mots en parfaite spectatrice d'elle-même. À cet instant elle aimerait se trouver loin, très loin, à l'autre bout du monde. Elle se demande même où… En Alaska peut-être ? Non, à Vancouver ! *Je chante dans le port de Vancouver, je chante sur des souvenirs amers*[1]…

Le regard de Walter la surprend en pleine rêverie. Ni une ni deux Perrault reprend ses esprits, elle se redresse sur sa chaise. Pour enfoncer le clou, Aïssatou ne desserre plus les dents comme si elle attendait une suite… Une suite qui n'arrive pas. Le silence devient encombrant. Alors Walter change de tactique.

— Mademoiselle Ouattara, j'ai conscience que nous partageons peu de choses, vous et moi. Nous en sommes tous deux conscients. Sauf une sans doute : pour des raisons très différentes, nous n'avons ni vous ni moi aucun intérêt, oui j'assume le terme *intérêt*, à ce que ces conflits, que dis-je ces guerres de bandes, perdurent voire s'amplifient. Pensez aux conséquences qui pourraient peser sur votre jeunesse.

— *Ma* jeunesse ? Monsieur le Maire, vous êtes l'élu de tous les habitants de l'arrondissement, si je ne m'abuse. À ce titre je crois pouvoir affirmer

1. Véronique Sanson, « Vancouver », *Vancouver*, 1976.

qu'elle est aussi votre jeunesse. Qu'en dit d'ailleurs votre adjoint en charge de cette mission ?

— Oubliez-le, il est nul. Écoutez, je ne suis pas là pour polémiquer mais pour avancer. Nous vous proposons d'agir ensemble. Discrètement mais efficacement. Nous ne cherchons pas à vous convertir à notre vision, je pense que c'est peine perdue…

Aïssatou acquiesce.

— Je vous le confirme.

— Très bien. Alors mettons cela de côté. Et parlons concrètement. Je n'irai pas par quatre chemins. Si nous voulons réussir, il nous faut impliquer les parents. Sinon nous allons droit au fiasco. Or…

— Or vous pensez être mal placé pour entamer le dialogue ? Il est vrai que vous ne les avez pas ménagés, ni dans vos discours ni dans votre programme.

— Voici ma proposition : acceptez d'orchestrer une prise de conscience et des actions efficaces avec vos collègues de l'autre arrondissement, vous savez que nous avons rompu toute relation avec leur mairie. Organisez une grande réunion avec les familles, toutes les familles concernées, et les éducateurs bien sûr, sur les deux secteurs. Nous sommes prêts à vous donner tous les moyens nécessaires. Tous.

— Et ?

— Et aussi à doubler le budget du centre que vous dirigez. Budget qui, m'a-t-on dit, a considérablement diminué, y compris sous l'ancienne municipalité. Vous voyez : je ne tourne pas autour du pot. Je suis cash avec vous.

Cette fois, Clara le constate, le maire a pris l'ascendant.

Dans cette situation, Aïssatou n'a plus d'échappatoire. Coincée.

— Écoutez, je dois réfléchir à tout ça.

— Nous n'avons pas le temps de réfléchir. Allez-y : posez toutes vos questions ou… vos conditions. Mais je veux qu'une heure après la fin de cette réunion, juste le temps de rassembler vos esprits, le travail commence. Désormais chaque minute compte. Vous avez rendez-vous avec le commissaire à quatorze heures.

Aïssatou est soufflée. Clara Perrault balade ses yeux dans le vide, évitant soigneusement le regard de la jeune femme. Surtout, surtout ne pas l'humilier.

— Mademoiselle Ouattara, c'est une situation aussi étrange pour moi que pour vous, je vous prie de le croire. Sur cette affaire nous partageons une cause commune, il nous faut l'accepter. Je pourrais vous imposer cette mission. Vous le savez : c'est en mon pouvoir. Mais je sais qu'elle n'aurait alors aucune efficacité. Nous connaissons votre engagement dans votre travail, au-delà de nos divergences qui restent essentielles. Ma seule chance est que vous soyez convaincue d'une chose, une seule : nous partageons aujourd'hui un même but de manière très circonstancielle. La balle est dans votre camp.

Avec beaucoup de calme, Aïssatou se lève et se dirige vers la porte sous le regard stupéfait de Clara Perrault. Mais, en posant sa main sur la poignée pour se préparer à sortir, la jeune femme stoppe son mouvement. Dos à eux, elle reste quelques instants immobile. Pas un mot, pas un bruit. Rien, juste le silence. Enfin elle lâche cette poignée et se retourne vers le maire.

— Ça ne marche pas comme ça.

— C'est-à-dire ?

— On ne fait pas venir les parents à une grande réunion avec les équipes sociales, les animateurs, etc. Trop intimidant, trop impersonnel. Et ils seront dans le déni : *Ce n'est pas mon fils qui est coupable, c'est l'autre qui l'a entraîné, on l'a obligé*. Il faut les impliquer vraiment, en profondeur. Si les Gaulois avaient peur que le ciel leur tombe sur la tête, ces jeunes eux, monsieur le Maire, ces jeunes craignent par-dessus tout que leur mère leur tombe dessus.

— Alors comment faire ?

— Organisons cette grande réunion pour que les référents de terrain impliquent ensuite personnellement les parents. Un à un.

Doit-il la croire sur parole ? Walter sait bien qu'au fond il n'a pas le choix, la fille sait de quoi elle parle.

— Cela va prendre du temps.

— Si vous faites les choses à l'envers, vous les perdrez et ça sera fini.

Walter prend tout le temps de l'observer.

— Très bien. Nous ferons comme vous dites. Vous avez le feu vert. Mais faites vite… très vite.

La canicule, *comme à Mexico*.

On se traîne là sur l'esplanade, fa-ti-gués. Même moi, c'est dire.

On croise des visages hagards surplombant des corps jetés à l'ombre contre un muret, avachis sur une marche ou n'importe quel truc rencontré sur leur route, stupéfaits de ce qui leur arrive.

Dans ma tête y a des ruisseaux, des cascades, des rivières, pas de mer, surtout pas, on ne sait jamais ce qu'il y a au fond. Eros me regarde dans son short et son maillot Chicago Bulls 1994-1995 Home Mitchell & Ness Michael Jordan Authentic 100 % polyester double knit. Bref… j'arrête ici la description : plus de force, neurones fondus. *Out of order*.

Avec la chaleur, Eros est encore moins bavard, mais je sais que dans sa tête, ça n'arrête pas d'parler. Le visage posé sur une main, le regard introverti, version ébène du célèbre *Penseur* qu'on a vu l'autre jour en image… Il réfléchit. Moi, je mâchouille ma guimauve rose et verte.

D'un coup Eros relève la tête et sort :

— Viens !

Alors je le suis sans discuter, discuter de quoi d'ailleurs ? On traverse l'esplanade en courant aussi vite que possible histoire d'éviter le soleil. On attrape un bus, surpris par cette énergie qui nous pousse subitement aux fesses et nous propulse au milieu des familles dégoulinantes. Ça ruisselle sec, enfin pas sec, ça ruisselle humide bien sûr. Bref…

C'est Eros qui mène. Bizarre quand même. Vérifie même pas le trajet, connaît l'chemin par cœur ou quoi ? Je suis, je suis. D'un coup sans prévenir, près de trente minutes plus tard, il reconnaît l'arrêt, on se fraye un passage *pardon, pardon, oui on descend, on descend là*. La porte se referme en plein sur nous, on est passés quand même.

Une fois sur le trottoir, le regarde, en attente. Et lui me ressort :

— Viens !

Alors c'est reparti. Je suis, je suis. Me montre un bâtiment vraiment classe, gravé dessus : *Comédie-Française*, un théâtre comme celui d'Antoine Vitez, mais différent. Là c'est comme une maison, une maison théâtrale avec des rideaux de velours. Tellement classe qu'on a envie de pousser la porte. Eros me tire par le bras : « C'est pas l'moment, on va plus loin. » OK OK OK. Alors on continue et voilà qu'on traverse un passage, comme le hall d'un château avec, de chaque côté, des sculptures en pierre blanche, des personnages pleins de passion dans les corps ou les visages, des corps et des visages qui me racontent tout plein d'histoires. On entre dans ce couloir comme on entre dans un rêve, on frôle les émotions. J'en oublie la chaleur. D'ailleurs ici, entre ces pierres épaisses, on la sent moins fort.

Me colle à une vitre, un gardien me regarde bizarre et, à nouveau, Eros me tire par le bras. Me tire sur quelques mètres vers la sortie du couloir… Et la lumière jaillit.

L'espace ressemble à l'esplanade, en plus grand. Mais ici tout autour les maisons ne sont pas fatiguées, elles sont… Comment dire ? Majestueuses. Royales.

Sa Majesté Eros me dit :

— T'as vu ?

Moi, toujours bavard, j'réponds :

— Oui.

Suis grave ébloui dans tous les sens du terme. Au milieu – en vrai c'est décentré et c'est encore plus beau une perspective asymétrique, d'ailleurs là, mine de rien, j'calcule le pourcentage de décentrage – y a un grand bassin et derrière une pyramide de verre. Total contraste avec les vieilles pierres des bâtiments, un ovni tombé du ciel venu atterrir dans le plus beau décor imaginable. Me demande du coup si c'est réel, Eros a compris ça alors me pince mon bras de Noir fier, y en a qui disent *Négro*, moi je dis *Noir fier*, me pince mon bras de Noir fier… Pourquoi au juste ?

— Pour te montrer qu'on ne rêve pas.

Efficace. Assis sur le rebord du bassin, les pieds dans l'eau, la pyramide et le château en perspective, *c'est un musée* me dit Eros, on kiffe même le soleil. Rien à dire, il est géant Eros, je comprends qu'il a plein de secrets dans sa tête, des tas, des tas d'secrets comme cet endroit-là, qui connaît ça dans notre quartier ?

Sur l'étendue y a des petites colonnes pas hautes, les gens peuvent monter dessus pour prendre la pose. Alors c'est LA photo. Ils prennent la pose sur les colonnes, se choisissent un personnage, une figure : *Sprinter prêt à se lancer dans la course*, *Top model en shooting pour la couv de* Vogue Italia, *Lanceur de disques antique*. Et ils l'incarnent, ce personnage, il existe pour la photo, LA photo. Trop conscients du décor qui s'impose à eux, de la splendeur qui habillera leur image. Rien à dire : faut être à la hauteur, *we love Paris. Cheese.*

On dirait que l'air s'est légèrement adouci. Et là je vois quoi ??? Samba voit quoi ? *Osu* ? Pas *Osu* ? Elle débarque de l'autre côté de l'esplanade, avance à petits pas. Une Japonaise intemporelle, kimono vert amande, perchée sur des tongs de bois qui claquent, claquent sur le sol. Son ombrelle de couleur prune la protège des brûlures du ciel. Sa peau est blanche, si blanche… Lentement, très lentement, elle s'approche de nous.

Elle regarde tout autour, ne veut rien rater du paysage.

D'un coup d'un seul, le ciel change. Il reste brûlant et bleu azur mais le vent, le vent se lève, un souffle inattendu nous fouette le visage et ça fait tellement de bien. Les gens ouvrent leur corps pour l'accueillir, *welcome*, *welcome le vent*, de larges sourires éclairent les visages. La Japonaise lâche son ombrelle, tombe à genoux, bras à l'horizontale comme ceux d'un Christ en croix. Elle projette son visage illuminé d'un vaste sourire contre le souffle, le respire aussi fort qu'elle peut. Elle crie quelque chose, on ne sait pas vraiment quoi ; c'est un cri d'extase. Un kiff. On la contemple et on adore. *Mystic in the wind*.

Profitant de cette fraîcheur inattendue qui semble ne pas vouloir partir, et de l'orage qui menace, Eros et moi on reprend la route, direction le quartier.

Eros un peu en tête – comme le guide qu'il est. Des fois en avançant, je le regarde et j'essaie de deviner, deviner ses secrets, de les imaginer. Sûr que ça ne manque pas. Du coup je ralentis et prends un peu de retard. Lui, il n'aime pas ça… Je suis je suis je suis. Et on marche d'un même pas, chacun son écouteur, rythmique neuronale harmonique jusqu'à l'oreille interne. PNL *for ever. Des fois j'rêve de la mer / Et j'traîne seul sur Panaaaaaame*[1]…

---

1. PNL, « Sur Paname », *Le Monde Chico*, 2015.

J-10

L'esplanade, une douceur retrouvée. Moins de chaleur, moins d'écrasement. Ça se voit sur les visages, on le sent dans les mouvements, les corps respirent. Un mieux-être palpable, une légèreté qu'on pensait oubliée, finie. On rit, on se raconte des choses. Ça parle vacances, sorties, bons plans, services en ligne. Des gamins courent, *Viens viens j't'attrape*, ils retrouvent leur agilité. *Viens j'te dis, viens*. C'est l'esplanade, le monde connu ici. C'est Paname.

La jeune femme blonde a trente-six ans ; elle s'appelle Jessica à cause d'une chanson qui a fait fureur l'été où sa *momy* était enceinte. *Bella Jessica prends mon cœur avec toi*. Rien que ça.

Ce jour-là, Jessica s'est offert un moment pour elle toute seule. Un plaisir solitaire préparé, assumé. Sans mec, sans famille, sans pote, sans personne. Demain, c'est un jour important, espéré depuis longtemps, *son* jour peut-être : elle a un entretien d'embauche, et pas n'importe lequel : c'est le job dont elle rêve. Celui qu'elle cherche depuis des mois, des années même. Alors, son projet immédiat, c'est de dé-stress-er. Déstresser, rien d'autre.

Elle est venue au N.Y. Spicy Shop, sa terrasse préférée, avec des tas d'échantillons de vernis à ongles multicolores, un paquet de coton, son dissolvant, elle a tout préparé sans oublier ce sourire accroché à son visage doré par le soleil. Ce moment c'est le sien, et personne n'y peut rien. Elle observe les couleurs tout en sirotant une orange pressée et, après hésitation, choisit de tester le vernis bleu turquoise. Un ongle, puis un autre. Joli.

De loin, Geoffrey Williams lui adresse un signe discret. Il a compris son envie de solitude. Le sixième sens du patron de bar… Jessica est une habituée. Ici, c'est sa deuxième maison. Et ce jour, rien ne peut la déconcentrer d'elle-même. Ni les gosses, ni les discussions, ni les visages connus. Rien ?

Une vibration lointaine perturbe son attention. Une rumeur. Elle n'est pas sûre de l'entendre, pas certaine de la sentir. Elle ne sait pas, cherche autour d'elle, elle propulse son regard le plus loin possible. Personne ne semble remarquer cette chose. Elle oui. Elle se tourne vers une autre femme concentrée sur son PC.

— Vous entendez ?

— Non, quoi ?

La femme tend l'oreille mais elle ne perçoit rien. Jessica se lève. Elle le sait, c'est comme ça depuis qu'elle est gamine, son oreille est surdéveloppée. Une capacité à entendre bien supérieure à la moyenne, à repérer des sons que personne n'identifie.

— Moi j'entends. J'entends…

Elle abandonne ses vernis – le bleu inonde la table. Elle s'avance vers le bar.

— J'entends !

Geoffrey lève les yeux de son comptoir, croise son regard. Son inquiétude.

— Il y a quelque chose, Jessica ?

Juste le temps de poser sa question et à son tour, lui aussi devine cette clameur qui vient de loin. S'approche, s'amplifie.

— C'est quoi, ça ?

Geoffrey ne prend pas le temps de répondre, il se précipite sur la terrasse.

— Messieurs-dames, s'il vous plaît, je vais vous demander de rentrer. Faites vite s'il vous plaît.

Geoffrey leur ouvre le passage. Les clients attablés ont capté le message, ils ne prennent pas le temps de poser une seule question. Tous se lèvent et se précipitent dans le bar, les enfants d'abord.

Et c'est comme un nuage qui recouvre l'esplanade. Un nuage de cris et de terreur. Un essaim. Ils sont une centaine. Armés, cagoulés. Les tables, les chaises, les jouets qui traînent, rien ne leur résiste. Rien. Ça virevolte, ça vole en éclats.

Ça hurle.

6

VINGT ANS PLUS TÔT

LA HALLE

Vingt ans plus tôt. Un désert peuplé d'ordures et de silence. Quelques rires viennent de loin, depuis la Halle. Des rires qui ne rient pas. Des rires qui pleurent. Des rires qui crient.

Lui, il avance, comme il peut. Il titube. Pose un pied devant l'autre, hésitant. Les bras à l'horizontale, en apesanteur comme un funambule sans fil.

Il a seize ans. Son crâne est rasé, sa peau luisante. Noir-bleu. Sa tête tourne, la vie est un manège, ses yeux aspirent la nuit.

Là-bas, une voix le cherche, l'appelle.

— Sekou ! Sekou ! T'es où ?

Il entend vaguement la voix, il la reconnaît. Celle du mec à l'écharpe, Lascrime, un habitué du lieu. Le type est en train de le chercher. Elle fait partie du rien, cette voix, alors, il ne répond pas.

— Sekou ! T'es où Sekou ?

Est-ce qu'il le sait, Sekou, où il est ?

Le rythme se fait plus présent ; là-bas une porte s'est ouverte. Carlos Guierra apparaît sur le seuil.

— Tu l'as trouvé ?

— Non. On ne voit rien ici.

Guierra se marre. Il lance à Lascrime :

— Tu connais le dicton ? *Une fourmi noire dans la nuit noire, Dieu la voit !*

— Tu parles de Dieu, toi ?

— Faut vraiment qu'on le trouve. Le gamin est dans un sale état.

Guierra referme la porte et disparaît dans son antre. Alors Lascrime repart à la recherche de Sekou. Il avance, tente de percer la nuit et devine plus loin, bien plus loin, une ombre chancelante, les pas d'un équilibriste au fin fond des abîmes. Il s'approche.

— Sekou ?

Ça y est, le petit entend vaguement son nom, son prénom. Il se retourne.

— Viens, viens ! Ramène-toi !

Sekou répond doucement, il n'est pas capable d'élever la voix. Il se répond à lui-même.

— Vas-y, laisse-moi, laisse tomber.

Mais Lascrime ne l'entend pas comme ça. Bien décidé à le ramener au bercail, il envoie valdinguer au loin une misérable canette de Coca et le rejoint. Il l'attrape, le hisse un peu sur lui pour l'aider à marcher. Sekou se laisse faire. Aucune résistance. Rien. Résister à quoi ?

Peu à peu la musique s'impose à eux, les basses surtout, le rythme. Plus ils s'en approchent, plus Sekou regarde le ciel. Il cherche un signe.

— Putain Guierra est furieux. On t'a pas vu filer. Et t'allais où comme ça ?

Sekou ne comprend rien à ce que Lascrime raconte. Il le laisse dire. *Raconte c'que tu veux.* S'en fout le gars.

Une autre porte s'entrouvre et là le son envahit tout. Ça heurte le tympan, ça choque l'oreille interne.

L'espace est un étrange collage de lieu abandonné et de meubles dépareillés, lampes, fauteuils récupérés, coloriés, repeints de touches flamboyantes. De grands canapés sont disposés çà et là. Des coins vraiment obscurs cohabitent avec des zones plus tamisées. Parfois on croise l'irruption d'une lumière vive, éblouissante, celle d'un projecteur de théâtre ou de cinéma.

Lascrime dégaine sa caméra dinosaure, une Super 8 *old school*. Et elle, la blonde, la blonde *Blondie* et sa robe pourpre…

— Putain elle a vraiment l'air défoncée !

Sekou se place juste derrière Lascrime qui continue de filmer, une vision déformée par toute cette fumée qui envahit ses neurones.

Il la regarde, l'observe danser au son d'une percu hypnotique. Filmée. La caméra l'immortalise. Le sait, ces images resteront.

Sandrine. Ses yeux sont immenses, ils dévorent l'espace. La robe pourpre dégage son épaule, une peau satinée. La basse domine. Autour de sa silhouette, c'est un halo. Rien n'existe. Les corps s'effacent. Gros plan sur elle. Elle, rien qu'elle. La caméra bouge, la poursuit, la frôle. Cernée. Maintenant, une main sur son épaule. L'effleure, à peine. La main remonte vers son visage, elle sourit.

La percu monte, monte, occupe tout l'espace. Son doigt à lui est parsemé de poudre blanche, translucide.

Son doigt effleure, caresse ses narines, ses narines à elle, elle bascule la tête en arrière, ses lèvres s'entrouvrent, davantage encore, la percu envahit l'espace. Elle aspire la poudre, son sourire. Son sourire n'est pas un sourire.

L'homme derrière elle, Guierra, Carlos Guierra. Il épouse son corps au rythme des pulsations. La basse, la basse et les percus.

Il rit, rit, il rit comme on étrangle. Un homme sauvage. Ses yeux à elle, ses yeux sont immenses. Elle a trente ans, peut-être moins. Vingt-sept, vingt-huit. Ne sait plus qui elle est. Quel est le lieu. Guierra s'approche de Sekou, Sandrine s'effondre dans un vieux fauteuil récupéré. Il passe sa main sur le crâne du jeune homme.

— Alors t'es revenu, toi ?

Il claque sèchement sa joue d'une petite gifle et le mate droit dans les yeux.

— T'amuse plus à ça mon gars, je ne te le répéterai pas deux fois. Ça non !

Sandrine se lève et titube jusqu'à eux. La caméra la suit.

— Alors Blondie…

— Je n'aime pas ce nom.

— Mais si tu l'aimes.

— …

— Allez, restez ce soir avec Lascrime, on s'amusera.

— S'amuser ?

— Tu t'amuses avec moi, Blondie, non ? Non ? Non ?

La voix se fait plus autoritaire.

— Dis-le, dis-le que tu veux t'amuser ! Dis-le maintenant !

Puis franchement menaçante…

— Maintenant ! Dis-le ! J'ai dit : maintenant !

Elle baisse la tête mais garde le silence. Se retourne juste vers Lascrime…

— Arrête ça s'il te plaît. Arrête de filmer.

Elle plaque sa main contre le viseur de la caméra. Guierra éclate de rire.

— Tu as tort de ne pas vouloir qu'on te filme, je ferais de toi une star.

Elle articule à peine…

— Pas besoin d'être une star. Le théâtre, juste le théâtre.

Lascrime l'accompagne jusqu'au canapé rouge, un rouge sombre assorti à sa robe. Pendant ce temps, face au miroir poussiéreux, Guierra peigne soigneusement sa fine moustache en gardant un œil sur Sekou.

— T'en fais pas : tu sais que tu n'es pas mon genre, petit. Chacun sa préférence, non ?

Sekou fait semblant de rigoler.

— Alors pourquoi tu fais cette tête ?

— Je ne fais pas de tête.

— Ne mens pas, petit, ne mens pas. Carlos n'aime pas ça. Tu sais que je n'aime pas ça ?

Sekou préfère se taire.

— Ton grand ami va venir d'ici une heure. Sois cool avec lui, hein ? Lui adore ta couleur ébène. Chacun ses goûts j'te dis. Fais comme la dernière fois. Après on te ramènera chez toi.

Sandrine Rigal se faufile entre des jeunes gens qui se livrent à la sculpture au milieu d'un déchaînement de sons saturés. Lascrime passe son bras autour de ses épaules. Elle observe tout autour d'elle. Sa tête tourne un peu moins. Elle marche presque sans problème, un cocktail fluorescent à la main. Guierra pénètre dans l'espace atelier, entouré d'une cour d'ados arabes. Il rejoint la sculpture en construction, se saisit de la matière. Des jeunes rigolent avec des trémolos dans la voix, ils rigolent comme on sanglote. Véritable accro de l'image, Lascrime empoigne sa caméra. Sandrine boit une gorgée de son breuvage coloré.

— Ce cocktail a un goût amer.

Elle cherche ce que ce parfum lui rappelle : ses idées se brouillent, elle trace son chemin comme elle peut jusqu'aux toilettes. Croise des sourires extatiques, des yeux révulsés, des bavardages frénétiques.

Face au lavabo de cette pièce inondée de lumière blanche, elle observe son visage comme s'il était celui d'une étrangère. Elle sort son rouge à lèvres de son étui de satin et maquille sa bouche de sa couleur fétiche. Un rituel, ce rouge sombre et néanmoins éclatant.

Une jeune fille sort des W.-C., les filles sont rares ici, elle sort et rejoint l'autre lavabo. Elle envoie son abondante chevelure en arrière, poudre sa peau ambrée. Sans interrompre son geste, Sandrine Rigal lui adresse un regard. Les yeux de la fille, ses yeux noirs… Ses yeux noirs disparaissent de son visage, ils s'effacent. Reste un nez, une bouche, des oreilles.

Horrifiée, Rigal balbutie un mot.

— Mademoiselle, vous…

La jeune fille ne lui prête aucune attention. Elle range avec beaucoup de calme son poudrier dans son sac à main. Et quitte les lieux.

Dans le viseur de la caméra de Lascrime, un visage ailleurs, absent, les mains dans le plâtre, modelant un corps d'animal avec une tête étrange. Sandrine se frotte le front.

— J'ai mal à la tête, mal à la tête.

Lascrime lui tourne le dos. Il n'arrête pas de filmer.

— Je veux rentrer. Ma tête…

Gros plan flou sur Guierra. Ivre, tout en balancements la caméra bouge de plus en plus. De l'autre bout de la pièce, Guierra prend Rigal à partie. Il s'exclame :

— Tu t'amuses avec moi, Blondie, non ? Non ?

Elle veut saisir la main de Lascrime qui glisse entre ses doigts.

— Ma tête…

Plus loin, par la grande porte, un autre homme entre, la trentaine élégante. Un homme sans visage. Il reste tapi dans l'ombre. Guierra l'aperçoit et lui fait un grand signe.

— Il est là, il est là ! Venez ! Sekou ? Où est passé Sekou ?

L'homme semble gêné d'attirer l'attention. Fait un peu marche arrière. Hésite. De sa main, cache son visage lorsque la caméra de Lascrime s'oriente en trébuchant vers lui. Son visage dit *Non*, *Non*. Il ne veut pas d'image.

Lascrime n'a pas le temps d'entrevoir sa figure fuyante. La silhouette ne lui dit rien. Maintenant, il tente de se frayer un chemin parmi les corps, capte au passage des visages alanguis, des sourires crispés ; le cherche dans l'obscurité. L'homme sans visage a disparu.

Sandrine voudrait interpeller son regard, l'attraper au vol. En vain.

— Est-ce que quelqu'un aurait une aspirine ?

Guierra prend un des jeunes par le bras et l'attire dans la pièce d'à côté. Cet espace-là n'a pas été aménagé. De grands vitraux brisés surplombent des murs de béton marqués à vif par les années, l'absence, le vide. L'abandon. Sur le sol bétonné, des pierres, des papiers échoués et, par endroits, quelques vestiges de carrelage qui émergent comme autant de traces d'une vie antérieure supposée. Guierra traverse les espaces, maladroitement suivi par la caméra. Il se marre, se marre. Étale sa main sur le viseur.

L'image devient toute noire, et puis la caméra le retrouve. Il se marre encore. Le jeune est à terre. Visage contre sol. Des flashs de lumière balaient l'espace

Guierra allume une cigarette, peut-être un joint. La caméra recule encore, elle voit les épaules de Guierra, elle descend, c'est flou. On ne devine pas de vêtements sur lui, pas d'étoffe, pas de couleur. Nu. Juste un corps qui s'exhibe dans un halo de fumée.

À l'intérieur de la Halle, un DJ s'est emparé de l'espace. L'ambiance est survoltée. Depuis une balançoire improvisée, un ado à la chevelure toute bouclée lance des confettis fluorescents. Des jeunes essaient d'en attraper au vol. Une soufflerie les envoie balader et planer à travers l'espace en délire. Une pluie de points de couleur en apesanteur. Un peu plus loin, il y a un escalier qui conduit vers un entrepôt désaffecté.

L'homme sans visage avance, tirant Sekou par la main. Il s'approche de lui, *Viens, viens.*

— Viens plus près.

Se colle à lui, le palpe, le respire.

— Viens. Donne-moi ta peau, donne-moi ton odeur.

Le dévore, le dévore. Sa bouche, sa langue. Sa peau.

— Viens, viens. Viens !

7

J-9

I can't live, I can't live without you, can't live, can't live without you.

L'étouffement d'un cri doublé d'un halètement, des soupirs, des claquements. Des gémissements percent l'obscurité.

En tendant l'oreille pourtant, on devine une chanson perdue dans un écho, une voix déchirée, une voix suppliante.

I can't live, I can't live without you, can't live, I can't give anymore…

Lorsqu'il anticipe la fermeture du bar et commence à la préparer doucement, Geoffrey Williams a son rituel. Il fait signe aux derniers clients de ne pas se presser, comptant sur leur amicale compréhension : il est l'heure de quitter les lieux, il tamise juste un peu les lumières.

Il nettoie son comptoir puis sort le balai du petit placard, le tout le plus tranquillement du monde, sans le moindre geste brusque. Et puis il met sa chanson. Toujours la même. Sa chanson à lui.

Ce soir-là, lorsque Aïssatou entre dans la salle du N.Y. Spicy Shop, elle est plus rayonnante que jamais.

Difficile de savoir ce qui crée cet éclat autour d'elle. Le rouge chinois de sa robe qui lui va à merveille ? Sa nouvelle coiffure qui dégage son visage ? Ou sa simple détermination à ne plus emprisonner leur relation dans des questions sans fin, bref à la laisser vivre sans penser à hier et encore moins à demain ? Ce soir-là Geoffrey Williams interrompt son rituel de préfermeture. Il pose son balai, range son éponge et ouvre une bouteille en faisant joyeusement claquer le bouchon, sourire aux lèvres.

— On boit un verre ?

De tout le processus habituel, seule sa chanson a droit de cité. Il enclenche le CD avant de tendre son verre pour trinquer avec la jeune femme. Et la voix envahit tout l'espace. Un appel, une prière.

I can't live, I can't live without you, can't live, can't live without you.

I can't live, I can't live without you, can't live, I can't give anymore…

Sa chanson à lui. Son secret.

J-8

Alors maintenant j'explique à Eros, enfin j'essaie.

— Y a des mots qui m'arrachent l'oreille. Parce qu'ils n'entrent pas dans l'équation a + b = c. Je ne trouve pas la logique.

— ???

— Par exemple quand on dit *merci beaucoup* hein ? Pourquoi on dit *beaucoup* ? On ne peut pas dire *merci un peu*, donc c'est forcément *beaucoup*, du coup si on le dit, le *beaucoup*, il annule le *merci*. Les Allemands disent *Weniger ist mehr* : moins c'est plus ! Et *Tout est dit* ? Hein *Tout est dit* ? J'avais un prof qui répétait ça quand il aimait un auteur. Un jour il nous expliquait un texte et il a conclu comme ça : *Là, tout est dit !* Alors moi j'ai pris mes affaires et je suis parti. Si *Tout est dit*, autant rentrer chez soi. Et je ne parle même pas de *Tout à fait*. De quel *fait* on parle ? Quel *fait* devient évidemment un *tout* ?

— T'es marrant quand même.

— Ah bon ?

— Ah ouais, ça, t'es marrant.

— J'te vois pas rire là.

Du coup il rigole, Eros. Un peu décalé des fois.

Lui et moi, on a emporté nos affaires de sport ; Eros a gagné deux abonnements trois mois gratis à la salle du quartier. Ne sais pas comment il a fait ; me l'a dit trente fois mais j'oublie toujours vu que ça ne m'intéresse pas vraiment – c'est le problème avec moi, enfin c'est un des problèmes.

On arrive. La salle est refaite à neuf et climatisée ! Le coach – un malabar tout gonflé et rôti comme un poulet aux UV – nous montre les vestiaires, les machines, le cardio, les vélos, tout. Et il nous souhaite « bon entraînement ». Je ne sais pas à quoi on va s'entraîner mais on y va. On commence par *s'échauffer* comme il dit. *S'échauffer*, drôle d'idée avec le temps qu'il fait, la canicule, le réchauffement climatique et *tutti quanti*.

Bon, le principe, c'est que je regarde Eros et que je fasse pareil. Comme lui, mais en mieux parce qu'il n'est pas super doué.

Première machine : on tire une barre avec les bras en la ramenant vers le thorax. On peut régler les poids soulevés. Sur la machine y a un petit écran et un truc rouge qui défile en boucle : *Wellness le nouveau style de vie*, *Wellness c'est la longévité*, *Wellness c'est le bien-être physique et mental*, *Wellness c'est la vitalité*.

Maintenant – côte à côte – on est sur des vélos. On règle un tas de trucs : le temps, les niveaux, les distances à parcourir, le rythme cardiaque. Tout ça pour des vélos qui n'avancent pas. On pédale, on pédale, nos écouteurs vissés à l'oreille pour soutenir le tempo.

Devant nous y a un gars, un jeune avec des cheveux roux et des taches de rousseur assorties, il nous a parlé tout à l'heure dans le vestiaire. Il vient depuis deux ans. Il est sur une machine qui a l'air très compliquée. Je ne sais pas à quoi elle sert. Le gars s'appelle Christophe ; il n'a pas l'air bien calé sur la chose, là. Il regarde un coup à droite, un coup à gauche, un coup ses pieds. Vérifie son siège, remet la selle bien droite. Se redresse, se repositionne mais un truc continue de le démanger. Il ne tient pas en place ou quoi ? Finalement il descend du siège. Prend un peu de recul, lit la notice affichée à côté de l'engin. Dit *Ah, OK*, Christophe, et le voilà qui se baisse pour regarder sous le siège, plié en deux.

Eros, j'le vois qui ouvre grand ses yeux. Il tend le cou en avant, un peu comme un dromadaire. Je ne lui ai jamais vu un regard pareil. Il cherche quoi, là ? Je pourrais lui demander mais au lieu de ça, je suis la ligne depuis ses yeux, je la suis, la suis, la suis et… Bingo, je tombe direct sur le point qu'Eros ne quitte pas du regard. Aimanté, le gars ? Le bas du dos, le bas vraiment, les reins de Christophe et – pour être très précis – la raie de ses fesses, enfin le début.

Alors j'explique : le gars Christophe s'est mis en tête de régler un truc sur la machine, peut-être qu'il se prend pour un mécanicien, alors il se baisse, se baisse, dos à nous. Son tee-shirt, le dos de son tee-shirt remonte, remonte, le pantalon de survêt est tiré vers le bas, c'est le mouvement de bas en haut et de haut en bas qui provoque l'étirement, c'est une loi physique. Et le résultat est que son caleçon s'étire dans le mouvement du pantalon au moment même où le tee-shirt est relevé par le haut. Étirement + électricité statique, a + b = c, tout ça fait que l'inévitable se produit : les reins du gars se découvrent et la raie de ses fesses nous sourit. Normal, quoi. Une loi physique. Ça me fait sourire aussi, Mowgli sourit.

Mais pourquoi Eros, pourquoi il fait une tête pareille ? Y a quoi dans ses yeux qui brillent, là ? Juste au moment où je me pose la question, son visage, le visage d'Eros se retourne un peu vers moi. Et nos pupilles se croisent, une seconde, rien qu'une ou deux peut-être. Pas plus. Parce que le gars ne laisse pas traîner son œil.

Il baisse immédiatement le visage vers le sol, vers les pédales du vélo, ou vers je ne sais pas quoi. Pas bien, gêné, pas à l'aise. Comme si… Comme quoi ? Comme si son regard, comme si l'instant, l'instant tout de suite, comme si l'instant venait de révéler quelque chose. Quelque chose d'intime qu'Eros ne veut pas dévoiler. Un secret ? Un secret-secret entre lui et son Sheitan ? L'autre gars, le Christophe, se relève avec ses taches de rousseur et il remonte son pantalon, à l'aise, tranquille, l'air de rien… Le voilà qui retrouve sa place sur la machine et reprend son training là, juste là où il s'était arrêté. Comme si de rien n'était.

« C'est mon pote, vous savez, c'est tout.

— Vous n'avez rien vu venir ?

— Ben…

— Oui ?

— Il était comme un oiseau blessé. Depuis quelque temps surtout. Un oiseau qui ne peut plus voler.

— Mais encore ?

— Un oiseau à terre. Les oiseaux c'est fait pour voler. Leur vie, c'est dans le ciel que ça se passe. C'est pas une vie sinon. C'est pas le monde. Le monde quoi, c'est ce qu'on désire de plus fort, non ? Le monde. Oui, le monde. Le monde ou rien. »

— Je ne sais pas pourquoi il se déplace toujours si vite. J'ai beau lui dire de prendre son temps, ça ne change rien. C'est tout juste s'il ne traverse pas le plateau en courant.

— C'est parce qu'il est pressé. C'est l'angoisse qui monte. Son corps lui dit : *Va plus vite et ça passera plus vite.*

— Vous êtes vraiment en osmose tous les deux.

— Cela devrait te rassurer. Au moins tu as une interprète.

Lascrime est agacé, très agacé. Leur complicité transpire partout et tout le temps. Lorsqu'il est face à Evann et le dirige sur le plateau, même là, le regard de Sandrine plane sur l'instant. Omniprésent. S'il a un doute, c'est auprès d'elle qu'Evann recherche une approbation, une critique, un conseil. Il pose une question, Lascrime s'apprête à répondre mais constate que son regard interpelle Sandrine.

Pourtant c'est habituel entre Lascrime et Rigal ; ça ne date pas d'aujourd'hui. Des séductions se glissent entre eux, les aimantent à tour de rôle. Et puis un jour, ils lâchent leur prise, comme ça. Par ennui, lassitude. Par oubli. Ou sans même savoir pourquoi. Les gens s'en vont, ils sont chassés comme s'ils n'avaient jamais existé.

Et eux, ils restent.

— Nous sommes des siamois.

— Et personne ne nous opérera. Personne. Inséparables !

Elle rit, il boit son rire.

— Alors justement, laisse-moi vivre ce jeu-là. Tu sais que ça n'a aucune importance. C'est un instant.

— Rien de plus ?

— Rien de plus. Mais rien de moins : les instants comptent pour ce qu'ils sont.

— Il y a pourtant une différence. Sa fierté et sa jeunesse.

Sandrine arrange un bouquet de lys dans le grand vase ocre. Juste une seconde leur parfum la rebute. Elle en éloigne son visage. Sa bouche s'entrouvre, des mots s'apprêtent à faire surface.

— Jacques, il y a quelque chose que je ne t'ai pas dit.

— Pas dit ? Pourquoi ?

— Pour ne pas te perturber pendant les répétitions.

— Qu'y a-t-il ?

Sandrine rejoint sa chambre, cherche son sac à main. Elle revient vers Lascrime.

— Qu'y a-t-il ?

Elle saisit la photo et lui montre.

— Voilà, il y a ça.

Lascrime approche ses yeux de l'image jaunie.

— Guierra ! Où l'as-tu trouvée ?

— Je n'ai pas eu à la trouver. On me l'a déposée. Au théâtre. Et je ne sais pas qui. Il n'y avait aucun mot, aucune signature.

— Ça vient de la mairie, c'est évident. Sinon on nous aurait demandé de l'argent.

— Ce n'est qu'une photo.

— Qu'une photo, c'est vite dit. Nos films, Sandrine, les films…

— Eh bien quoi, les films ?

— Les Super 8. Et s'ils avaient mis la main dessus ?

— Je pensais que Guierra les avait emportés avec lui.

— Ou pas.

— Qu'est-ce qui te fait penser le contraire ?

— Cette image. Parce que toute seule, elle ne dit rien. Elle ne peut être qu'un signe pour nous prévenir que d'autres documents existent.

Sandrine se lève pour prendre un peu de contenance. Tourne lentement autour du canapé.

— Peut-être que la photo n'est pas reliée aux films et qu'ils veulent juste nous faire peur.

— Non Jacques, ce n'est pas si simple. Même si quelqu'un possède les films, il – ou elle – ne les a pas tous.

— Tu plaisantes ?

— Ce n'est pas du tout le moment de plaisanter. Je sais ce que je dis. J'ai une petite réserve… personnelle. Alors à nous d'envoyer un signe en réponse. Sers-moi un verre, s'il te plaît. Une vodka.

Son visage est cerné d'un rayon de lumière qui s'échappe d'un store.

— Avec de la glace pilée.

Evann la rejoint juste après le départ de Lascrime. Il a enfilé un short, un tee-shirt et arbore sa casquette préférée. Son totem. Leur code est simple : Sandrine laisse sonner son téléphone deux fois puis elle raccroche.

— Il est jaloux ?

— Oui et ça complique les choses.

— J'aime ça, moi.

Et il sourit, sourit.

— Je ne le quitterai jamais, Evann, tu le sais.

— Je suis une parenthèse.

— Si tu veux mais c'est très important. Donc notre histoire est importante. Que serait l'existence sans parenthèses ?

— OK, OK. Il est jaloux OK mais… De qui ? De moi ou de toi ?

— Tu parles sans savoir.

— Je sais lire dans les yeux des gens, moi.

— Ah oui ?

— Oui. Je tiens ça… de ma famille. De ma grand-mère.

Deux heures plus tard, tous sont en scène. Répétition générale.

Pour la représentation surprise, Lascrime a introduit un rôle, une figure, plutôt, incarnée par Sandrine Rigal qui ne jouera pas dans la version finale. C'est elle qui n'a pas voulu en être ; elle s'est imaginée spectatrice de cette *création*, le mot qui horripile leur fille. Ce soir-là, son apparition muette sera symbolique. Vêtue de noir ; le rouge de ses lèvres captera la lumière.

— C'est bien, ça me plaît : je n'ai rien à faire.

— Seulement à être. L'essentiel en somme.

Elle traverse le plateau, silencieuse. Effleure les comédiens. Un souffle. Ne dit rien, ne croise aucun regard. Elle ne fait que passer. Elle est.

Walter ne décolère pas. L'arrivée du candidat européen se compte désormais en heures et Clara vient de lui avouer avoir communiqué la photo de Guierra à Sandrine Rigal.

— Elle ne sait pas d'où vient l'info.

— Vous la croyez idiote ? Arrêtez cela Clara, ça n'a aucun sens : si vous lui avez fait parvenir ce signe, c'est bien pour qu'elle craigne la mairie. Rien d'autre.

À cela, impossible de répondre. Si elle n'était pas si seule pour réfléchir, aussi… Ce n'est pas le rougeaud et sa vivacité de ver de terre qui auraient pu la conseiller.

Clara fait le point avec cette rapidité dont elle sait toujours faire preuve. Et sa conclusion est immédiate : elle n'a pas commis d'erreur. C'était la seule chose à tenter.

— Louis, vous avez constaté toute l'effervescence ces jours-ci autour du théâtre. C'est évident : ils préparent quelque chose. Ils préparent un coup ! Et ils ont le sens du spectacle ; c'est un euphémisme.

Elle s'approche de la fenêtre, son doigt pointé désigne avec fureur la façade du théâtre Vitez.

— Ils sont là, là ! Juste face à nous. Ces films sont notre seule carte, rendez-vous compte.

Lui semble perdu.

— Je ne sais pas.

Cette fois, Clara n'en peut plus.

— Mais quand saurez-vous ? Quand ? Quand il sera trop tard ?

L'éclat de sa voix les sidère l'un et l'autre. Stoppée dans son élan.

— Je… Je suis désolée.

Il reste silencieux.

— Huit jours, Louis, il nous reste huit jours. Pas un de plus.

Walter se donne un temps, seulement quelques secondes.

— Faites numériser les films et préparez un envoi à la presse.

— Bien.

— Mais attention : en toute discrétion, surveillez ça de très près. Ne faites confiance à personne, j'insiste. Et rien ne part sans mon feu vert. Rien !

— C'est très clair.

— J'espère. Parce que s'il y avait la moindre erreur dans cette affaire, je ne vous le pardonnerais pas.

— J'ai bien compris. Et vous auriez raison.

— Bien. Laissez-moi maintenant.

— Je vous tiens au courant.

Pour me motiver à faire mes exercices d'autonomie, *au-to-no-me* oui, je tiens un journal de bord, les *stories* de mes voyages dans le métro parisien.

Violence d'amour. Neuf heures ce matin, quai de Place des Fêtes, Paname 19, un homme perdu entre les voyageurs. Il erre, titube et hurle. *Je veux d'l'amour.* Sa voix déchirée résonne jusque dans les couloirs. *Je veux d'l'amour, je veux d'l'amour.* Une femme s'approche doucement et lui souhaite une bonne journée. L'homme semble apaisé. Le métro repart.

Métro de Paname, encore. Un couple de jeunes touristes asiatiques entre dans le wagon, habillé de wax. Un monsieur africain se lève, va vers eux et leur serre la main, ému. Underground life.

Back dans le métro parisien. Wagon presque bondé. Au milieu des banquettes un SDF nous entraîne dans son étrange cérémonial. Sort une bouteille d'eau, dentifrice, rasoir, crème à raser, un flacon d'eau de toilette. Le visage broussailleux s'ouvre au monde en rasant sa barbe confuse. S'offre le plaisir d'une coquetterie, d'un sourire. L'homme s'observe. Et il finit l'histoire par un peigne délicatement passé dans ses cheveux. Underground élégance.

Dans les couloirs du métro. Un accordéoniste joue *Over the Rainbow.* Y a pas de rainbow, juste de la pluie brother…

Métro de Paname toujours. Station République, ça fourmille de partout. Une voix hante ma tête. Au détour d'un couloir, il est là. Chante « War » de Bob Marley. Invente son tempo, sa soul à lui, son âme. Son chant, son cri *looooooooooooove* résonne d'un bout à l'autre. Et son nom, c'est Marsel Rahguel Blood.

De retour à la mairie. L'autre, là, Clara Perrault, je la vois qui me tourne autour – comme toujours quand elle a besoin de moi. *Tout se passe bien pour vous, Samba ? Si vous avez des questions n'hésitez pas…* Tu parles ! Autiste peut-être, mais pas débile. Mowgli sait : elle est en train de chercher comment s'y prendre pour aborder LE sujet (lequel ? Aucune idée). Allez, voilà qu'elle se jette à l'eau.

— Samba, j'ai des films, de vieux films de famille, en Super 8 ! (Elle force un sourire crispé.) Vous imaginez ça ?

— Non.

— Ça date, c'est vrai. Je voudrais les numériser mais leur contenu est très intime… Ma famille, vous savez… J'aimerais qu'on me montre comment faire et m'en occuper moi-même. Vous pouvez chercher ça ? Bien sûr vous prendrez le temps nécessaire sur celui de votre stage.

Google, elle connaît pas ou quoi ? Je tape la question. En trois secondes j'ai la réponse.

Acheter sur le site Easymovie un kit numérique qui comprend la caméra DV, une lampe basse tension et le branchement USB pour l'ordinateur. J'insère la caméra dans mon projecteur Super 8, je mets la lampe basse tension dans le projecteur, je relie la caméra à l'ordinateur. Et je capture le film avec le logiciel Pinnacle.

Je pointe mon doigt sur l'écran.

Elle lit la réponse une fois, deux fois, trois fois de suite… puis me regarde comme si c'était du wolof. OK OK OK.

— Cinq cents euros en espèces en plus du matériel.

La voilà qui se redresse. Piquée au vif ou étonnée ?

— Très bien. Vous êtes un homme d'affaires, dites donc. Comment procédons-nous ?

Eros, le Déserteur, le Fugitif, est revenu à la mairie. N'avait pas le choix, le gars. Pour obtenir un autre stage, le premier doit être validé.

Il entre dans le bureau, nous surprend en pleine négociation. Se glisse sans faire de bruit. Ne veut pas se faire remarquer. Raté !

— Ah ravie de vous revoir, Eros. Vous êtes bien remis ?

Ne l'a pas loupé, Clara Perrault. Mais le Eros ne se démonte pas.

— Ça peut aller, merci.

— Tant mieux.

Elle en fait un peu trop dans le genre mielleux au sucre d'orge. D'ordinaire, Clara Perrault, elle est plutôt parfum vinaigre, au mieux sauce aigre-douce.

— Samba, vous m'accompagnez dans mon bureau ? Nous allons parler des modalités.

OK, je me lève et je la suis. On laisse Eros sur son ordinateur à faire semblant de chercher un truc. Sûr qu'il va filer sur *Osu*. Ou alors il va finir son texte ???

Eros se retrouve seul dans le bureau. Son instant préféré. Effectivement, il relit ses dernières notes. Les derniers mots choisis.

J'en ai connu qui sans remords
S'en sont donné à travers et à tort
N'ont pas hésité à vendre leur âme
Si ça pouvait en rajouter une dose à leur charme…
Trouble, lourde nuit.

Et puis il reste bloqué. Rien ne vient, pas d'idée, pas de rime, pas d'image.

Trouble, lourde nuit
Quand on commence à danser avec le diable
On n'en a pas fini.

Peut-être que le contrôle, le self-control, empêche les mots de sortir, de chanter en s'étalant sur le doc… Eros reste scotché à son écran comme si les phrases pouvaient jaillir d'elles-mêmes. La porte est restée entrouverte.

La silhouette qui se glisse dans l'entrebâillement hésite entre partir ou faire un pas vers lui. Le choix se précise.

— Bonjour Eros.

Le gars sursaute un peu. Se retourne sur sa chaise. Et se retrouve face au maire.

— Bonjour.

— Alors c'est toi le mystérieux candidat au visage flouté sur le CV ?

— J'avais besoin de ce stage.

— Tu as bien fait.

— Je ne suis pas là pour créer des histoires.

Walter ne répond pas tout de suite.

— J'enregistre.

Un silence à nouveau. Un silence qui dure et finit par prendre beaucoup de place.

— Vous allez bien, monsieur Walter ?

— Je vais bien, oui.

Walter s'avance encore vers lui. Un pas de plus.

— Et toi Eros, que deviens-tu depuis…

— Deux ans. Ça fait deux ans, monsieur Walter.

— Que deviens-tu depuis deux ans ?

Eros sourit, d'un sourire qui n'en est pas un.

— Je deviens. On peut dire ça, oui, je deviens.

I can't live, I can't live without you, can't live, can't live without you…

Sa musique à lui, c'était le jazz. Free, libre, dissonant, convulsif.

Le hip-hop façon Tribe Called Quest, un hommage tout aussi intime que percutant aux sources de l'héritage.

Mais lorsque la première fois son ex, la défunte Cynthia, avait mis ce morceau, cette chanson plutôt, sur la platine, tout son être s'était laissé happer par ce cri du corps. Lui qui pourtant n'était pas amateur de *chanson*. Un cri de l'âme, une plainte et un simple refrain.

I can't live, I can't live without you…

Cynthia, elle, avait tout de suite compris l'incroyable déchirement que cette mélodie plutôt banale provoquait jusqu'au fin fond de ses entrailles. Un autre Geoffrey, électrisé, un mystère à vrai dire. Depuis, à tour de rôle, ils choisissaient l'instant, l'unique, le seul possible, pour appuyer sur *play* et provoquer entre eux ce torrent intérieur qui faisait vaciller la raison en envoyant valdinguer le quotidien. Le sillon de ses veines, le sang – oui le sang – tout en ébullition, au toucher de l'épiderme. Elle, lui, la caresse de sa peau. Sa peau d'une couleur, d'un reflet surtout, et d'une texture inconnue.

Avant lui, elle n'avait jamais touché d'homme blanc, ni lui de femme noire. Il n'était pas question de refus, ce n'était pas un sujet. La vie en avait simplement décidé autrement. Comme lui, Cynthia ne projetait rien sur elle, cette couleur. Ni désir ni rejet. Une innocence en somme qui laissait leurs doigts aller, s'étonner de l'instant, et même qui permettait ce tranquille étonnement.

Ces moments-là étaient rares. Loin de la vie qui – pour un temps – s'écoulait presque tranquillement. Mais surtout loin de ces terribles crises que le couple frénétique avait ensevelies tout au fond de leurs ventres, si loin, là où le désir ne risque pas de rôder.

Cette rage tordue, celle qu'un regard, un mot, un son pouvaient éveiller en lui, en elle. En eux ? Personne ne savait vraiment. Un regard, un mot, un refrain aussi. *Can't live without you...*

Ni Geoffrey ni Cynthia n'avaient imaginé ce que ce simple chant, cette plainte amoureuse, serait capable de déclencher.

Comme s'ils s'étaient enfin trouvés pour aller jusqu'au bout d'un destin. Leur rencontre, leur histoire étaient celles d'une macabre révélation. La fureur, notamment, un tonnerre. L'imprévisible, la terrible fureur.

Celle que par bonheur, par chance ou héritage, certains ne connaîtront, ne croiseront jamais. Chaque jour à chaque instant, tout au long de leur vie, ceux-là peuvent remercier le ciel.

L'étouffement d'un cri doublé d'un halètement, des soupirs, des claquements. Des gémissements percent l'obscurité.

Pas de visages. Il n'y a que ce désir, une sauvagerie de désir. On devine un mouvement, une moiteur.

En tendant l'oreille pourtant, on devine une chanson perdue dans un écho, une voix déchirée, une voix suppliante.

I can't live, I can't live without you, can't live, I can't give anymore…

J-7

— Aïssa, tu fais quoi ce soir ?
— Rien.
— Oups, c'est pas la grande forme on dirait ?
— Je confirme.
— On se fait une terrasse ?
— Allez ! Mais dans ton coin.
— En même temps on n'est pas très loin l'une de l'autre.
— Non mais… je ne sais pas si t'as déjà calculé, il y a une vraie frontière quand même.
— OK pour une terrasse dans mon coin.
— Tu me feras voir des touristes, ça me changera de décor. Vingt heures ?
— Vingt heures vendu, chez le beau Mario, c'est la meilleure pizza du quartier ! Tu vas adorer.

Deux stations de bus à pied. Aïssatou aime remonter cette rue en partant d'*Abidjan est grand*, la boutique du tailleur. Première sensation : les visages connus s'estompent, les signes de la main aussi, peu à peu les demandes se font plus rares. *Je ne vous dérange pas ?* Les regards moins assurés, plus interrogatifs. *C'est elle, la directrice ?* Quelques centaines de mètres encore, et la voilà presque anonyme. Là où l'espace se desserre un peu, où les corps et les odeurs, les parfums se frôlent de moins en moins. Là où les gestes se permettent plus d'ampleur. Les attroupements d'enfants, moins compacts, plus rares et moins de rires aussi. La rue se fait plus sérieuse, plus convenue. Plus centrée surtout. On ne regarde pas les vitrines de la même manière.

Aïssatou se glisse ; elle se balade d'un monde à l'autre, sa démarche évolue, moins speed, moins tendue, elle s'arrondit en remontant la rue. Laisse son regard flâner.

La clameur des terrasses n'est pas la même non plus, elle forme un brouhaha plus indifférencié. En bas lorsqu'ils sont dos au mur, les ados se racontent, et lorsqu'ils sont posés à l'entrée d'une échoppe les adultes commentent la rue. Des voix, des sons fusent en tranchant l'espace. Ils ne se noient pas. Ils jaillissent.

Aïssatou arrive sur la charmante petite place passée au crible des iPhones, smartphones, et même de quelques résistants, des appareils photo, des vrais.

Elle aperçoit le sourire de sa copine attablée chez Mario, le promis roi de la calzone, le beau, oh oui, le beau Mario. Ses yeux, son sourire, une carte postale !

Et rien qu'en s'approchant, les papilles s'éveillent au charme de la tomate grillée mêlée à l'origan et au fromage fondu. Tout un univers l'attend. Aïssatou s'assoit. Mieux : elle se pose et apprécie l'instant.

— Waouh, c'est exactement ce qu'il me fallait…

— Hello ! Je suis contente de te voir. Ça fait longtemps quand même.

Quelques mois éloignées l'une de l'autre, les deux filles commencent par se donner des nouvelles, comme ça, ce qui leur vient en tête ce soir d'été, les amis, le travail, la famille. La vie. Les années passent, ça semble banal. Ça ne l'est jamais.

— Samba ?

— Écoute il se passe des choses, on ne peut pas dire. Mon quotidien est assez bousculé en ce moment. Du coup j'ai moins de temps pour lui, mais finalement ça n'est pas plus mal. Pour la première fois je l'observe développer une sorte de… de relation, oui on peut dire ça. Avec notre voisin, ils ont presque le même âge. Bon le gars est un peu un cas aussi, mais il y a quelque chose qui se passe. Ils entrent vraiment en contact, et ça je ne l'avais jamais vu avant. En fait, c'est assez bouleversant.

Pile à ce moment-là, le portable vibre à l'intérieur de son sac. Aïssatou fonce dessus, vérifie le numéro affiché sur l'écran

— Ça va, rien d'important.

Aïssatou pose le smartphone sur la table. Là, bien là, en évidence.

— Dis donc y a de l'électricité dans l'air !

— Tu ne crois pas si bien dire.

Elle reste silencieuse sur les derniers événements. Pas envie de dire, pas aujourd'hui. L'autre jeune femme raconte, elle finit ses études de journalisme, cherche un stage dans la presse.

— Rien de sûr pour l'instant. J'ai eu un entretien à l'édition locale d'*Info Matin*. Comme je connais bien le quartier, ça a eu l'air de l'intéresser. Elle m'a parlé des rixes sur le pont, ça craint.

— Ah non pitié. Même si tu as le stage, je te préviens : je suis incorruptible. Eliot Ness Aïssa est face à toi. Silence. Ma hantise, c'est que les médias m'en rajoutent en pression et c'est inévitable : c'est juste une question d'heures.

— Ça a quand même changé ici. Cette violence surtout.

— Ouais… La violence… C'est bizarre, je relativise en fait. Pourtant des fois ça me met dans un état… L'impuissance, la rage. Le monde, quoi. Les pauvretés ne se renvoient pas de beaux reflets, ma belle. Que des miroirs déformants. Elles ne se supportent pas. Les pauvretés s'affrontent. Elles se font la guerre. Rappelle-toi quand on était jeunes, y avait aussi des guerres de bandes. Mais on ne les voyait pas. Elles se réglaient sur des friches, des terrains vagues. À l'écart. Il y a eu des morts aussi.

— Rico !

— Ouais Rico ! La bande des Portugais, seize ans le mec ! Maintenant ces terrains-là il n'y en a plus. Alors ça s'organise sur Internet, ça se met en scène, ça surgit dans la ville.

— Regarde comme elle est belle. Légère surtout. On dirait qu'elle flotte au-dessus des pavés…

Depuis la terrasse, toutes deux la voient passer. Ses talons compensés permettent à Sandrine Rigal de survoler la place, indifférente aux touristes et à l'agitation. Hors du temps.

Le garçon aux yeux vert sombre est un peu en retrait. Rigal lui promet :

— Là, là viens voir. Elle n'est pas loin, je vais te la montrer !

Lui, ça le fait marrer.

— Tout ça pour une cabine téléphonique ?

— Un vestige, Evann. Ce n'est pas une simple cabine. Et surtout, elle marche encore. Un vestige, je te dis, un vrai de vrai. Elle est juste derrière la place, un peu cachée.

— Un vieux machin, quoi !

Elle stoppe là sa traversée nocturne.

— Sans passé, on est quoi, Evann ?

— Moi, c'est la vie sans avenir qui me fait douter. Le passé…

— Oui, oui. C'est drôle, tu dis des choses comme ça des fois, qui à première vue n'ont l'air de rien. Et pourtant…

— Et pourtant ?

— Viens, regarde : la voilà ma cabine, mon vestige. Moque-toi de moi, tu as raison. Mais je l'ai retrouvée et ça tombe très bien parce que j'ai un message à laisser à quelqu'un et je ne veux pas appeler d'un portable, ni du mien ni d'un autre. Alors rigole, rigole…

— Vas-y je t'attends.

Sandrine fait basculer la porte du vestige qui grince lamentablement. Elle glisse une pièce dans la fente, attend…

— Miracle !

Elle s'enferme dans la cabine, pose un mouchoir sur le combiné pour étouffer un peu le son, sans réfléchir, comme dans les films de Ventura, Delon et Belmondo. Dans les vieux trucs d'avant. Evann en profite pour allumer une clope.

Vous êtes bien sur le répondeur de Clara Perrault, merci de laisser un message ainsi que vos coordonnées. Je vous rappelle dès que possible.

Alors Sandrine laisse un message : « Les films, oui bien sûr, les films… Mais, une question quand même, une vraie… Les avez-vous tous ? »

Clara Perrault frappe deux fois à la porte. Walter lui donne le signal d'entrer.

— Tout est numérisé, enregistré sous clé, mis sous enveloppe, si besoin prêt à partir.

— Aucun témoin ?

— Juste le stagiaire mais il ne connaît aucun contenu.

— Très bien, déposons-les dans mon coffre-fort. Et côté théâtre ?

— J'ai pu placer quelqu'un de très discret. Il sera en poste dès demain ; il me fera un rapport sur leur projet. Nous aurons tous les éléments.

— Ainsi nous déciderons. Merci Clara.

En sortant du bureau de Walter, elle écoute son répondeur. Trois nouveaux messages. Le dernier reste suspendu dans les airs… *Les films, oui bien sûr, les films… Mais, une question quand même, une vraie… Les avez-vous tous ?*

J-6

Dans les maisons, au pied des immeubles, bouches de métro, dans les cafés sur l'esplanade, au coin d'une rue, à l'angle d'un carrefour… L'air est chargé. Chacun retient son souffle.

Les silhouettes rigides de bleu foncé cerclées, noires casquées bottées, elles quadrillent l'arrondissement, la voie ferrée, les avenues. Elles sont partout. L'ambiance est militaire, leurs ombres menaçantes s'étalent du nord au sud, d'est en ouest.

— L'enjeu est devenu international. Le ministère aurait bien aimé se défiler…

Chacun son rôle, tous à leur poste. Concentrés. Chaque policier municipal a lui aussi l'œil grand ouvert.

— L'œil et l'oreille ! On se croirait revenu au temps des mouchards, ceux qui traînaient partout pour renseigner les sbires du patron… Aux comptoirs des bistrots, à la sortie d'une réunion ou d'une école pour écouter, espionner, rapporter. Race de vermines !

Sur les murs du boulevard qui longe le métro aérien, le portrait grand format de Louis Walter s'étale tout en sourire. Fleur à la boutonnière, costume clair, l'édile souhaite *Welcome, bienvenue* au nouveau maire européen. Impossible de l'éviter, de long en large, on ne voit que lui. Ça fait marrer les Tunisiens : les posters placardés pourraient donner dans le *revival* Ben Ali – l'élégance en plus. L'élégance et le charme.

Pensée par Clara Perrault, la lumière choisie pour créer l'image joue des contrastes. La séduction ne saurait gommer cette verticalité qui s'impose au premier regard. L'autorité est au rendez-vous. Elle est incontournable. Une image faite pour en imposer, et faite pour rester.

On retrouve le visage de Walter tout au long de la rue qui conduit au gymnase, *Welcome, bienvenue* ; là où Aïssatou doit accueillir ses invités. Le lieu : son choix, son exigence. Pas de salle des fêtes, pas de drapeau, rien d'officiel, un espace neutre, aussi neutre que possible.

Sans attendre, elle appelle Clara Perrault. La dircom décroche immédiatement.

— Les affiches sur le parcours de la salle, ce n'était pas indispensable.

— Je sais, ce n'est pas très malin. Mais c'est trop tard pour les faire enlever.

— Faites baisser les éclairages, et pas qu'un peu, autant que la sécu le permet. Qu'au moins elles ne sautent pas aux yeux. Les gens vont arriver des deux arrondissements. Louis Walter comme comité d'accueil, on fait mieux pour détendre l'atmosphère et surtout pour les convaincre de s'engager. La situation est très compliquée, vous le savez, succès ou fiasco ne tiennent qu'à peu de choses.

— Je m'en charge tout de suite.

Aïssatou raccroche. Quelques minutes après, la luminosité baisse considérablement, renvoyant aux ombres le sourire satisfait de M. Louis Walter.

Aïssatou en convient :

— Efficace la meuf, on ne peut pas dire.

Dans le reflet de la vitre, Aïssatou aperçoit deux silhouettes. La sienne, droite comme elle est. Et ce pantin de Walter, toutes dents dehors trônant sur son poster de bienvenue.

D'un coup elle envoie valdinguer la porte. Au diable le maire. Le maire et son reflet, le maire et son image, le maire et son *Welcome*. Quelques secondes lui ont suffi pour casser cette vision tordue.

Les gens commencent à arriver. Alors elle reprend son calme, son masque, comme elle sait si bien le faire. Les regards sont circonspects, parfois gênés. Timides. On ne sait pas, on vient écouter. Surtout, on a confiance en elle. Et il en faut de la confiance pour se prêter au jeu. La Nouvelle Droite, quand même…

— Merci d'être venus.

Aïssatou salue un à un les arrivants, seuls, à deux, en petits groupes. Animateurs, éducateurs, travailleurs sociaux, responsables d'équipe. Chacun se pose.

— Merci, merci d'être là.

L'assistance forme un cercle. Attentive, quasi silencieuse. Tout autour d'eux, l'air est dense. Derrière

Aïssatou, un grand écran. Un visage s'affiche, celui d'un ado rieur, séducteur, plein de vie.

— Je ne suis pas là pour faire de la com, rassurez-vous, encore moins pour proposer un son et lumière. Le moment est grave. Je voulais juste dédier cette rencontre à Rico. Rico, c'est lui, sur cette photo derrière moi. Comme plusieurs de mes copines, j'en ai été « amoureuse ». Comment résister à un tel sourire ? Et puis un jour, la nouvelle est tombée. Rico, seize ans, s'est effondré sur un terrain vague, lacéré de coups de couteau par un gars d'une bande rivale, devant une dizaine d'autres jeunes de son âge. Douze précisément. Ceux-là ont assisté, regardé, laissé faire, participé. Encouragé sans doute. Ils portent cela en eux. Certains sont peut-être ici ? Car vous le savez et vous pouvez en être fiers, parmi vous qui êtes tant investis aujourd'hui, certains sont passés par ces bandes aussi. Voilà, c'était il y a seize ans. Rico aurait trente-deux ans aujourd'hui. Il serait peut-être avec nous. À l'époque, les médias en ont peu parlé, quasiment pas, parce que c'était à part, sur une friche aux portes de l'arrondissement. Là où on pouvait se massacrer entre soi. Des histoires de Noirs, d'Arabes, de Portugais surtout à l'époque, de Ritals. Des histoires de pauvres qui ne sortaient pas de leur périmètre. Alors… Alors on a fait avec. On a tous fait avec.

Dans l'assistance, pas un son, pas un mouvement. Pas un souffle. Chacun se projette dans les mots d'Aïssatou Ouattara. Chacun se reconnaît. Pour autant ses propos ne flattent pas l'identification facile. Ils appellent à une distance critique, une exigence. Cachée tout au fond de la salle, tapie à l'angle d'un petit couloir, Clara Perrault observe, écoute. Elle voit Aïssatou balader son regard de visage en visage, interpeller l'âme, les lâchetés, les parts héroïques de chacun. Leur capacité à être, à refuser, à agir.

Depuis quelques minutes, elle a Walter en ligne. Le maire suit la réunion à distance.

— Tout se passe bien ?

Perrault balbutie quelques mots à son micro sans fil.

— Cette fille est incroyable.

— À ce point ?

Perrault se redresse d'un coup, elle s'étonne de la réaction de Walter. Cette légèreté, la légèreté du ton, de la voix, celle de cette question, tout cela lui envoie un signal insupportable. Étrange sensation. Une sorte d'obscénité. La sécheresse de sa réplique, juste avant de raccrocher, n'échappera pas au maire.

— Je vous tiens au courant des suites.

— Ce soir, je n'ai pas voulu solliciter les familles, poursuit Aïssatou. Je sais ce que c'est, une fierté de père, de mère, lorsque la pauvreté vous humilie. La pauvreté et la société. Je sais à quoi on s'accroche. Je sais combien ça se préserve. Alors je vous demande d'aller les voir, de voir chaque famille du quartier concerné, une par une, et dans les deux arrondissements. Elles vous connaissent, elles ne se sentiront pas jugées. Elles comprendront que nous avons besoin d'elles et que leurs enfants ont besoin d'elles. Ça vous prendra beaucoup de temps mais nous devons les impliquer en personne. Sinon nous n'aurons aucune efficacité. Et ça, nous ne pouvons pas nous le permettre. Nous ne pouvons pas attendre non plus. Juste après cette réunion, je vous demande de vous mettre en route. Pour finir cette introduction – je vous laisse la parole juste après –, je voudrais répondre à ceux qui sont interpellés par ma présence aux côtés du maire. Alors je vous le dis : je me fous de Louis Walter. Mais je ne me fous pas de ce qui peut arriver à nos jeunes. Je n'ai pas élu ce maire, ah ça non. Mais il est là, c'est un fait. Et face au risque, tout cela n'a strictement aucune importance.

Un tonnerre d'applaudissements envahit la salle. L'enthousiasme se mêle à l'émotion. Clara reste subjuguée.

— Putain… sacrée bonne femme !

Lui, ses lèvres palpitent. Geoffrey s'imagine face à Aïssatou. Il a bu chacune de ses paroles face à l'assemblée. Il reste là, tremblant, bouleversé.

Pas à pas, Clara avance dans la nuit et devine, réduites à leur ombre dérisoire, les affiches de Louis Walter, *Welcome, bienvenue*, lui et son sourire, son sourire satisfait.

Les films, oui bien sûr, les films… Mais, une question quand même, une vraie… Les avez-vous tous ?

Sur l'esplanade, les habitués sont venus s'asseoir à la terrasse du N.Y. Spicy Shop. Simplement posés, sans énergie, sans envies. Là comme ailleurs, on attend, en craignant le pire. De nombreux journalistes arpentent les lieux à la recherche d'une réaction, d'un avis pertinent et surtout d'une anecdote révélatrice. On tourne la tête, on baisse les yeux en les voyant arriver. On prend une mine crispée à l'inévitable question filmée ou enregistrée : *Alors, c'est J-6 ?* On fait semblant de ne pas y attacher d'importance, on joue le détachement alors que tout le monde ne pense qu'à ça. Ici les affiches lacérées du maire Walter témoignent de son impopularité. La journaliste d'*Info Matin*, accompagnée de son photographe, veut en savoir plus.

— OK, ce n'est pas dans ce quartier qu'il a fait son meilleur score mais, bon, ses résultats n'ont pas été non plus catastrophiques. Des bobos ont donc voté Walter !

La propriétaire de la galerie At Home nuance.

— Écoutez déjà il faudrait arrêter de classifier les gens comme ça. *Bobos* par-ci, *bobos* par-là… C'est pénible à la fin. Après, oui, certains ont voté pour lui par réaction sans doute, sans penser qu'il serait élu.

— Par réaction à quoi ?

— Les Roms, les jeunes, tout ça quoi.

— Donc les artistes ici – je n'ai pas dit *bobos* – n'aiment ni les Roms, ni les jeunes ?

— C'est compliqué, madame, c'est très compliqué.

— Merci.

J-5

À la mairie, tous les adjoints sont réunis dans la grande salle centrale. Au dernier moment, Samba et Eros ont été écartés de la concertation. L'adjoint à la sécurité expose son état des lieux.

— À mon niveau, tout est en place. Les deux seules choses qu'on ne peut contrôler à 100 % sont d'une part un attentat, d'autre part l'irruption d'une rixe de jeunes malgré tous les dispositifs mis en place.

— Vous surveillez les réseaux sociaux ?

— Autant que nous le pouvons. Il y a des réseaux cryptés que certains ados maîtrisent parfaitement.

— Ils sont si doués que ça ?

— Visiblement plus que nous. Enfin, dans ce domaine, j'entends…

La réponse de Walter est cinglante.

— Formidable ! On avance, ça fait plaisir.

Il se retourne vers Clara.

— Pourquoi ne pas impliquer nos jeunes stagiaires dans ce dossier ?

Quelqu'un complète la question :

— Les deux Blacks ?

— Parce que le niveau de confiance est faible. En ce moment, ils sont placés à la com, il n'y a aucun danger. Mais sur le lien avec les jeunes de l'arrondissement via les réseaux sociaux... Si jamais ils se retournaient contre nous, l'effet boomerang pourrait être terrible. Imaginez qu'ils nous délivrent de fausses informations.

— Les Blacks soutiennent les Blacks, ça finit toujours comme ça.

— Pas de commentaires inutiles. Nous ne sommes pas en débat sur BFM mais sur un point d'organisation à J-5, je vous le rappelle. Clara, le plan de com est parfait, comme toujours.

Deux des adjoints s'adressent un signe imperceptible par l'assistance. Mais eux se sont compris : comme toujours, les compliments sont pour Perrault, ça ne change pas.

— J'ai eu une autre idée, monsieur le Maire. Pourquoi ne pas aller prendre un verre sur l'esplanade, au N.Y. Spicy Shop, demain soir un peu avant la fermeture ? Les gens vous connaissent peu là-bas. Ils ont besoin d'être rassurés et ils sont très sollicités par les médias, notamment américains.

— Excellente idée, Clara, organisez ça. Côté théâtre, où en sommes-nous ?

L'adjoint culture prend la parole – lui et sa légendaire difficulté à synthétiser.

— Alors...

Sans attendre la suite, Walter le coupe.

— Du concis s'il vous plaît.

Le type se racle la gorge comme s'il allait se lancer dans une vocalise.

— Ils préparent une représentation devant le théâtre depuis l'espace terrasse qui leur appartient. Sandrine Rigal en *guest star* et le jeune Rom sont de la partie. Lascrime a engagé deux avocats pour border toute tentative d'interruption. Conclusion : tout sera fait a cappella car seule une sonorisation sans autorisation pourrait nous permettre d'intervenir. La presse sera prévenue deux heures avant. Bien évidemment, ils seront tous là. Voilà, vous vouliez du concis. Vous savez tout.

Le visage de Walter pivote à quarante-cinq degrés, en direction de la grande vitre. En ligne de mire, le théâtre Antoine-Vitez. L'adjoint sécu chuchote à son voisin :

— Il nous fait un plan à *L'Exorciste*[1] ou quoi ?

— Je ne l'ai jamais vu dans cet état.

Mâchoires crispées, les veines du cou se tendent à l'extrême. Prêtes à gicler. Pas de doute, chacun sait quel lieu son regard vise. Le regard perçant de Louis Walter, concentré sur une cible. Un visage méconnaissable, écarlate, habité de haine. La crispation de sa lèvre supérieure révèle, dans un terrible rictus jusqu'ici inconnu de ses collaborateurs, une mâchoire des plus carnassière.

Son poing s'abat avec une fureur inouïe sur la table d'acier jusqu'à en ébranler le plateau. Convulsive, Clara Perrault s'engage dans le couloir. Elle avance, avance. S'arrête face à une fenêtre, enfin, la secoue

1. Dans le film de William Friedkin, *L'Exorciste* (1974), le visage de la petite fille possédée pivote jusqu'à… quatre-vingt-dix degrés.

aussi fort qu'elle le peut. La fenêtre résiste, elle refuse de s'ouvrir. Clara secoue, secoue.

Au moment où elle sent son corps, tout son corps, défaillir, prêt à s'effondrer, l'air jaillit enfin, l'air la fouette, il circule.

Ils ont surgi de nulle part. L'image se décompose sur les écrans dans un ralenti qui glace chaque regard, chaque témoin.

Seuls devant leurs écrans, Aïssatou, Geoffrey restent tétanisés, se cachant presque l'œil pour ne pas voir.

Immédiatement, les troupes se rassemblent au commissariat. Il leur faudra trois minutes trente pour rejoindre les lieux. Un record de réactivité : impossible de faire plus vite.

Une alarme se déclenche à la mairie. Le portable de Walter, celui de Clara Perrault sonnent à tue-tête.

Trois minutes trente. La tête de Ramzi ne prendra que quelques secondes pour exploser sous l'impact du coup. La batte de base-ball est maculée de sang et de chair vive.

La chair qui éclabousse tout autour d'elle.

Trois minutes trente. Trois minutes trente plus tard, lorsque les hommes de l'ombre encerclent la petite place, il ne reste qu'un corps effondré à la tête déchiquetée. Et des lambeaux de chair humaine, stupéfaits, qui jonchent le pavé.

Ils ont surgi de nulle part.

Trois minutes trente plus tard, l'innocence est morte.

8

QUATRE CHANSONS

J-4

À l'AccorHotels Arena de Paris, ex-Bercy, tout se met en place pour la nouvelle date de PNL.

J'imagine. Mieux : je vois ça. Les billets se sont vendus en deux heures et Mowgli sera de la partie, avec Eros bien sûr. Clara Perrault compte bien nous exhiber à leur *big party* européenne, pour montrer ses deux #Noirsetfiers (pour rappel, y en a qui se donnent le nom *négros*, les nuls, moi, je nous appelle *#Noirsetfiers*). Mais ça, c'est impossible. PNL en concert, t'imagines ? D'ailleurs on a pris nos billets le jour de notre premier rencard à la mairie, oui, lorsqu'en *Men in Black* accomplis on traversait l'esplanade pour rejoindre la mairie. Quand le destin s'en mêle y a rien à faire. *Esta la vida*.

J'entends le nom de Ramzi circuler partout, j'entends ça. Mais moi, je dis le gars, il a trop joué avec sa life. Alors sérieux j'y peux rien, vraiment rien… Depuis hier je décortique toutes les infos possibles sur le site de l'AccorHotels Arena. Impossible de faire autre chose.

De nouveaux portiques sont en place aux entrées de l'AccorHotels Arena. Il sera demandé aux spectateurs de les passer en mettant de côté les objets métalliques d'un certain volume comme les trousseaux de clés, les téléphones portables et les étuis à lunettes.

En les mettant de côté ? Oui mais de quel côté ? Et après on fait comment pour récupérer ses clés, on les reprend de l'autre côté ???

Les personnes possédant des dispositifs médicaux implantés (type pacemaker) peuvent suivre cette procédure de contrôle. En revanche, ce n'est pas le cas pour les femmes enceintes.

Comment savoir si j'ai un *dispositif médical implanté* ??? Je vais pas saouler Aïssatou pour lui demander ça, elle est trop stressée avec tout ce qui arrive. Un *dispositif médical implanté* ? Seule et unique solution : faut que j'en parle à Mama.

L'AccorHotels Arena dispose de plusieurs portes d'accès : une pour les spectateurs détenteurs de billets en gradin, balcon ou corbeille. Une entrée pour les spectateurs en loge ou salon. Une entrée fosse et orchestre pour les portes X, Y, Z.

Bon là, je crois que je vais arrêter, parce que je sens que ça stresse à l'intérieur… Ça se raidit.

Une entrée salle Le Studio se trouve côté parc de Bercy, accessible sur certains événements pour les détenteurs de packages ou pour les défilés et conven-

tions. Enfin, une entrée indépendante est dédiée à La Patinoire, côté parc de Bercy, après la fontaine.

OK, là j'arrête, j'arrête, j'arrête !

L'AccorHotels Arena permet aujourd'hui de mieux accueillir les personnes à mobilité réduite (PMR) ou en situation de handicap (PSH). Consultez notre rubrique avec toutes les informations pratiques.

Mieux accueillir les PMR, PSH ? Avec tous ces trucs à suivre, ces entrées, ces sorties et ses clés de l'autre côté ???

Nous vous conseillons de bien vérifier votre entrée sur le billet avant votre arrivée à l'AccorHotels Arena. Nous vous rappelons que nous ouvrons les portes entre 1 h 30 et 2 heures avant chaque événement.

T'inquiète j'y serai quatre heures avant et je vais régler au moins trois alarmes. Quatre : mieux vaut être prudent. Comme dit Mama : *Un homme averti en vaut deux.*

Enfin, pour être tenus informés de la liste des objets interdits qui vous seraient automatiquement confisqués, nous vous invitons à consulter notre règlement intérieur en cliquant ici.

Damned !

Pour des raisons de sécurité, il est interdit de stationner dans les escaliers ou près des issues de secours. La direction se réserve le droit d'exclure toute personne qui irait à l'encontre du règlement intérieur.

Bon c'est seulement J-4. J-4. J'ai le temps de relire tout ça. J'ai le temps ou pas ???

J'suis Mowgli, j'suis Simba, animal ça s'entend[1].

1. PNL, « DA », *Dans la légende*, 2016.

Toute la matinée Aïssatou Ouattara est restée allongée sur son lit, yeux grand ouverts à regarder le plafond. Anéantie.

Son portable n'arrête pas de vibrer, c'est incessant mais ça ne l'atteint pas. Depuis qu'elle sait ce qui est arrivé à Ramzi, quelques heures en fait, depuis qu'elle sait la mort, rien, plus rien ne l'atteint.

Seule la sonnette de l'entrée, puis les poings qui cognent sur la porte, la sortent de sa torpeur. Aïssatou enfile péniblement un vieux kimono ; elle entrouvre la porte malmenée. Geoffrey est là, elle l'aperçoit dans l'entrebâillement.

— Laisse-moi entrer.

Contrairement à ce qu'il avait imaginé, elle n'oppose aucune résistance. Même ça, elle n'en a pas la force. Alors elle laisse faire. Son visage est seulement vide.

— Je sais comme c'est dur.

Elle ne répond rien.

— Aïssatou, c'est le moment ou jamais. Il y a deux possibilités : soit ce drame impulse une vraie prise de conscience et tout ce que tu as préparé vous donnera la matière pour convaincre tout de suite, sans attendre. Soit on va assister à des vengeances en série et alors…

Geoffrey remarque le mouvement de sa paupière qui vient de tressaillir. Un soubresaut. Un tremblement. Il a fait mouche, il le sait.

— C'est comme ça : tu ne peux pas te permettre de rester là. C'est comme ça : ils t'attendent.

Là-dessus, il se tait et part préparer du café dans la cuisine.

Aïssatou Ouattara n'a pas de voiture. Elle n'a même pas de permis et elle s'en fout. Pourtant à chaque fois qu'elle entend les premières sonorités de « 7 Seconds[1] », l'image mentale est instantanée. La voilà seule, au volant d'une voiture, roulant dans une nuit immense. Une autoroute et ses lumières. Ses lignes. Un long parcours entre deux choix, deux villes, deux histoires de vie. Impossible d'écouter cette musique en présence d'une autre personne, impossible au risque de briser l'image, la sensation de vitesse, ces kilomètres parcourus, ceux qui s'alignent devant elle, la boîte fermée, l'enveloppement de la nuit. L'intimité émotionnelle et cérébrale.

1. Youssou N'Dour, *featuring* Neneh Cherry, « 7 Seconds », *Guide (Wommat)*, 1994.

Sandrine Rigal se demande comment donner une représentation à quelques jours et quelques mètres du lieu où le drame s'est déroulé.

— C'est aussi pour ces jeunes que nous allons jouer.

— Arrête, Lascrime, ils ne sont jamais venus au théâtre, tu le sais.

— On va travailler pour les accueillir. Nous jouerons tous en noir, ça sera notre hommage.

Sandrine n'aime que les vinyles, leur matière noir brillant, la danse des sillons, les craquements du temps. Elle a aussi des CD, rangés sur l'étagère, mais ils l'indiffèrent.

Parmi ses morceaux préférés, il y a ses « concentrés de vie ». Ceux où chaque voix, chaque mot, chaque son, de la première à la dernière note, restituent son présent, ses jours, ses nuits. L'instant.

« Take a fall for me[1] », duo-duel de voix, d'émotions.

1. James Blake, *featuring* RZA, « Take a Fall for Me », *Overgrown*, 2013.

Sex shapes the body, truth shapes the mind
Her […] cologne enhance the stench of her […]
Don't let me fall, always remember us
(Le sexe façonne le corps, la vérité façonne l'esprit
Son eaù de Cologne rehausse la puanteur de son corps
Ne me laisse pas tomber, souviens-toi toujours de nous)

— Nous irons au N.Y. Spicy Shop comme prévu, peu avant la fermeture, mais nous adopterons une autre attitude, sobre, réservée même, rassurante, compatissante. Tout en soulignant la responsabilité des jeunes. Costumes noirs pour toute l'équipe, tailleur gris foncé pour moi. Et…

— Et ?

— Et nous demanderons à Aïssatou Ouattara de nous accompagner.

— Non Clara, là c'est trop. De toute manière elle refusera.

— Elle ne refusera pas parce qu'elle a très nettement l'intérêt général en tête, bien au-dessus de ses propres préoccupations ou de son image.

— Vous êtes devenue une vraie fan, dites donc.

Clara n'a pas envie de répondre et elle le montre en témoignant son agacement.

— Maintenant, Louis, j'ai un message à vous faire écouter et j'aimerais vraiment savoir si nous avons quelque chose à craindre.

— De quoi s'agit-il ?

Clara saisit son portable, active sa messagerie et tend le smartphone à Walter. Intrigué, il tend l'oreille.

Les films, oui bien sûr, les films… Mais, une question quand même, une vraie… Les avez-vous tous ?

Clara scrute le visage de Walter. Elle ne veut rien laisser passer, pas le moindre sursaut expressif, pas le moindre battement de cils, pas le moindre signe d'inquiétude. Elle observe, elle attend… Rien.

— Je ne comprends pas.

— Alors elle joue sur une intimidation, c'est sa dernière carte.

— Sans doute.

— Quand on dit *sans doute*, c'est qu'il y a un doute, Louis.

— Je n'ai pas de doute.

— Parfait alors.

— Mais pour ce soir, je ne veux pas d'Ouattara à mes côtés.

— Vous savez ce que vous faites.

— Je pense savoir, oui.

Personne n'a été prévenu de la visite. Lorsque Geoffrey constate le ballet de voitures tout autour de l'esplanade, il est loin de penser que ce sombre cortège va entrer dans son bar.

Walter se dirige directement vers lui. Sourire maîtrisé, comme il était convenu.

— Enchanté, monsieur Williams, c'est un jour difficile et nous tenions à saluer les acteurs du quartier. Votre lieu en fait partie à premier titre.

Décontenancé, Geoffrey balbutie quelques mots sous le regard intrigué des quelques habitués attablés en terrasse. Une compagnie assez embarrassante…

— C'est que j'allais juste fermer.

— Faites, c'est une simple visite de courtoisie. Rien d'officiel. Nous allons juste saluer vos clients, si vous le voulez bien.

— Pas de souci.

— Bravo en tout cas pour ce que vous avez fait de cette place ! Elle revient de loin.

Précédé de ses sbires et de Clara Perrault, toute de gris vêtue, Walter s'apprête à passer la porte lorsqu'il s'arrête net, juste avant d'en franchir le seuil pour rejoindre la terrasse.

Il reste ainsi un instant, sans bouger, avant de se retourner vers Geoffrey.

— Excusez-moi.

— Oui ?

— Cette chanson…

— Oui ?

— Quel est son titre ?

— « Without You »… C'est une chanson de Mariah Carey.

— D'accord. Elle est… elle est très belle.

— Oui.

— Troublante même.

— C'est mon rituel de fermeture ici. Bonne soirée monsieur le Maire.

— Bonne soirée.

I can't live, I can't live without you, can't live, can't live without you.

I can't live, I can't live without you, can't live, I can't give anymore…

C'est inhabituel. Aïssatou est restée chez Geoffrey, seule. Elle ne sait pas vraiment faire ça : être à l'aise chez lui comme elle le serait chez elle. Elle tâtonne, regarde sans regarder, elle frôle sans toucher, sans oser et, en même temps, ça lui fait un bien fou d'être là.

Elle avance à petits pas dans son univers à lui, des instants de vie. Et au passage remarque une chose : aucune photo, aucun visage.

Une intimité anonyme. C'est un lieu qui lui ressemble, avec sa chaleur et son mystère.

Sur la commode jaune vif – Geoffrey aime les couleurs – il y a ce grand cahier ouvert, recouvert de pages écrites à la main.

Sur la couverture, le nom d'une ville, New York, et une année : 2014. Il y a cinq ans donc, juste avant son départ pour la France. Elle pose sa main dessus avec délicatesse et se décide à l'ouvrir. Elle tombe sur le texte d'une chanson. L'écriture est fébrile. Instable.

Ma raison vacille et tangue
Elle est prête à chavirer

Sous les coups de boomerangs
De flash-back enchaînés
Et si un jour je me flingue
C'est à toi que je le devrai[1].

1. Serge Gainsbourg, *Comme un boomerang*, 1975.

J-3

Love Crime[1] sur la platine. La voix de Siouxsie Sioux s'envole. Quel lieu ? Quel temps ? Elle résonne.

Le bureau de Lascrime est situé juste au-dessus de son appartement. La pièce de ses archives. Au mur, une grande photo de Maria Casarès, la tragédienne, et une de Sandrine Rigal. Des kilims jetés sur le sol, une table recouverte de papiers, une peinture blanche un peu ternie… La pièce est sensiblement fatiguée. Peu importe, c'est son espace à lui et personne n'y entre sans être son invité.

Evann se tient debout près de la fenêtre, un peu tendu sans vouloir le montrer. Il observe depuis dix bonnes minutes un programme affiché au mur.

— Tu l'apprends par cœur ?

— C'est quoi ?

— Le premier spectacle que j'ai monté ici à Vitez.

— Une antiquité alors. Un vestige.

— Exactement.

1. Siouxsie Sioux, « Love Crime », *Love Crime (Amuse-Bouche Version)*, 2015.

Evann s'assoit dans le grand fauteuil tapissé face à lui.

— Tu veux me parler de quoi ?

— Tu le sais je pense.

— De Sandrine ?

— Perspicace.

— Y a rien à dire là-dessus.

— Tu te trompes Evann.

— Ah ouais ?

— Tu n'es ni le premier ni le dernier à te glisser entre Sandrine et moi. Et ça n'a aucune importance à partir du moment où je l'accepte. L'inverse est vrai, d'ailleurs.

— J'en crois pas un mot.

— Tu es prêt à parier ? Si j'exige qu'elle te quitte, cinq minutes plus tard ça sera fait.

Evann ravale sa salive. Il sait que Lascrime dit vrai. Il le sait ; et il l'a toujours su.

— Tu veux quoi en fait ?

— Toi.

— Quoi ?

— Je te veux toi.

Evann se lève d'un coup. Il feint la surprise.

— Evann, tu crois que je ne vois pas ton jeu ? Tu sais, mon métier, c'est d'observer les gens. De voir justement. Et je vois ça : tu aimes séduire et tu aimes me séduire aussi. Je dirais même plus : tu aimes me séduire dans l'ombre de Sandrine.

— Vous êtes des vrais malades tous les deux. Maintenant je vais te dire une chose : tu as fait toute ta pub sur le p'tit Rom dans ton spectacle. Alors si tu ne veux pas que je me casse, tu oublies tout ça.

— Te casser ?

Lascrime sourit.

— Te casser pour faire quoi ?

Evann rejoint la porte pour quitter ce bureau. Ses gestes sont plus hésitants qu'à l'habitude. Non il ne se cassera pas, il veut aller au bout de cette histoire, c'est sûr. Il ne peut pas dire ce que Lascrime lui inspire. Du dégoût ? Il y a de ça, oui. Mais le luxe de cette perversité ne le laisse pas froid. Ça le trouble et ça traverse son corps.

Il avance un pas, un autre. Ne sait pas. Un pas encore.

Love Crime sur la platine.

La main de Lascrime saisit la sienne avec cette fermeté qui imposerait une réaction. Une réponse. Evann se raidit, il reste figé.

Il ne fait plus un pas. Il n'avance plus. Il attend. Il est là.

Impossible de dire tout ce qui se passe dans sa tête. Ça se cogne fort.

Evann n'avance plus. Il reste figé… Il est là. Immobile. Il attend.

Assise face à Walter, Clara Perrault est hypnotisée par la tasse de thé au jasmin qu'elle tient entre ses mains. Le maire le sait : quand elle est comme ça, Clara est toute à sa réflexion. Dans sa tête, ça argumente, contre-argumente. Intense. La tasse tourne, tourne, tourne entre ses mains. Elle la pose sur la table puis conclut.

— Nous devons un peu infléchir notre tactique. Avec tact. Pour couper court aux ambitions politiques de Lascrime, il faut conforter notre image : ce n'est pas vous qui vous opposez à lui, c'est lui qui vous attaque. Vous êtes dans la construction, la vision, l'action. Il est dans la réaction, la contestation. OK pour un homme de théâtre, mais pas pour un politique qui veut gérer la cité. On ne gagne pas une élection comme ça.

— Très bien mais n'en faisons pas trop.

— Juste quelques signes envoyés.

— Par exemple ?

— Par exemple ce soir. Le théâtre Vitez inaugure sa salle de cinéma avec une formule ciné-club à l'ancienne. Présentation d'un film, projection, débat. Ils démarrent avec un cycle Brian De Palma. Allons-y !

Dix-neuf heures. Ce fameux brouhaha qui précède le début d'un spectacle… La grande salle est comble. Sandrine Rigal rejoint Lascrime installé au centre du premier rang devant l'écran.

— Il nous faut gérer un imprévu : Walter est là avec Clara Perrault.

— Non ?

— Il a toujours été malin, tu sais. Et elle… Perrault, elle est redoutable.

— Qu'est-ce qu'on va faire ?

— Les installer à côté de nous. Nous n'avons pas invité Walter, il est le maire, nous l'accueillons. Un point c'est tout.

Lascrime saisit que toute protestation est inutile. Face à Walter, c'est elle qui gère. Evann, lui, choisit de se lever et de partir. Sans concession.

Lorsque le photographe d'*Info Matin* s'agite pour obtenir le meilleur angle, Sandrine contrôle à fond son attitude. Polie, elle tend la main à Louis Walter et Clara Perrault, les accompagne à leurs sièges, installe le maire aux côtés de Lascrime. Affublée d'un sourire glacial. À son tour, elle s'assoit – juste entre le maire et la dircom.

Après quelques mots de présentation assurés par la programmatrice dans un pur style ciné-club, place au noir et au silence.

Le film commence et c'est immédiat, la musique happe toute l'attention. Elle alerte, un danger, hante les tympans et laisse imaginer le pire. Les images sont teintées d'un rouge sanguinolent, des fœtus recroquevillés dans un ventre maternel. Des fœtus siamois. Et en gros caractères, un titre barre tout l'écran.

Sisters. Sœurs de sang.

L'air de rien, l'œil de Walter cherche celui de Lascrime. Et celui de Lascrime guette Walter.

Directed by Brian De Palma.

Le quai d'un métro. On se presse, se compresse. Les employés de la RATP tentent de réguler les flux comme ils le peuvent. Bondé.

Le jeune garçon noir ne veut pas rater la prochaine rame. Son sac à dos de sport prend trop de place. Il le retire de ses épaules et le prend à la main. Ça libère quelques centimètres carrés d'espace. Le métro arrive, les gens poussent un peu plus. *Doucement quand même.* Ils en ont marre de leur longue journée et de cette grève qui dure depuis deux semaines. Les gens veulent rentrer chez eux, voir leurs gamins, fumer un joint, regarder une série, rattraper leur retard de ménage. Chacun sa vie… mais leur vie à tous ne doit pas se passer sur ce quai de métro. Alors les gens poussent un peu plus. On se frôle, on s'excuse, on partage des parfums, des odeurs. On a chaud.

Le jeune garçon noir, il s'appelle Antony, le jeune garçon noir en a marre. Il sent ce souffle fiévreux qui vient lui chatouiller la nuque. Ça l'énerve, mais que faire ? Patienter, c'est tout ce qu'il peut. L'homme, là, derrière, l'homme avec ses lunettes noires et son costume en lin beige, l'homme au souffle brûlant, il s'approche. Dans sa tête, un martèlement de percussions électroniques, telle une machine infernale. La peau du jeune est à quelques centimètres. Il la scrute, la respire. L'inhale. Prend quelques bouffées de cette peau ébène, cette peau qui le fascine, qui l'attire. C'est électrique. Il se glisse autant qu'il peut comme une anguille entre les corps. Jusqu'à sentir les fesses du jeune homme noir, bien les sentir sans les palper. Juste la peau de son doigt sur la fesse du jeune. Ronde, rebondie. Son souffle, comme un rugissement. Plus fort que tout. L'instant l'habite. Un martèlement de percussions électroniques dans la tête de l'homme aux lunettes noires, telle une machine infernale.

Devine sa peau, ses fesses, leur fente. Son souffle, son souffle encore… Une respiration haletante. Forte. Presque bruyante.

Station suivante, la porte s'entrouvre, le jeune homme noir se retourne. Cherche ce souffle des yeux. Cherche encore.

Scrute les yeux de chacun. Mais l'homme s'est esquivé. L'homme. L'homme sans visage a disparu.

9

J-2, LE MONDE

« Vous n'avez rien vu venir ?

— Rien. Peut-être que je ne voulais pas voir.

— Cela vous arrangeait ?

— Je ne sais pas. Je ne comprends pas comment tout ça est arrivé.

— Vous auriez pu intervenir ?

— Lorsque j'ai compris ce qui se passait, il était trop tard. Je n'aurais rien pu faire. Et j'en suis vraiment désolée. »

Une musique est jouée et des CD apparaissent à l'écran. Plus tes textes et ton flow sont synchronisés avec la musique, plus ton score est élevé. À l'inverse, si tu ne parviens pas à suivre le rythme, tu marques moins de points et la chanson peut même être interrompue : c'est game over *!*

— Alors ?

— Rien.

— Quoi, rien ?

— Je n'ai pas de nouveau texte, Samba.

— Rien ?

— Rien. Pas la tête à ça.

— La tête à quoi ?

— La tête au jeu, la tête aux textes.

— La tête à rien ?

— La tête à rien.

— La tête à rien, OK… Pourtant tu fais des textes, là, quand tu parles.

— Samba, t'es fatigant des fois.

Fa-ti-gant, v'là que ça recommence ! Fatigant, épuisant. Je sais ça. Tout le monde le dit. Mama, Aïssatou, Eros. Le monde, quoi. Même moi j'me fatigue, je m'épuise des fois. Quand j'étais petit ma mère disait : *Il a réponse à tout*. C'est ça le truc chez moi, ça ne s'arrête jamais. Je ne sais pas me dire STOP.

Eros n'est pas pareil depuis quelques jours. *Différent, n'est plus le même que dans l'temps*[1]. Là, pas là : il est absent. Son corps est dans la pièce, sa tête est ailleurs et même son corps disparaît des fois pour aller je ne sais pas où. Le Volatile.

La nuit je l'entends. Ma chambre donne juste à côté de l'entrée de notre appartement – et de la sortie aussi. Quand quelqu'un est sur le palier, quand il appelle l'ascenseur, je l'entends vu que je suis dans ma chambre ou dans mon lit. Je dors mal, je dors peu, je ne dors pas comme tout le monde. Hier j'ai regardé mon portable, il était deux heures.

La mère d'Eros l'a suivi sur le palier.

— Eros tu as vu l'heure ?

— Laisse maman, va te coucher.

— Mais tu vas où comme ça ?

— Va te coucher j'te dis. J'peux pas dormir. Je vais faire un tour.

— Avec toutes ces racailles dehors ? Tu as vu ce qu'ils ont fait au petit Ramzi ?

— T'inquiète, je suis pas fou, je ne vais pas là-bas.

J'ai tiré sur mon oreille pour écarter le lobe un maximum et ça a drôlement bien marché : j'ai tout entendu. Tout. Le gars Eros s'est engouffré dans l'ascenseur. Et puis plus rien. La veille ? Pareil.

Aujourd'hui à la mairie, deux jours avant la fin du stage, il dormait debout. Je lui ai dit qu'il devrait dor-

---

1. Bams, « Différente », *op. cit.*

mir couché, la nuit plutôt, mais il n'a rien répondu. Fatigué, le gars. Et triste aussi, je vois ça. On dirait qu'il s'aime pas. Y a pas de lumière dans ses pupilles, y a rien qui brille. Alors qu'en temps normal, Eros c'est un type *brillant* : ça brille dans sa tête. Ça étincelle, même, comme ces bâtons qu'on allume pour un anniversaire ou pour le Nouvel An, des *cierges magiques* je crois.

Là il est à côté de moi ; il ne sait pas que je parle de lui. Il a l'air de ne penser à rien, d'avoir la tête vide – un truc qui ne m'arrive jamais. Fait semblant de regarder son écran, il ne regarde rien en vrai. Il tourne la tête vers la fenêtre ; son tee-shirt se déglingue un peu dans l'encolure.

— C'est quoi ça, Eros ?

— Quoi ?

— Ça, là.

Dans le bas de son cou, tout en bas, y a un truc. Une marque comme s'il s'était brûlé. Le geste brusque, Eros remet son tee-shirt en place.

— C'est rien. Laisse tomber et arrête de poser des questions.

— Ben je fais quoi alors, si je ne pose pas de questions ?

— Tu te tais, ça nous fera des vacances.

Voilà, je l'avais dit. Le gars n'est pas du tout dans son état normal.

Mowgli sait ça.

Ils se sont mis d'accord : un lieu discret, improbable, même, a été choisi à la sortie de l'autre bout de la ville. Un parking en bordure du périphérique, là où les poids lourds s'engagent pour filer vers le nord. Des monstres jusqu'à quarante tonnes hurlantes qui laissent derrière eux un halo de fumée noire, épaisse. L'enfer, ou presque.

Sandrine descend de sa voiture à l'abri des regards. Elle ne porte pas sa couleur, sa couleur pourpre, délaissée pour un beige passe-partout. De larges lunettes sombres barrent son regard. Elle fait claquer la portière d'une voiture empruntée, se dirige vers le coupé garé sur le côté. Walter en sort.

Les deux ne se saluent pas ; ils marchent côte à côte sur le bord de la petite route qui longe le parking, entre les camions arrêtés. Le vent ramène sur leur visage une fumée grise envahissante.

— Drôle d'endroit pour des retrouvailles.

— Des retrouvailles ? Mais nous ne nous sommes jamais perdus. Nous sommes même constamment face à face, Louis. La topologie du quartier a bien ou mal fait les choses, mais elle les a faites… Venons-en à ce qui nous occupe.

— Le fait, c'est cette histoire de film.

— Il n'y avait pas que Lascrime qui tournait à l'époque, oh non. Carlos Guierra était disjoncté, certes, mais pas sur tous les plans. Il ménageait ses arrières. D'autres caméras étaient cachées dans différentes pièces.

— Et pourquoi t'aurait-il donné des copies ?

— En échange d'un grand service. Carlos savait tout monnayer, tu le sais.

— Pourquoi est-ce que je devrais te croire ?

— Je me fiche que tu me croies ou pas, Louis. Mais forcément tu as un doute parce que tu sais que si ces films existent, ils pourraient te poser un gros, un très gros problème. Peut-être plus qu'à nous encore.

Elle rigole, maintenant.

— Arrête ça tu veux.

— Mon cher Walter, on ne me parle pas comme ça. On ne me parle plus comme ça. Je ne suis plus votre poupée, ni à Guierra ni même à toi ou à Lascrime. Ce que j'impose sur une scène, je l'impose aussi dans ma vie, sinon tout cela serait bien dérisoire. Alors, non, Walter, on ne me parle plus comme ça. Ni ordre, ni invective.

Les deux interrompent leur marche. Il n'y a que les voitures qui filent. Le vent. La poussière. Le bruit infernal. Walter et son silence.

— Qu'est-ce que tu proposes ?

— Une vraie bataille en bonne et due forme, sans coups bas. Tu reçois ton cher ami, vous faites votre parade, nous jouons notre pièce. Égal à égal. Et nous détruisons tous les films.

— C'est impossible. Clara Perrault est au courant. Pour les vôtres, j'entends. C'est elle qui se les est procurés.

— C'est ton problème, Louis. À toi de la maîtriser. Mais que les choses soient claires. Tu envoies quoi que ce soit à la presse et nous donnerons une nouvelle dimension à notre performance : une vidéo vraiment sexy projetée en fond de scène… Ça sera très *arty* et très informatif. Si nous tombons, tu tombes avec nous. Et toi, tu ne seras pas près de t'en remettre. Nous, nous oublierons la politique mais il nous restera le théâtre. Nous évoquerons l'époque, l'héritage des années soixante-dix, nous nous en sortirons même si ça prendra du temps. Toi…

— C'est bon, j'ai compris.

— Je sais que tu as compris. Lascrime me l'a toujours dit : tu es un homme très intelligent. Au fond, vous vous admirez, tous les deux. Davantage rivaux qu'ennemis. Les rivaux ont besoin les uns des autres pour exister. Alors je vais retourner à ma voiture. Démarrer. Et dès que je serai hors de vue, tu pourras rentrer chez toi.

Elle le laisse là, comme ça. Il la regarde s'éloigner. Partir.

Walter a pris sa décision et rien ne pourra la perturber.

Ils sortent d'un bâtiment à la façade multicolore, une maison de jeunes coincée au bord du boulevard des Maréchaux, entre Junkies City – hagards ils errent sur le boulevard – et le trottoir des sans-papiers ; ils campent là dans la rue, perdus dans ce monde qui les *accueille*.

Tout près, il y a aussi le square où dorment les enfants des rues échappés du Maroc, le square où chacun essaie de se créer un bout d'espace dans ce bout de France indigne. Les jeunes d'ici, leur décorum de tous les jours, c'est ça. C'est leur Paris à eux, périphérie intramuros de la capitale lumière.

Le Paname des touristes est un peu plus loin, presque au coin de l'avenue. Des fois, ils s'égarent, les touristes, confondent deux stations de métro aux noms presque similaires. S'engagent dans la mauvaise rue, au mauvais carrefour. Celui-là n'a plus de batterie sur son iPhone. Plus de GPS, plus de repères. L'autre, là, il déplie, retourne sa carte dans tous les sens, confond le nord et le sud. Et ils tombent là. Ça les fait voyager. Ils voient ce qu'ils ne devaient pas voir, pas savoir, pas connaître. Ce Paris-là.

Ils sortent du bâtiment à la façade multicolore qui tranche avec l'uniforme grisaille ambiante. Ils sont une dizaine, douze en fait, des garçons surtout, deux filles aussi. Des garçons noirs et deux Arabes, seules touches exotiques du paysage. Ils ont seize ans, dix-huit, vingt ans pour deux d'entre eux. Il y a aussi un homme, une femme, elle dans les quarante ans, lui dans les trente, ils avancent avec eux d'un pas tranquille. Les jeunes se vannent, ils vannent tout le temps, un sport de résistance. Et ils discutent aussi. En fait, ils sortent d'un *atelier*, le mot sonne bizarre. Mais c'est de là qu'ils viennent, un atelier histoire/mémoire. Chaque soir depuis une semaine, ils viennent apprendre, comparer, distancier, analyser.

La femme, c'est elle qui anime les séances ; l'homme, c'est un éducateur du centre. Au début, les jeunes n'étaient pas emballés. Trois heures à tafer, dix-huit à vingt et une heures, quand t'as les crocs en plus et qu'il fait beau dehors, trop beau pour s'enfermer…

Là, ils sont heureux. Fiers, même. Intéressés surtout. L'atelier est fini, jusqu'à demain au moins, et ils en parlent encore. L'un d'eux se rapproche de la femme ; il veut lui dire quelque chose.

— Madame, en vrai, on ne m'a jamais parlé comme ça.

Elle sourit un peu, une défense parce qu'elle ne sait pas vraiment quoi dire. Alors elle dit les mots qui sortent.

— Comme quoi ?

— Comme ça, là, comme vous faites. Comme à des gens qui pensent. Vous nous faites réfléchir, je kiffe ça.

Le jeune au bonnet bleu a entendu, il a seize ans, il s'approche.

— Moi aussi je kiffe.

La femme est touchée, un instant bouleversée, même, parce qu'elle sait l'intensité des séances ici. Elle ne veut pas le montrer. Elle veut cacher l'émotion, elle essaie en tout cas. Mais le garçon au bonnet bleu a vu tout ça. Il a compris. Les autres aussi. Ils ont compris. La femme sait que parmi eux certains ont pu participer aux rixes. Pas tous, une minorité sûrement. Mais elle n'est pas là pour faire des statistiques. Elle sait que c'est possible. Aïssatou Ouattara l'a prévenue. Elle a dit : *ceux qui participent ne sont pas tous des* cas ; *ils ne sont pas fondamentalement différents des autres*. Alors elle a ça en tête. Le jeune Ramzi. Les *abcès de violence* dont parle la presse. La *sauvagerie*. La *guerre des bandes*. Elle a tout ça en tête. L'éducateur du centre, il sait aussi.

Il était là d'ailleurs, au beau milieu de l'esplanade à s'opposer de son grand corps fragile, de toutes ses forces, les bras en croix, à en attraper un, en retenir un autre. À les supplier, menacer. Hurler, pleurer. Il sait aussi que beaucoup de *ses* jeunes, ceux qui fréquentent son centre, n'ont jamais approché ça, qu'ils n'ont jamais cautionné. Qu'ils en ont peur, même.

Avec Aïssatou, ils ont parlé à la femme des ateliers. Ils ont tout raconté. Ils ont dit : *Ces concentrés de pauvretés, ça nous dévore*. Ils ont mis l'accent sur le *s* : pas *une* pauvreté, non, *des* pauvretés et c'est là que ça se clashe aussi. C'est pour ça qu'elle est venue. Pour faire, dire, créer autre chose. Et ça a marché, au-delà des espérances. Motivés. Motivés.

Ils avancent sur le boulevard. La femme n'ose pas changer de trottoir. Elle ne veut pas exclure. Les jeunes, eux, ils lui disent : *Venez madame on traverse. C'est le périmètre des dealers ici.* Alors elle les suit sans hésiter, heureuse qu'ils aient pris l'initiative. Et puis elle les quitte, leur dit *à demain*. Elle repart vers son monde. Ses amis, sa famille. Son Paris à elle. Elle repart d'où elle vient. Eux restent là, ils restent d'où ils viennent. Le monde, le monde. Le monde, quoi.

Lorsque le garçon rentre chez lui, juste quand il glisse la clé dans la serrure, il entend la voix de sa mère qui parle avec son éducateur.

— Je ne suis pas là pour accuser ou vous juger, madame, nous allons voir toutes les familles, vous comme les autres. Je sais que vous faites de votre mieux.

— C'est difficile, je suis seule, monsieur.

— Je sais. Je suis là pour vous aider et pour aider votre fils, ensemble.

La mère l'a entendu entrer. Elle se lève.

— Viens, viens mon fils au bonnet bleu, viens t'asseoir là. On va parler avec monsieur. N'aie pas peur, viens. On veut seulement parler.

À la maison de jeunes où se pratiquent les ateliers, là où le garçon au bonnet bleu se rend chaque jour, il y a un directeur qui est un homme étonnant. Il a trente-sept ans, a grandi au Mali jusqu'à l'âge de seize ans. Et puis il a quitté le pays avec une partie de sa famille et l'homme a fait sa vie ici à Paris. Ici, dans cet arrondissement.

L'homme est un poète, un amoureux de philo et de beaux textes. Lorsqu'il s'exprime, ses doigts effilés sculptent l'espace. Et c'est aussi un directeur d'une efficacité hors-norme. Cette personnalité complexe, plurielle, a fait de lui un super-héros du quartier. Redouté et admiré, aimé et distancié. On attend son conseil, parfois en craignant son regard. On le salue tout le temps, partout. Le directeur, c'est le directeur.

Ce jour-là, à ce moment-là, l'homme est sur le pas de la porte du centre de jeunes. Son pied, sa jambe la tiennent entrouverte. Il cherche dans sa poche. Dehors, juste devant lui, le garçon attend. Il est sur son vélo. Le directeur lui a demandé quelque chose :

— J'attends un coup de fil important sur le fixe, je ne peux pas bouger d'ici et je n'ai rien mangé. Tu peux me prendre un truc à la boulangerie ?

— Oui quoi ?

— Allez : un pain au chocolat !

Le directeur sort de sa poche une pièce de deux euros et la claque dans la main du jeune au bonnet bleu avec cette énergie qui le caractérise. Il y a des instants très brefs qui ont l'intensité d'une éternité lorsqu'on les décompose. C'est ce qui se passe à ce moment-là.

Car ce geste-là a quatre témoins…

Dix minutes plus tôt, pas très loin de cette rue, sur l'esplanade, Geoffrey Williams est attablé en terrasse avec les quatre serveurs du N.Y. Spicy Shop. C'est le moment du point hebdomadaire : on parle du job, de l'ambiance, des cocktails, ce qui marche bien, les choses à changer, à faire évoluer. Ces rendez-vous soudent une équipe. L'échange se fait naturellement en anglais, la langue locale des commerces voisins. Pourtant, en observant autour de lui, Geoffrey laisse ressurgir une *touch* de langue française au milieu de leur conversation.

— Ils font quoi encore là, eux ? Depuis ce matin, ils n'arrêtent pas de nous tourner autour. C'est saoulant à force.

Omniprésentes depuis quelques jours, les deux voitures de police finissent par disparaître. Dix minutes plus tard elles entrent dans la rue de la maison de jeunes, passent tout doucement devant le centre, juste au moment où le directeur claque sa main dans celle du jeune au bonnet bleu.

— Allez : un pain au chocolat !

La voiture en tête s'arrête. L'autre l'imite. Deux flics sortent de la première ; au pas de charge ils se dirigent vers le directeur. Mais s'adressent au garçon, seulement à lui.

— Ouvre ta main, y a quoi là ? Montre !

Le directeur sourit. Il sourit parce que le décalage entre l'imagination des flics et la réalité l'amuse. Alors il sourit largement.

Le jeune, lui, ne l'entend pas de cette oreille.

— Pourquoi j'ouvrirais ma main ? Je fais rien, là, je rends un service.

— Un service ? Vraiment ? On les connaît tes services. Ouvre ta main j'te dis !

Toujours armé de son sourire aux lèvres, et ça ne plaît pas du tout aux policiers, le directeur se tourne vers le garçon au bonnet bleu.

— Allez, on ne va pas y passer la journée : montre-leur.

— Vous, on ne vous demande rien. La journée ici ou pas, c'est nous qui décidons.

Le jeune est choqué. On ne parle pas comme ça au directeur. Il n'a pas le temps de réagir et c'est peut-être une chance. Le flic se jette sur lui – et surtout sur sa main qui s'ouvre en trois secondes chrono. Le policier est formé à l'exercice : il a de la poigne, de la méthode. La pièce de deux euros scintille sous le soleil.

Le sourire du directeur s'élargit encore.

— Vous voyez ? La réponse est : *une pièce pour un pain au chocolat*. Énigme résolue. Merci messieurs.

— Tes papiers !

— Pardon ?

— Tes papiers !

On est passé du *vous* au *tu* mais c'est bien au directeur que les flics s'adressent. Directeur ou pas, pour ces flics, l'homme est avant tout un négro du quartier. C'est comme ça que ça se passe. Trouvant le temps long à l'intérieur, le tandem de la deuxième voiture en descend à son tour.

— Qu'est-ce qui se passe ?

— Le gars a raté sa vocation : il veut jouer au comique. Mais voilà on n'est pas bon public aujourd'hui. On n'est pas d'humeur.

Les deux nouveaux jouent aux malins pour être de la partie.

— Il nous la fait *stand-up* ? C'est comme ça qu'on dit chez vous, non ?

Le garçon au bonnet bleu n'en revient pas.

— Monsieur, comment ils vous parlent là, c'est abusé !

— Ne t'occupe pas de ça, s'il te plaît. Messieurs, j'ai une question : suis-je obligé d'avoir mes papiers sur moi ?

— On a droit à la version juriste maintenant.

— Suis-je obligé de les avoir sur moi ? Parce qu'ils se trouvent dans la poche de ma veste qui est sur un portemanteau dans mon bureau au deuxième étage. Et j'aimerais connaître mes droits.

— Assez rigolé, maintenant tu vas voir que tu vas changer de ton !

Joignant le geste à la parole, le flic pousse d'un coup le directeur à l'intérieur ; il s'engouffre dans le hall suivi par ses trois collègues. Alors les policiers mettent les pieds dans le centre en bousculant le directeur et en le tutoyant.

Dans le hall, il y a deux animateurs qui travaillent sous la responsabilité du directeur, un homme de ménage, quatre ados qui jouent au baby-foot, trois autres qui surfent sur des PC. Tous figés par la surprise et la consternation.

Le plus calmement du monde, le directeur sort son portable et commence à filmer.

— Arrête ça !

— C'est ma deuxième question : est-ce que la loi m'autorise à filmer cette scène ou pas ?

Tout autour de lui, les jeunes et le personnel restent bouche bée, grande ouverte – impossible d'arriver à prononcer un mot, un seul.

— C'est ma deuxième question : est-ce que la loi m'autorise à filmer ou pas ?

Un silence, rien d'autre, jusqu'à ce que le geste de trop arrive… Un flic, un petit blond râblé, saisit sa matraque et la brandit vers le directeur. Il ne frappe pas. Son collègue, un rapide, le stoppe en plein vol. Et là chacune, chacun, fait un pas en avant. Et chaque pas est une menace.

Dans l'ouverture de la porte, le garçon au bonnet bleu lâche son vélo qui s'effondre sur le sol brûlant. Ce geste-là, cette insulte faite au directeur, n'aurait pas dû être. Conscient du risque, le deuxième flic reprend les choses en main.

— Allez, allez, tout le monde se calme. On va filer s'expliquer au commissariat.

Imperturbable – en apparence –, le directeur acquiesce.

— Eh bien messieurs, n'ayant strictement rien à nous reprocher, nous vous suivons sans problème.

Accompagné du jeune, lui, son bonnet, et des quatre flics, l'homme se dirige vers la sortie. Juste avant d'en franchir le seuil, il se retourne vers les témoins.

— Le commissaire appréciera. Ne vous inquiétez surtout pas, nous serons de retour dans une heure. Et la journée reprendra son cours, exactement comme elle avait commencé.

— Samba, Eros, allez-y, faites-les entrer !

La conférence de presse peut démarrer. Tous portent leur costume de deuil, toute l'équipe est en noir. Les journalistes se pressent dans la salle des fêtes. Entre la mort du jeune Ramzi et la venue du candidat européen, l'air est dense d'une incroyable fébrilité. Louis Walter est au centre, entouré de ses adjoints pour le décor. Clara Perrault se tient sur le côté.

Assise au premier rang dans un ensemble bleu pétrole, flanquée de son photographe attitré toujours hirsute, la reporter d'*Info Matin* lui adresse un signe de salutation. Clara répond discrètement. Derniers réglages de son. Lumière. Ça démarre. Louis Walter prend la parole.

— Bonjour à tous, merci d'être venus si nombreux en ce jour si particulier. Un jour particulier d'abord car nous sommes tous en deuil. Un jeune habitant de l'arrondissement, Ramzi El Ouarghi, a été fauché par la mort, non loin d'ici, il y a seulement trois jours. Nos premières pensées vont à sa famille à qui nous adressons toute notre amitié, notre soutien et nos condoléances les plus chaleureuses. Mais surtout, notre rôle est d'agir. Nous travaillons d'arrache-pied pour faire cesser le laxisme hérité de nos prédécesseurs et des arrondissements voisins, afin de mener une politique équilibrée entre prévention – et je tiens à saluer le travail des équipes jeunesse, particulièrement celles et ceux qui ne partagent d'ordinaire pas mes convictions –, entre prévention donc et contrôle. Nous avons considérablement augmenté le budget de la police municipale qui sera désormais armée, comme la loi l'y autorise dans certains cas, et nous avons développé la collaboration avec la police nationale. J'ai par ailleurs écrit au ministre de l'Intérieur afin de demander à expérimenter dans notre arrondissement une pratique systématique des contrôles d'identité et sans aucun encadrement, pour que nos policiers ne se sentent plus suspectés de quoi que ce soit, qu'ils puissent agir comme bon leur semble. Ils ont toute ma confiance et ils le savent.

Dans l'assistance, visible et bien centrale, une jeune femme se lève. Droite. Raide, même. Elle quitte l'assemblée. Le but assumé, chacun l'a compris, est de se faire remarquer.

La journaliste d'*Info Matin* presse son photographe.

— Aïssatou Ouattara ! Vas-y, vas-y, ne la loupe pas !

Imperturbable, Walter reprend.

— Notre sécurité doit s'harmoniser et s'enrichir de l'expérience des capitales voisines et, à ce titre aussi, je me réjouis de la venue demain du premier maire – si les pronostics se confirment dans les urnes – d'une grande métropole européenne, issu des nouvelles droites. Comme vous le savez, ce sera sa première visite à l'étranger et la veille de sa probable élection. Quel symbole ! Je sais… Je sais que tous ici ne s'en réjouissent pas. Nous sommes en démocratie. Et je la respecte contrairement aux prévisions ubuesques de certains de mes opposants. Le théâtre Antoine-Vitez a, de son côté, choisi de manifester son mécontentement avec un spectacle qui sera joué demain en extérieur, ici, face à la mairie.

Convulsive, Clara Perrault sursaute sur sa chaise. *Mais qu'est-ce qui lui prend ?* Un brouhaha envahit la salle. Walter calme le jeu.

— Eh oui, vous voyez : c'est moi qui vous l'apprends. Preuve s'il en est que je suis soucieux de l'information culturelle – et démocratique – dans notre arrondissement !

Son sourire azur désamorce l'assistance. Clara ne sait plus quoi penser. Elle s'est levée. Scrute chaque visage, épie chaque réaction. La surprise semble provoquer un effet positif.

— Bref : une journée chargée vous attend demain ! Je vous conseille de prendre des forces. Vu toutes ces circonstances si particulières, vous le comprendrez j'en suis sûr, nous éviterons aujourd'hui le temps des traditionnelles questions-réponses. Je vous retrouverai après-demain à dix-huit heures pour un bilan de cette visite et, c'est promis, je serai alors tout à vous. Je vous remercie.

La fièvre s'empare de l'assemblée. *Monsieur le Maire, monsieur le Maire, une question…*

Walter ne s'attarde pas. Il se dirige sans attendre vers son bureau. Clara Perrault le rejoint dans l'ascenseur juste avant que les portes ne se referment. Les voilà face à face.

— Bien joué, j'avoue.

— Merci Clara. Les solutions viennent parfois d'idées très simples et très spontanées.

— Spontanées, vraiment ?

— Tout à fait. Sinon je vous aurais consultée, bien évidemment.

— Donc nous annulons tout…

— Tout. L'adjoint sécurité est en train de récupérer les films et les copies numérisées. Nous n'avons pas besoin de ça.

— Cela aurait pourtant éliminé Lascrime. Et définitivement.

— Je préfère gagner la bataille, même ponctuelle, avec mes arguments. Quoi qu'il fasse demain, chacun aura mon annonce en tête. Celui qui sortira la tête haute, c'est moi.

— Bien. Comme vous voulez.

Saisissant la remarque au vol, Walter fixe les pupilles de Clara Perrault.

— Oui Clara, vous l'avez dit. C'est comme je veux. C'est exactement ça.

Les portes s'ouvrent. Walter regagne son bureau.

Besoin de traverser le pont, ce pont, en courant, en hurlant.

Besoin que ça sorte.

Elle court, un exorcisme. Elle hurle. Un cérémonial.

Elle le traverse dans un sens, dans l'autre. Ses pas résonnent sur les lames de métal. Passe par-dessus les frontières. Les enjambe. Son mur de Berlin à elle. Une fois, deux fois, trois fois. Là, juste au-dessus de la voie ferrée habillée des graphes multicolores.

L'un d'eux rend un hommage à Ramzi. *Mort pour rien.*

Elle pleure aussi. Tout ça sort de son corps et par tous les pores d'elle-même. Elle expulse.

Enfin, elle a décidé : demain elle remet sa démission. Rien ne pourra la faire changer d'avis.

Elle commence autre chose. C'est là juste devant elle. Elle ne sait pas quoi, elle ne sait pas ce que c'est. Pour l'instant elle s'en fiche.

Mais ça sera autre chose, et ça c'est une certitude.

Elle refait cette traversée, une, deux, trois fois. Hurlante, la Lune pour témoin. Grisée de nuit. Elle refait cette traversée et se jette dans les bras de Geoffrey, autre témoin de sa course libératrice.

Elle se jette dans ses bras et lui dit tout tout bas des mots, des *mots bleus*, *les mots qu'on dit avec les yeux*[1]. Lui murmure ces mots-là.

— Tu me raconteras ta vie, avant.

— Je te raconterai.

— On ne peut pas vivre avec des ombres.

— Je sais.

— On ne peut pas vivre avec des fantômes.

— Je te raconterai. Pas tout mais l'essentiel.

— On ne raconte jamais tout.

Elle sourit.

— Tu sais quoi ?

— Dis-moi ?

— Fini ! Fini les pressions, fini Walter, fini les devoirs. Je veux être une citoyenne lambda. Fini, oui, fini !

Son cri s'envole dans la nuit.

Il y a comme un écho qui traverse la ville, survole l'esplanade.

— Fini !

Son cri s'échappe. Il s'envole, s'envole ; il s'envole on ne sait où.

Libre comme elle peut l'être. Aérien. Définitif. Presque léger.

Presque insouciant.

— Fini !

---

1. Christophe, « Les mots bleus », *Les Mots bleus*, 1974.

« Toute la journée, j'ai senti une sorte de compte à rebours. On allait vers un drame, c'était palpable dans l'air, tout autour de nous. Cette sensation prémonitoire m'a habitée durant toutes ces heures.

— Vous aviez une idée de ce qui allait arriver ?

— Aucune. Mais je savais que cette journée finirait mal, très mal. Je l'ai dit à Lascrime. Mais j'étais incapable de préciser ce sentiment donc…

— Donc ?

— Donc ça n'a rien changé au cours des choses. Et c'est terrible. »

Il erre parmi les ombres. Les ombres du canal. Ses pas avancent, lui tête baissée, les chuchotements le frôlent. Les voix se mêlent les unes aux autres. Celles des ados venus prendre l'air. L'air, oui. Une obsession dans ce Paris brûlant.

Il entend ça, des mots, des bouts de phrases, des rires. L'écho. On se marre, on se marre, on rigole des pédés qui, juste un peu plus loin, se jouent une autre comédie. La comédie du désir où chacun bâtit sa propre prison. La comédie de la place, celle de la place assignée. La comédie de la misère moite.

Trouble, lourde nuit. Les jeunes se marrent, ils rigolent des pédés, un jeu, des rires, des mots, des bouts de phrases. Tous ces Blancs venus chercher du mâle, du sexe de racaille. Se livrer au concours des humiliations. Le pédé est un Blanc. Un Blanc tordu. Le *Black*, l'*Arabe*... des corps tordus sous le poids de leur désir.

Il erre parmi les ombres, drôle de funambule sans fil. Ses pas avancent, lui tête baissée, les chuchotements le frôlent. Parfois, un éclat. L'écho d'un éclat fait comme un ricochet sur l'eau. Il continue sa route.

Croise les regards inquisiteurs de ceux qui cherchent sa race. Sa jeunesse. Ils veulent sa race pour lui jouer le jeu de l'humiliation. Le silence succède aux rires, aux mots, aux éclats.

Il titube de l'un à l'autre. Titube, titube le gars. Chante pourtant, chantonne :

Je t'aime
À la folie
Passionnément
À l'ammoniaque[1].

Eros, perdu, fin de nuit.

1. PNL, « À l'ammoniaque », *Deux frères*, 2019.

— Entre mon garçon, entre.

Eros pousse son grand corps à l'intérieur du bureau de Walter. Le maire est fébrile, on le sent, on le voit à ses gestes et ça s'entend aussi.

— Personne ne t'a vu venir ?

— Non, personne.

— Tu es entré par la petite porte comme l'autre soir ?

— Oui, comme l'autre soir.

— Tu as attendu que le gardien fasse sa pause de minuit ?

— Oui et j'ai utilisé le code privé pour passer la porte. J'étais seul, personne ne m'a vu.

— Tu en es sûr ?

— Sûr, oui.

Eros répond machinalement. Il connaît ces questions par cœur, toutes ces questions, un rituel en somme. Walter passe une main tremblante sur son visage humide.

— Je vais réactiver la caméra de surveillance, une seconde (et puis il s'interrompt). Je suis fou, je ne devrais pas te faire venir ici. Mais chez moi, c'est encore pire. Il y a toujours un photographe qui cherche. Celui d'*Info Matin*, là. D'autres aussi. Ils me cherchent tous. Mais c'est plus fort que moi, c'est plus fort que moi, Eros.

— Ne vous inquiétez pas monsieur Walter, je fais attention.

— Entre, entre. Tu veux boire quelque chose ? Assieds-toi.

Eros assoit son grand corps dans le canapé, un peu gêné de toute la place qu'il prend. C'est toujours comme ça – et depuis longtemps. Il ne sait pas quoi faire de lui-même. Walter se sert un whisky et lui tend un verre de jus.

— Du jus de poire, hein, c'est ce que tu aimes, c'est ça ?

— Oui c'est ça monsieur Walter.

— Tant mieux, tant mieux.

Eros regarde le sol. Il ne sait pas quoi dire, pas quoi faire. Alors il attend. Assis dans le grand fauteuil, Walter le dévisage. Et il le cherche en fait : les deux sont face à face dans la pénombre. Impossible d'allumer une lumière… Trop risqué. Il y a cette lueur qui vient de la petite pièce à part, protégée de la baie vitrée et de toute autre ouverture. La pièce du coffre-fort, le spot du plafond irradie quelque peu à travers le grand bureau. C'est dans cet espace-là, cette lueur traversante, que ses yeux le cherchent.

— Je ne t'ai jamais oublié, Eros. Jamais.

Lui non plus ne l'a pas oublié. Comment faire autrement ? Est-ce qu'on peut oublier ça ? Ces gestes, ces mains, ces mots-là. Peut-on les oublier ?

Les rayer de sa mémoire, de ses rêves, de ses cauchemars ? Walter se lève du fauteuil, fait quelques pas.

— Si quelqu'un savait que tu es là…

— Ça serait très gênant pour vous monsieur Walter, je peux imaginer. Alors…

— Alors ?

— Ne vous inquiétez pas, ça serait aussi gênant pour moi. D'une autre manière bien sûr mais ça serait aussi gênant.

Eros s'étonne de formuler les choses comme ça, aussi clairement. Ça n'est pas dans ses habitudes d'exprimer les choses, de dire ce qu'il pense, ce qu'il ressent. Ce qui le traverse. D'être libre, même le temps d'une parenthèse, ça ne lui ressemble pas.

Walter le rejoint sur le canapé.

— Approche. Viens, viens.

Eros glisse son grand corps sur les coussins du canapé. Il se rapproche maladroitement de Walter. Devine son souffle dans son cou.

Ce souffle-là, comment peut-on l'oublier ? Ce qui s'efface un jour ressurgit une nuit. Le doigt de Walter effleure son visage.

— Ta couleur pure, sans accroc, parfaite… J'ai connu un jeune homme il y a longtemps, vingt ans peut-être, il avait cette couleur-là. La même. Mate, noire, bleue. Profonde. La même texture. Lisse. J'aime la profondeur de ta peau. Il s'appelait Sekou. Il avait ton parfum. Il avait ton odeur.

— Je ne m'appelle pas Sekou, monsieur Walter.

— Je sais Eros, je sais. Je sais qui tu es. C'est seulement… ton parfum, ta couleur… Attends, attends.

Ne bouge pas, attends, je vais te montrer quelque chose.

Walter se dirige vers son coffre-fort qui s'ouvre dès le code secret activé. Il en retire son ordinateur. Walter rejoint Eros.

— Tu vas voir, tu vas voir. Je vais te montrer de belles images.

— Je n'ai pas envie de les voir.

— Mais si ! Tu aimais mes images.

— Non, monsieur Walter, je ne les ai jamais aimées.

— Regarde Eros, regarde.

Alors il lui montre ces corps. Des corps noirs, jeunes, comme lui. Noirs, jeunes. Nus.

— Pourquoi es-tu revenu, Eros ?

— J'avais besoin de ce stage. Pas plus.

— Mais quand je t'ai proposé de me rendre visite un soir, tu as accepté.

— Oui.

— Un soir, une nuit. Pourquoi ?

— Je ne sais pas. C'est difficile à dire.

— Pourquoi ?

Un temps s'écoule, un temps fait d'un silence lourd. D'une immobilité. Un temps qui dure. Puis…

L'étouffement d'un cri doublé d'un halètement, des soupirs, des claquements. Des gémissements percent l'obscurité.

— Tu n'aurais pas dû revenir.

Il n'y a que ce désir, une sauvagerie de désir. On devine un mouvement, une moiteur. En tendant l'oreille, on devine une chanson perdue dans un écho, une voix déchirée, une voix suppliante.

I can't live, I can't live without you, can't live, can't live without you.

I can't live, I can't live without you, can't live, I can't give anymore...

— Tu aimes cette chanson Eros, tu l'aimes ?

— Oui, j'aime.

— Je la connais depuis peu de temps. Je l'ai entendue dans un bar, un soir. Elle m'a fait penser à toi. Elle est pour toi, Eros. Donne-moi ton parfum, donne-le-moi. Laisse-moi toucher tes cheveux, ta broussaille. Donne-moi ton odeur.

Plus qu'un soupir, un rugissement. Ce n'est même plus un homme. Un souffle fort, celui d'une bête, un halètement.

La cadence s'accélère, frénétique, régulière, tout en sueur trouble, en moiteur. Il n'y a que ce halètement, l'autre n'existe pas.

On devine une humiliation, une résistance autant qu'une excitation.

Ce n'est même plus un homme. C'est un fauve.

10

TRAGÉDIE

Quatre mois auparavant, le lendemain de son élection, et sans attendre un jour de plus, sa femme avait prononcé quatre mots : *Bye-bye, contrat rempli.* La décision n'avait pas surpris Walter. Elle était prise depuis deux ans. Mme Walter était une épouse organisée et prévoyante.

Deux étés plus tôt, le couple profitait d'un week-end chez des amis dans une belle chaumière normande entourée de verdure. Le petit groupe avait déjeuné dehors. L'atmosphère était détendue, presque sereine. Mme Walter aimait marcher, c'était son sport favori. Pas à son mari. Chacun avait donc arrangé son après-midi avant de convenir de retrouvailles vers dix-sept heures pour partager une tasse de thé entre amis. Mais les choses se passèrent très différemment… et il n'y eut jamais de tasse de thé. Au grand désespoir de leurs hôtes – des militants Nouvelle Droite de la première heure – qui s'en faisaient pourtant une joie.

Lorsque Mme Walter sortit de la maison pour entamer sa longue balade et que Louis s'installa dans un confortable fauteuil à l'ombre, leur couple d'amis se mit d'accord sur la répartition des rôles. La maîtresse de maison profiterait de ces quelques heures pour terminer un travail qui devait être remis deux jours plus tard. Son mari resterait avec Walter pour tenir compagnie à son bon copain – promis à une superbe carrière.

— C'est un très bel endroit, vraiment.

— Merci, Louis, ça me fait plaisir que tu l'apprécies. Je suis attaché à cette maison. Je l'ai achetée avec mon ex-femme. Alors tu sais, nous mettre d'accord pour que je puisse la garder après notre divorce, ça n'a pas été facile-facile.

— C'est souvent compliqué.

— Oui. Mais voilà, nous sommes là, enfin ! Et même de moins en moins à Paris. En fait on a la chance, et c'est assez rare dans le coin, d'avoir une bonne connexion internet. Du coup on peut travailler ici sans problème. Ça change tout.

— L'environnement a l'air très sympa en plus.

— Les gens sont charmants. Ils prennent leur temps. Le seul souci, c'est un centre d'ados à deux kilomètres d'ici. Ça, c'est pas terrible. Ils sont là depuis six mois. Tous les week-ends et toutes les vacances, ça ne désemplit pas.

— Les jeunes posent problème ?

— Ce sont des lascars de banlieue, tu vois… Beaucoup de nègres et d'Arabes. On en a assez à Paris. Racaille City en Normandie… On ne vient pas ici pour retrouver ce genre de population, même si au Havre…

— Ça j'imagine.

— Mais bon on n'y peut rien. On a bien essayé de protester mais jusqu'ici ça n'a rien donné. On relancera à leur première connerie. Ça ne devrait pas tarder.

— Logiquement, non.

Les deux hommes ont rigolé ensemble en parfaite complicité.

— Et il est où exactement ce centre ?

Louis Walter n'aimait pas la marche, non. Surtout pas en campagne. Pourtant il réussit à convaincre son ami qu'une promenade solitaire lui ferait, même à lui, le plus grand bien. Besoin de faire le point sur un certain nombre de choses, sorte d'urgence d'introspection.

Sa femme, elle, en était à son septième kilomètre lorsque, voyant l'heure passée, elle décida à grand regret de faire marche arrière.

Lors de son retour, elle continua de profiter de cette verte perspective et du soleil au diapason. Jusqu'au moment où, tout peut arriver, jusqu'au moment où elle croisa son mari accompagné.

Deux heures plus tard, leurs amis eurent la surprise de les voir revenir ensemble. Ce bon moment ne dura pas. À peine entrée dans la maison, Mme Walter leur fit une déclaration des plus surprenante. Placide mais décidée.

— Excusez-nous mais nous allons rentrer à Paris. Vous m'en voyez désolée mais ce week-end n'a vraiment plus aucun sens pour moi.

Juste le temps de récupérer leurs sacs, les Walter s'engouffrèrent dans leur voiture. Les exilés normands eurent beau leur adresser un signe bucolique, un *au revoir* depuis le seuil de leur maison bordé de rosiers pastel, ils ne reçurent aucune réponse en retour. À Paris, la discussion chez les Walter fut brève mais efficace.

— Dix mille euros si tu restes jusqu'aux élections.

— Quinze mille.

— Vendu.

Mme Walter fit tranquillement ses cartons. *Bye-bye, contrat rempli.* Pas de souci, le déménageur était depuis longtemps réservé. Rien à dire : Mme Walter était une femme organisée et très prévoyante.

Le jour J, enfin. Le jour J.

Le visage du quartier bascule en mode kermesse standing, un cocktail inédit franchouillard-américain sans oublier les drapeaux de la nation invitée et ceux de l'Europe – une première pour l'extrême droite. Les quartiers blancs de l'arrondissement ont été copieusement mobilisés et motivés, histoire de rééquilibrer le paysage.

Les terroirs sont célébrés, au même titre que les théories-business du *Malheur français* : les auteurs polémistes sont accueillis comme des messies. Des pom-pom girls relookées bleu blanc rouge distribuent le programme des festivités à grand renfort de fanfares exubérantes. Au dernier moment la performance de la troupe Lascrime-Rigal a été ajoutée au dépliant, entourée de smileys *mort de rire*, sous le titre : *Démocratie locale : le théâtre protestataire s'invite à la fête*.

Et le soleil irradie comme s'il sponsorisait l'événement.

Lascrime est furieux. Furieux.

— En nous annonçant en conférence de presse et, en plus, dans les programmes, il nous ridiculise. C'est le pire qui pouvait nous arriver.

— Le pire ? Non mais tu rigoles ?

Installée sur sa chaise face au miroir, les cheveux retenus par une serviette blanche, Sandrine se lève brutalement. Elle est exaspérée.

— Pour mémoire nous avons frôlé un énorme scandale dont nous sortons indemnes, alors réjouis-toi. Et autant que tu le saches dorénavant : je n'avais pas la moindre image compromettante sur Walter. Rien, *nada*. Nous serions tombés seuls. Alors arrête de te plaindre et sors de ma loge. J'aimerais me concentrer ou me détendre avant le maquillage si tu n'y vois pas d'inconvénient.

Penaud, Lascrime quitte la petite pièce tout emplie de souvenirs. Leur arrivée dans ce lieu magique, la première générale. Leur Molière il y a trois ans. Tout est là. Tout et plus encore.

Quelques minutes après son départ, leur fille frappe à la porte.

— Je peux entrer ?

Sandrine l'accueille en manifestant un vrai bonheur de la retrouver.

— Entre ma belle, d'autant que tu te fais rare !

— Oups, des reproches ?

— Ah non surtout pas. J'ai besoin de *zénitude*. Avec toi, ça le fera très bien. Alors bella, ça te fait quoi de vivre sans nous ?

— Ben… C'est… Y a quelque chose qui me fait vraiment, vraiment, vraiment du bien, c'est de ne plus entendre les mots *projet* et *création* quinze fois par jour. Ça, c'est… exceptionnel.

— Ah oui je comprends, mais ça c'est ton père, hein ? Tu sais moi, le théâtre, c'est une passion et un travail, ce n'est pas…

— Pas une identité ?

— Oui, voilà, tu as raison, c'est exactement ça. Et c'est toute la différence avec ton père. Tu es d'accord j'espère ? C'est drôle, je ne me l'étais jamais formulé avec ces mots-là. Comme quoi… Ma mère, ta belle grand-mère, disait tout le temps : *Elle avait raison la vieille qui ne voulait pas mourir*. Parce que la vie nous apprend chaque jour quelque chose.

— Ah c'est joli, ça me plaît. Tu aurais un peu de temps pour manger quelque chose dans le coin ?

— Hélas non, la maquilleuse va bientôt arriver. Mais emmène ton père. Ça lui fera le plus grand bien.

— Ah ça non merci. Il est tellement chochotte quand il s'agit de manger.

Sandrine éclate de rire. Un rire nerveux.

— Ah bella, c'est comme ça les *arrrrtistes*, les hommes surtout. Tu comprends : leur équilibre, leur énergie, leur digestion sont *tellllllement* importants. Leur corps, leur corps… On ne plaisante pas avec ces choses-là. C'est de l'ordre du sacré. Ils sont grotesques et bien sûr ils ne s'en rendent pas compte. Le narcissisme, chérie, c'est leur moteur. Je pourrais écrire des pages et des pages sur le narcissisme.

— Je vois que tu es en forme.

Un instant hésitant, le visage de Sandrine s'assombrit. Perdre pied.

— Ça va maman ?

— Eh bien…

— Qu'est-ce qu'il y a ?

— Je ne sais pas trop. C'est compliqué avec ton père en ce moment.

— Ça a toujours été compliqué.

— C'est beaucoup plus compliqué depuis quelque temps. Mais surtout…

— Quoi ?

— Il y a cette chose. Une chose étrange qui me tord le ventre. Je la sens, là.

Camille repartie, la maquilleuse rejoint Sandrine. Les deux femmes travaillent ensemble depuis dix ans. Entre elles, la confiance est immense.

— Et il en faut pour donner son visage à quelqu'un. Surtout à mon âge.

— Arrête ça : tu es radieuse. Je fais comme nous avons convenu ?

— Je voudrais changer quelque chose si tu es d'accord.

— Dis-moi.

— La peau. Je voudrais qu'elle soit comme un masque. Un visage sur mon visage. Je voudrais que mon personnage soit double et que ça vienne de la peau. Sa peau. Tu veux bien faire ça ?

— Belle idée. On en parle à Lascrime ?

— Ce n'est pas la peine. Il aimera, j'en suis sûre. Alors j'assume le changement.

— Entendu, c'est parti ma belle. Détends-toi un peu.

— Me détendre ? Oui, oui, c'est promis : je vais essayer de faire ça.

Cet instant-là. Sous l'incessant crépitement des appareils photo et le doux ronronnement des caméras, le futur maire européen descend de sa voiture pour gravir les marches de la mairie suivi de sa femme et de ses gardes du corps, cet instant-là restera à jamais gravé dans la mémoire de Louis Walter et dans celle de Clara Perrault, artisane souterraine de l'événement.

C'est aussi le moment où Sandrine Rigal, doublée de son masque livide créé comme une deuxième peau, traverse l'espace consacré à la performance devant le théâtre Antoine-Vitez, direct face à la mairie. Journalistes, photographes et curieux se croisent dans un improbable ballet allant d'une scène à l'autre. Ça devient comme un jeu, des gamins courent de bout en bout, un jeu d'allers et retours témoin de cette incroyable *battle*[1] sous un soleil de feu. Les fidèles, eux, Nouvelle Droite d'un côté, gauche et centre de l'autre, refusent de jeter le moindre coup d'œil à la performance concurrente. Quant aux maigres

1. *Battle* : duel de danseurs hip-hop.

troupes de la droite classique, la droite d'avant, elles ont visiblement préféré rester chez elles. Autant dire que personne ne s'aperçoit de leur absence.

L'entrée en scène d'Evann est largement applaudie et… tout autant sifflée. Mais le garçon aux yeux vert bronze ne se démonte pas.

Il assure.

Difficile de dire ce qu'un audimat mesurerait dans ce duel d'exhibitions, tant chaque camp rivalise de vocalises inattendues.

Flanquée de son photographe plus hirsute que jamais, charmante dans son tailleur vert printemps, la reporter d'*Info Matin* virevolte sur la place, elle ne sait plus où donner de la tête. La journaliste anime un *live* tourbillonnant pour le site du média préféré des Parisiens.

— L'ambiance est incroyable ici ! Les forces de sécurité quadrillent tout l'arrondissement, on sent bien que pour chaque partie le challenge est juste é-n-o-r-m-e. Tout le pays – et au-delà, l'Europe – n'a d'yeux que pour cette rencontre historique. Cela semble en effet certain : l'invité de Louis Walter devrait bien être demain soir le premier maire Nouvelle Droite d'une grande capitale européenne. Et cela donne des ailes au leader français qui se plaît à s'afficher comme le proche cousin du probable gagnant. Ce jour-là, c'est certain, ce jour-là fera date.

Allez, on s'éclipse ?

Le gars est tétanisé ou quoi ? Je le tire par la manche de son sweat Nike à capuche sans manches lavable en machine, confectionné *dans un tissu d'une douceur exceptionnelle qui ne colle pas à la peau avec une technologie Dri-FIT qui évacue la transpiration*, 49 % rayonne / 45 % polyester / 6 % élasthanne.

Mais le gars est cloué sur place, les yeux rivés sur Walter. Comme s'il avait une vision. Halluciné ? Je lui montre ce que le site de l'AccorHotels Arena indique : *Nous vous conseillons de bien vérifier votre entrée sur le billet avant votre arrivée. Nous vous rappelons que nous ouvrons les portes entre 1 h 30 et 2 heures avant chaque événement.*

— OK, on y va. T'as bien les billets ?

Les billets ! Le gars me demande si j'ai les billets ! Sérieux ou quoi ? Les billets qui restent jour et nuit dans ma main depuis soixante-douze heures, lâchés à regret juste le temps de prendre mes douches. Et l'autre me demande si j'ai bien les billets ?

— OK, on y va. T'as bien les billets ?

Assez discuté, on se met en route. *A long way to go.*

Dès qu'on sort du métro, les immenses lettres nous sautent aux yeux. PNL en concert (*complet*). Un selfie, deux selfies devant les affiches et l'entrée. Après ça, je laisse Eros nous guider pour tout ce qui est des bons contrôles, le bac à gauche, le bac à droite, le bon côté et l'autre côté, la bonne entrée, le bon couloir, la bonne porte, le bon hall, les bonnes places et *tutti quanti*. Chacun sa compétence et ça, c'est clair, c'est pas la mienne.

Deux heures plus tard, c'est l'ex-ta-se. Le bonheur, enfin je crois que c'est ça le bonheur. L'extase en tout cas oui. Le kiff, quoi. PNL sur scène.

PNL est là, ouais, devant moi, devant nous.

Devant nous ? Eros le Volatile s'est envolé, tout comme son nom l'indique.

Envolé, j'vous dis !

Vingt-trois heures trente, tout est fini.

Treize heures non-stop de cérémonies, discours, représentations, interviews, re-discours, confs de presse, re-interviews, sollicitations, selfies, photos officielles, réceptions diverses… après des semaines de conception, préparation, réunions, tractations, communication, sécurisation, anticipation, résolutions, compromis, mise en scène, mises en forme, protocoles…

À vingt-trois heures trente, ce jour-là, bien au-delà des haines qui les animent et les opposent, Louis Walter, Clara Perrault, Jacques Lascrime, Sandrine Rigal partagent une même sensation. L'épuisement. Vidés. Seul Evann semble surexcité à virevolter dans la grande salle du théâtre lorsque, une à une, les lampes s'éteignent enfin. Son costume couleur bronze, assorti à ses yeux, lui va comme un gant. Il est paré, impeccable.

— Non mais quoi vous allez vous coucher, là ?

Lascrime le dévisage, hagard. Sandrine, elle, se sent plutôt bien malgré cette immense fatigue qui envahit son corps, ses muscles et toute sa tête. Les jambes sont lourdes mais l'esprit léger. Son effroyable pressentiment ne s'est pas réalisé, aucun drame, rien. Et c'est bien là l'essentiel.

— Va faire la fête baby, tu as été formidable. Toute la presse va parler de toi, tu vas voir. Nous avons privatisé le N.Y. Spicy Shop, il y aura du champagne et tout. Vas-y avec les autres, vraiment. Moi j'en suis incapable. Je n'ai plus de force. Et j'ai un grand, grand besoin de calme. Vas-y, je t'en prie. Je préfère être seule. On prendra une coupe demain, c'est promis. Nous fêterons ensemble ton succès. Nous avons tout le temps désormais.

Alors tout le monde quitte le théâtre. Sandrine Rigal rejoint son appartement situé sur la même place, à quelques mètres de là. Elle regarde depuis le hall les trois étages qu'il lui faudra grimper et ça lui semble insurmontable.

Seul Lascrime reste ; il veut s'enfermer seul dans son bureau. Revivre les instants à son rythme. Et cela n'étonne personne, c'est toujours comme ça que ça se passe : son rituel après chaque première. Alors les gens n'insistent pas. Chacun le sait : en ces moments, la fête n'est pas pour lui.

Ce besoin de solitude après l'intensité de l'événement, Lascrime le ressent, tout comme Louis Walter. Le *frère de sang*. Le maire a choisi de boire un verre dans son bureau pour fêter le succès à sa manière. Il invitera Clara Perrault demain soir dans un beau restau, une auberge ultrachic. Et il lui proposera une promotion dont elle devrait se réjouir. Ce soir, elle a compris son épuisement partagé. Quelle journée !

Tous les médias étaient présents, tous. Aucun fait majeur n'est venu troubler la manifestation. Impressionnés par les dispositifs déployés, les jeunes n'ont pas osé imposer leur sauvagerie.

La représentation du théâtre Vitez, annoncée grâce à lui, n'a pas eu l'effet de surprise qui devait perturber la journée. Loin de là.

En se servant un verre de son whisky fétiche, Walter se rappelle cette *joke* qui l'amusait tellement à l'école : *zéro + zéro = la tête à Toto.*

C'est bien là qu'il en est aujourd'hui avec Lascrime. *Zéro + zéro.* Et c'est aussi bien comme ça.

Walter comptabilise suffisamment de victoires à son compteur depuis cette journée mémorable dont parleront demain tous les médias européens. Cerise – et quelle cerise ! – sur le gâteau : cette histoire de films est bel et bien terminée.

— Guierra peut désormais rôtir en enfer, lui et ses bobines diaboliques.

Walter ressent désormais un vrai besoin de détente. Et plus que ça, en fait. L'irrépressible désir de fouiller dans les entrailles de son PC afin d'y dénicher quelques images bien excitantes. Faute de mieux. En ouvrant son coffre, l'homme est surpris de voir cette arme posée là, un revolver – chargé – caché ici un jour de grande paranoïa. Ces instants-là où il perd pied, envahi par ses ombres, certain que chacun complote contre lui, qu'un terrible danger est imminent : il peut surgir de chaque recoin. En panique, il doit se protéger contre le pire.

Ces instants-là sont terribles.

Ce soir, Walter regarde ce flingue incongru qui repose dans le coffre à côté de son PC. Mieux vaut le faire disparaître. Le maire est bien placé pour le savoir : on ne sait jamais ce que la vie vous réserve. Un coffre est loin d'être inviolable.

Le maire saisit l'arme, la pose sur son bureau – tout en réfléchissant au moyen le plus discret et le plus sûr de l'expédier aux abîmes. Là où elle aurait dû rester.

Une réflexion interrompue par la sonnerie de son portable.

— Je suis en bas.

— Qu'est-ce que tu veux ?

— J'ai… J'ai envie…

Un silence s'ensuit. Dedans ça tape. La tête de Walter pourrait exploser, tiraillée entre la raison – lui ordonner de partir – et cette sueur de désir qui coule goutte à goutte, ruisselle le long de son échine.

Eros, sa peau, son corps, le son rauque de son plaisir. Eros.

Deux ans plus tôt

Se glisse dans le wagon. Bondé. Hésite même avant de monter.

Trop tard, pas le temps d'attendre et le prochain métro ne sera pas mieux. C'est comme ça sur la ligne treize, dix-huit heures, on n'a pas le choix.

Alors se jette dans l'arène.

Sur le quai, les « contrôleurs de foule », des gars comme au Japon, le laissent encore passer puis bloquent les passagers suivants. C'est bon. Secoué, il s'accroche à la barre autant qu'il peut. Le vieux là lui jette un sale regard, style *Trop de négros dans ce wagon*. Eros lui répond d'un petit *smile* en coin, l'air de rien, genre *Eh oui mon gars fallait y penser avant de vouloir conquérir l'Afrique*.

Station suivante, ça ne désemplit pas. Mais le vieux descend, lui adressant au passage un dernier coup d'œil. Et le regard en dit long sur les adjectifs qui traversent son cerveau. Cette fois, pas de sourire. Eros l'extermine de sa pupille assassine ; le vieux ne résiste pas trois secondes. Obligé de baisser la tête avant de disparaître. La porte se referme brutalement sur lui. Sûr qu'il va ruminer sec.

Le voyage reprend. Eros a ses écouteurs, PNL jusqu'à l'oreille interne. Une femme se tord la tête dans tous les sens pour attraper au vol trois lignes de son bouquin. Héroïque.

Un gamin pleure, la mère ne sait pas quoi dire pour le calmer. *On arrive, on arrive, encore deux stations*. Mais le gosse, rien ne le calme. *Deux stations*, ça ne lui parle pas. Alors il gueule encore plus fort, le type à côté essaie discrètement de se glisser entre deux lycéens pour échapper au désastre sonore. La mère ne sait plus où se mettre. Sa voisine compatit. *C'est pas facile les transports à cet âge-là*.

Les gens sont tellement collés qu'Eros peut ressentir la respiration de l'homme derrière lui. Son souffle régulier, proche, plus proche. L'homme prend de plus grandes inspirations, Eros peut les entendre et les sentir aussi. Inspiration, expiration. Inspiration.

Cette fois le souffle lui caresse le cou. Son corps le frôle, c'est inévitable. Inévitable ? Il ne sait pas. Ne peut en être certain. Là encore moins : un doigt effleure sa main. À peine, un bout de peau.

Le souffle est plus puissant, plus inspiré encore.

Face à la vitre, dans son reflet, Eros devine la silhouette de l'homme.

Il porte des lunettes opaques.

De larges lunettes qui couvrent une bonne partie de son visage.

Le métro freine, crissement, un soubresaut.

Un type se cogne contre la barre centrale.

Les corps s'emboîtent. Se retrouvent collés. Vraiment collés.

Surpris, les gens se reprennent et se détachent comme ils le peuvent, instaurent entre eux quelques millimètres de décence.

Sourires gênés, quelques excuses murmurées.

Lui, il ne bouge pas. Immobile. Regarde droit devant, les yeux perdus derrière ses lunettes noires. Toujours le reflet dans la vitre, le reflet de l'homme, troublé par d'autres silhouettes. Le lieu, les gens, le bruit, la chaleur, les cris du gosse, les paroles de la mère… Plus rien n'a d'importance.

Eros, son cou est dégagé, il porte un tee-shirt à l'encolure relâchée.

Son cou, sa nuque. Sa peau.

Il n'y a que lui. Il n'y a plus qu'eux.

Il n'y a que lui. Lui et Walter.

Son souffle, le poids du corps, ses muscles tendus.

Sa main, sa main, sa main. La paume de sa main.

Sa main. Son parfum, son odeur.

Sa peau.

Et ce soir-là…

Walter éponge son front. De la folie, c'est de la folie. Il le sait. Mais c'est trop fort pour qu'il résiste, ça le submerge ce désir-là. Ça le submerge, il ne peut rien contre ça. RIEN. Il ne peut rien contre ça.

Il n'y peut rien.

— Entre Eros, entre. Un jus de poire je suppose ?

— Oui, merci.

— Je sais que c'est ton jus préféré. Je n'ai pas l'air Eros, mais je connais beaucoup de choses sur toi, bien plus que tu n'imagines. Viens, viens, approche-toi.

I can't live, I can't live without you, can't live, can't live without you.

I can't live, I can't live without you, can't live, I can't give anymore…

— Je t'ai mis ta chanson, Eros. Tu es heureux ? Dis-moi, tu es heureux ?

Eros le regarde et regrette déjà d'être là, face à cet homme.

Un regret ? Oui et pourtant…

Rauque comme un étranglement. L'étouffement d'un cri doublé d'un halètement. Une cadence. Des soupirs, des claquements, une gifle.

Ton corps, donne. Donne-moi ton corps.

Ça vient de la nuit, ça vient de nulle part.

Ton odeur, donne-moi ton odeur, ta couleur, donne-moi tout.

Des gémissements percent l'obscurité. Ça se baise, ça se renifle, de la chair, de la sueur. Il n'y a que le désir moite, une sauvagerie de désir.

Donne-moi ton odeur, ta couleur, donne-moi tout, donne-moi ta peau de nègre.

— Arrête ça !

Qu'est-ce qui te dérange, hein, tu n'aimes pas ton maître, tu ne l'aimes pas ?

— Je ne veux pas ce mot.

Tu m'excites Eros, tu m'excites tellement. Ne te refuse pas. Donne-moi ton odeur, donne-moi tout.

Ça vient de la nuit, ça vient de nulle part. Tout est permis.

Tu es mon nègre, mon nègre à moi.

— Saloperie, lâche-moi.

Eros le repousse, il se dégage. Se lève d'un bond, erre nu au beau milieu de la pièce. Ombre ébène aux gestes dégingandés, il tâtonne, se fraie un chemin jusqu'à ses fringues étalées sur le sol.

Fébrile, se rhabille en vitesse, il fait comme il peut. Il fait.

— Qu'est-ce qui te prend ?

— Je te l'ai déjà dit il y a deux ans. Tout ce que tu veux, mais pas ça, pas ce mot-là.

Walter rumine, les yeux hagards comme ceux d'un veau qui pressent l'abattoir.

— C'est un jeu, Eros, rien qu'un jeu.

Voyant que le jeune homme ne renonce pas, Walter se jette sur lui et le dévore de son souffle. *Ne t'en va pas, ce n'est qu'un jeu, un jeu.*

Eros le repousse violemment, prêt à s'enfuir du bureau.

— Arrête, arrête le gardien est revenu. L'alarme… l'alarme…

Eros ne l'entend plus. Il ne veut plus qu'une chose : partir, loin, s'enfuir loin de Walter, loin de lui-même. Le plus loin et le plus vite possible.

Il dévale l'escalier intérieur de la mairie.

Walter, lui, une seule idée en tête : stopper sa course.

Lui faire peur, *je dois lui faire peur*. Lui faire peur, oui.

Il saisit le flingue et le poursuit, grotesque de cette nudité oubliée dans la panique. Lui faire peur, *je dois lui faire peur*.

Il brandit l'arme.

— Attends, attends Eros.

La voix est déjà lointaine, presque perdue.

— Adieu monsieur Walter.

Mais la grande porte d'entrée résiste et Walter l'a rejoint bien plus vite qu'Eros ne le pensait. Le maire a l'énergie d'un diable bondissant, monté sur des ressorts. Celle d'un être qui sait pouvoir tout perdre.

Ce corps-à-corps, arme en avant, sauvage pantomime tel un ébat final… Une fusion dans la lutte. Walter crie, râle pour se donner des forces, plus de force face à son adversaire. Leurs peaux s'emboîtent, la noire, la blanche, leurs peaux se fondent. Duel frénétique.

Walter, un instant mis K.-O. : la porte cède enfin sous les poings déchaînés d'Eros. Elle s'entrouvre sur le perron. L'alarme se déclenche, tonitruante. Si puissante que lorsqu'elle s'arrête, son écho se prolonge dans les têtes…

Trois coups de feu, trois, trois coups de feu qui déchirent la nuit. Ils déchirent l'espace et viennent dire à chacun que le monde a une fin. Les drapeaux flottent dans les airs au gré de la brise nocturne. Rictus déchirant aux lèvres, Louis Walter s'effondre sur les marches de sa victoire. Les marches de la mairie.

Chaque nuit les insomnies et les démons somnambules envahissent la ville. Leurs victimes traversent la place, peur au ventre, tel un cortège de morts-vivants.

Deux flics d'abord, ils étaient en patrouille juste à deux rues de là. Ils avancent avec prudence, chacun s'abrite derrière son arme.

Personne ne sait si le meurtrier mettra fin à sa sanglante démonstration. Eros est là, debout, tremblant sur le perron de la mairie.

Revolver toujours en main.

— Lâche ton arme !

Oui, et c'est à ce moment-là que je débarque – impossible de dormir après le *live* de PNL. Je découvre cette incroyable scène.

Incroyable, oui : personne ne peut croire ça.

Tragédie : *Pièce de théâtre dont le sujet est emprunté à un mythe ou à l'histoire, elle provoque la pitié ou la terreur par le spectacle des passions humaines et des catastrophes qui en sont la fatale et funeste conséquence*[1].

J'me frotte les yeux pour voir si je rêve ou pas, me pince le bras, me file une claque. Mais non, non, Eros est toujours là, zombi Eros, et le flingue aussi est toujours là. Il s'accroche à sa main tremblante, pas vraiment menaçant, pas en retrait non plus. Lentement, les flics avancent vers lui. Pas à pas, ils tissent leur toile. Mais Eros est dans son monde, son regard se balade sur le sang inondé, sur le corps effondré de Walter, yeux grand ouverts. Des yeux qui ne comprennent rien à ce qui leur arrive. Stupéfaits, ils se demandent ce qu'ils font là, ici, effondrés sur le pavé à cette heure de la nuit. À baigner dans cette mare de sang.

— Lâche ton arme !

Sirènes et gyrophares envahissent la place. D'autres témoins arrivent peu à peu. Des anonymes éveillés par l'alarme et les déflagrations. Les flics tentent de les contenir et de les repousser.

Sandrine Rigal se tient en arrière-plan, à la porte de son immeuble. Elle s'accroche, s'accroche au mur. Ne pas tomber.

Geoffrey Williams retient Aïssatou par la main, une main tout aussi ferme qu'hésitante. *Attends, attends.* Sister ne veut rien attendre.

— Eros… Mon Dieu, Eros, ce n'est pas vrai, non. Ce n'est pas possible.

Alors un flic tente le coup pour le coup, son heure de gloire est peut-être arrivée. D'un bond, on dirait

1. Larousse.

un éclair, il se jette sur Eros. Et le gars hurle : *Non, non, non*. Un cri de misère.

Effet de surprise, et rien de plus : son flingue se redresse quelque peu. Vers une possible cible ?

Une autre déflagration, le flic n'a pas pris de risque. Le gars vient d'avoir des jumeaux : pas question que les deux *babys* se retrouvent orphelins. La balle défonce la cage thoracique. Donc là, oui là, c'est lui qui tombe. Eros. Il tombe, Eros.

Mon Eros, mon *frère*, mon *ami* comme on dit.

J'avais jamais reluqué un gars vivre ses dernières minutes, et c'est clair que ça fout les jetons. Je me baisse comme je peux vers lui. Son corps parcouru de tremblements. Il sursaute d'effroi.

Mon Eros, mon *frère*, mon *ami* comme on dit. Sa bouche articule quelques mots encore. Des phrases même, et on dirait qu'elles s'articulent toutes seules, qu'elles continuent à me parler lorsque son âme est déjà loin.

— J'raconte ça, là, tout ce que j'ai vécu, tout ce que je sais, ça défile devant mes yeux comme si c'était hier, et c'est hier. Tout ce que j'ai vu, ce que j'ai compris, deviné. Cinq semaines de folie. La folie, oui, sinon quoi d'autre ? J'suis là effondré sur le perron de la mairie, face au théâtre, arme à la main. C'est comme une excroissance ce flingue, un prolongement de mon bras. J'le regarde et j'en reviens pas, il est tout chaud comme s'il était vivant, alors qu'il vient d'abattre quelqu'un, vivant d'avoir ôté la vie ! Il est deux, trois heures du mat', quatre peut-être. On est mardi, la ville est un dortoir. Cinq semaines de folie, cinq semaines qui ont changé ma vie, toute ma vie. Cinq semaines Mowgli, cinq semaines. Le monde, quoi…

Ses derniers mots sont pour Aïssatou, elle ne lâche pas sa main, visage inondé de larmes et de regrets.

Eros, une force ultime surgit encore de lui. Tourner son visage, son visage vers elle, sister. La Stupéfiante. Alors il lui dit ça… *L'ascenseur est en panne au paradis*. Il balbutie. Et puis ses yeux se ferment.

Un ralenti sur ses paupières.

Mon Eros, mon *frère*, mon *ami* comme on dit.

Je t'aime
À la folie
Passionnément
À l'ammoniaque[1].

Ses yeux se ferment tout seuls.

The end, this is. This is the end.

1. PNL, « À l'ammoniaque », *op. cit.*

Ça crame, ça crame et ça schlingue, ça crépite de partout.

Seul, abandonné, propulsé hors de sa tanière, Lascrime se précipite dans le théâtre. Sauver, sauver son lieu. Ce lieu de culture, de résistance. Ce lieu de liberté. Un théâtre, quoi, un théâtre… Il hurle comme une bête : *Pourquoi, pourquoi faites-vous ça ?* Mais les hordes de jeunes n'entendent rien à ses plaintes. Geste dérisoire : il tente d'en protéger les portes, de se barricader au sein de la forteresse assiégée.

— C'est la guerre, la guerre.

Les cris de fureur envahissent son cerveau, les visages grimaçants, déformés par la haine. Les flammes. Un instant, il croit reconnaître Evann parmi les envahisseurs déchaînés. Evann ? Evann ?

Mais si c'est lui, Evann ignore ses cris.

Les portes cèdent et la fureur se mêle à la joie. Victoire ! Épouvanté, Lascrime remonte le grand escalier de pierre aussi vite qu'il le peut sous les regards stupéfaits d'Othello et Richard III. La guerre de Troie aura bien lieu.

Le son d'un violon écorché déchire l'espace. Lascrime est projeté contre un mur. Immobilisé, il ne peut plus faire un geste, plus un seul, rien. Seulement attendre. Attendre que les ombres armées de flambeaux se déploient dans l'espace. Attendre.

Inondé, trempé de sueur, Lascrime se dresse d'un bond sur son lit. Haletant. Où est-il ? Quelle heure, quel jour ?

Plusieurs secondes, ou des minutes, sont nécessaires pour reprendre ses esprits. Ses mains cherchent à tâtons l'interrupteur de la lampe de chevet.

Il reste hagard, là. Comme… Comme quoi ?

Il reste hagard, là. Comme un miraculé des abattoirs.

Pendant une longue longue journée, le commissaire a recueilli lui-même chaque déposition. Tous défilent dans son bureau. Des zombis qui ne savent plus où ils sont, qui ils sont.

Chacun raconte ce jour taché de sang.

10 heures. Jacques Lascrime, directeur du théâtre Antoine-Vitez.

« Le théâtre, l'hôtel de ville et ce corps agonisant, ce sang… Au-delà du décor que nous avions imaginé. Au-delà de la situation, de la dramaturgie. Ce corps-là rencontrait réellement la mort. C'était insoutenable.

— Que faisiez-vous au théâtre à cette heure ?

— Je respirais *l'après*. Une solitude salvatrice qui suit l'expulsion d'un moment intense… J'aime ça, j'en ai besoin.

— Personne avec vous ?

— Personne. Personne avec moi, personne dans ma tête. Seulement moi face à moi-même. »

11 heures. Clara Perrault, directrice de la communication à la mairie d'arrondissement.

« Vous n'avez rien vu venir ?

— Rien. Peut-être que je ne voulais pas voir.

— Cela vous arrangeait ?

— Je ne sais pas. Je ne comprends pas comment tout ça est arrivé.

— Vous auriez pu intervenir ?

— Je n'aurais rien pu faire. Et j'en suis vraiment désolée. »

12 heures. Evann D, comédien.

« Qu'est-ce qui vous a fait penser qu'un crime avait été commis ?

— Les sirènes, les gyrophares, le déploiement de policiers. J'ai pensé à un accident, pas à un crime.

— Et après ?

— Après, je me suis dit que c'était un attentat. Ou une menace. Normal, ce sont les premières choses qui viennent à l'esprit maintenant. Un attentat déjoué, il n'y avait pas d'explosion, pas de cris, si ce n'est cette plainte d'un homme. Voilà ce que je me suis dit. Je peux rentrer maintenant ? »

13 heures. Sandrine Rigal, actrice.

« Toute la journée, j'ai senti une sorte de compte à rebours. On allait vers un drame, c'était palpable dans l'air tout autour de nous. Cette sensation prémonitoire m'a habitée durant toutes ces heures. Je savais que cette journée finirait mal, très mal. Je l'ai dit à Lascrime. Mais j'étais incapable de préciser ce sentiment donc…

— Donc ?

— Donc ça n'a rien changé au cours des choses. Et c'est terrible. »

14 heures. Geoffrey Williams, patron du N.Y. Spicy Shop.

« Y avait les sirènes comme dans les films, les gyrophares, les yeux éblouis, ça crachait dans la nuit, le flic qui hurlait dans le mégaphone : *Lâche, lâche, lâche ton arme.* Mais il n'a pas bougé. Et là ils se sont jetés sur lui, et il criait, *non, non, non*, y avait tellement de détresse, de désespoir dans ce cri, *non, non, non*, il résonne, il occupe tout l'espace de ma cervelle, j'y peux rien, il est là, il ne sort plus de ma tête. »

15 heures. Aïssatou Ouattara, directrice de l'Espace Jeunesse.

« Lorsque je suis arrivée sur place, j'ai tout de suite compris qu'il était trop tard. J'ai vu cette silhouette fragile, tremblante même, cette ombre perdue sur le perron de la mairie, un revolver à la main. Je l'ai à peine reconnue. Je m'en suis approchée lentement, ai monté les marches une à une, chacune semblait me rapprocher tout en m'éloignant de son corps ; une odeur de drame. Un parfum de tragédie. Un jour quelqu'un m'a écrit : *Le tragique c'est l'irrémédiable.* À nouveau la phrase m'a sauté au visage. Je n'ai rien dit, j'ai juste posé ma main sur lui, aussi délicatement que possible. Le contraste avec la raideur de son corps, un vrai bloc de pierre, était saisissant. Ses yeux me dévisageaient. Et sa voix a juste pu balbutier quelques mots… *L'ascenseur est en panne au paradis.* »

16 heures. Un jeune voisin, un garçon avec un bonnet bleu.

« Il était près de quatre heures. Une vraie scène de film.

— Qu'as-tu fait ?

— J'ai appelé les flics, j'ai pas hésité. À cause du flingue.

— Rien d'autre ?

— Rien d'autre. Le monde sinon.

— Pardon ? »

18 heures. Samba Ouattara, stagiaire à l'hôtel de ville, ami de l'accusé.

« C'est mon pote, vous savez, c'est tout.

— Vous n'avez rien vu venir ?

— Ben…

— Oui ?

— Il était comme un oiseau blessé. Depuis quelque temps surtout. Un oiseau qui ne peut plus voler.

— Mais encore ?

— Un oiseau à terre. Les oiseaux c'est fait pour voler. Leur vie, c'est dans le ciel que ça se passe. C'est pas une vie sinon. C'est pas le monde. Le monde quoi, c'est ce qu'on désire de plus fort, non ? Le monde ou rien. »

REMERCIEMENTS

Bilel Bouvet de la Maisonneuve, le game boy.

Cédric Dawny, le témoin-conseiller.

Laurent Duret et Jean-Christophe Attias, premiers lecteurs.

Mamadou Doucara, l'inspirant.

Le Pitch-me, première lecture publique.

Chansons citées, par ordre d'apparition :

PNL, « Le monde ou rien », auteurs PNL (Ademo & N.O.S.), producteur MKSB, album *Le Monde Chico*, QLF Records, 2015.

PNL, « DA », auteurs PNL (Ademo & N.O.S.), producteur Mohammed Soulaimane Ettayeb, album *Dans la légende*, QLF Records, 2016.

PNL, « Sur Paname », auteurs PNL (Ademo & N.O.S.), producteur Artem, album *Le Monde Chico*, QLF Records, 2015.

Bryan Ferry, « Love Is the Drug », auteur-compositeur Bryan Ferry, *The Jazz Age*, BMG Rights Management, 2012.

Bams, « Différente », album *Vivre ou mourir*, Trema, 1999.

Mariah Carey, « Without You », auteurs-compositeurs Badfinger (Pete Ham & Tom Evans), album *Music Box*, Columbia, 1993.

PNL, « Mexico », auteurs PNL (Ademo & N.O.S.), album *Le Monde Chico*, QLF Records, 2015.

Véronique Sanson, « Vancouver », auteur-compositeur Véronique Sanson, album *Vancouver*, producteur Bernard Saint-Paul, WEA Records, 1976.

Youssou N'Dour, *featuring* Neneh Cherry, « 7 Seconds », auteurs Neneh Cherry, Youssou N'Dour, Cameron McVey et Jonathan Sharp, album *Guide (Wommat)*, Columbia, 1994.

James Blake, *featuring* RZA, « Take a Fall for Me », auteur-compositeur James Blake, album *Overgrown*, ATLAS, A&M, Polydor, 2013.

Serge Gainsbourg, « Comme un boomerang », auteur-compositeur Serge Gainsbourg, album (single) *Comme un boomerang*, producteur Étienne Daho, EMI, 2001.

Christophe, « Les mots bleus », auteur Jean-Michel Jarre, compositeur Christophe, album *Les Mots bleus*, Motors, 1974.

Siouxsie Sioux, « Love Crime », *Love Crime (Amuse-Bouche Version)*, 2015.

PNL, « À l'ammoniaque », producteurs IBØ, Sam H & Anaika, album *Deux frères*, QLF Records, 2019.

PAPIER À BASE DE FIBRES CERTIFIÉES

Le Livre de Poche s'engage pour l'environnement en réduisant l'empreinte carbone de ses livres. Celle de cet exemplaire est de :
250 g éq. CO_2
Rendez-vous sur www.livredepoche-durable.fr

Composition réalisée par NORD COMPO

Achevé d'imprimer en France par
CPI BRODARD & TAUPIN (72200 La Flèche)
en septembre 2021
N° d'impression : 3044797
Dépôt légal 1re publication : octobre 2021
LIBRAIRIE GÉNÉRALE FRANÇAISE
21, rue du Montparnasse – 75298 Paris Cedex 06

59/1533/6